jean jacques rousseau

jean jacques
rousseau

장 자크 루소 고독한
산책자의 몽상

조명애 옮김

차례

일러두기

1 이 책의 번역 대본으로는 Jean-Jacques Rousseau, *Œuvres complètes, tome.1*, Collection Bibliothèque de la Pléiade, Paris: Gallimard, 1959에 수록된 텍스트를 사용했습니다.

2 본문의 주는 모두 옮긴이의 것입니다.

첫 번째 산책

그리하여 이제 나는 나 자신 이외에는 형제도, 이웃도, 친구도, 어울리는 사람도 없이 이 지상에서 외톨이다. 누구보다 사교적이고 다정다감한 사람인데도 불구하고 사람들로부터 만장일치로 추방당하고 말았다. 그들은 극도의 증오심 속에서 감수성이 예민한 나의 영혼에 어떤 고통이 가장 잔인할 수 있을지를 궁리하였던 바, 나와 그들을 연결하고 있던 모든 유대관계를 매몰차게 끊어버리고 말았다.

나는 그들이 어떠하든지 간에 그들을 사랑했을 것이다. 그들이 사랑받기를 단념하지 않는 한 그들은 나의 애정을 피할 수 없었을 것이다. 하지만 그들이 원했기에 이제 그들은 나에게 낯선 사람들, 미지의 사람들, 요컨대 아무것도 아닌 존재들이 되어버렸다. 그런데 그들로부터, 모든 것으로부터 멀어지고 만 나 자신은 대체 무엇이란 말인가? 바로 이것이 내가 탐구해야 할 남은 과제이다.

불행히도 그런 탐구를 시작하기 전에 나의 처지를 훑어보는 일이 선행되어야만 한다. 그것은 내가 그들에게서부터 나에게로 다다르려면 반드시 거쳐야만 할 생각인 것이다.

15년도 더 전부터[1] 나는 이런 기이한 처지에 놓여 있는데, 이것이 나에게는 아직도 꿈인 듯싶다. 아직도 나는 내가 소화불량으로 고통을 받고 있고, 편치 못한 잠을 자고 있으며, 곧 잠에서 깨어나면 고통이 진정되고 나의 친구들과 다시 함께 있게 될 것이라고 생각하고 있다. 그렇다, 분명 나는 나도 모르는 사이에 깨어 있는 상태에서 잠으로, 아니 보다 정확히 말해 삶에서 죽음으로 뛰어든 것이 틀림없다. 어쩌다가 그렇게 된지도 모른 채 나는 사물의 질서로부터 끌려 나와 아무것도 알아볼 수 없는 불가해한 혼돈 속에 내던져져 있다. 나의 현 상황을 생각해보면 볼수록, 지금 내가 어디에 있는지를 더욱더 알 수 없게 된다.

아니, 난들 어떻게 나를 기다리고 있던 운명을 예견할 수 있었겠는가? 지금까지도 그것의 지배하에 있는 내가 어떻게 그것을 이해할 수 있겠는가? 상식적으로 추측이나 할 수 있었겠는가?

---

1 루소가《고독한 산책자의 몽상(Les Rêveries des promeneur solitaire)》집필을 시작한 것이 1776년이므로, 시기적으로 가깝게는《에밀(Émile)》(1762)을 출간한 후 체포령을 피하여 스위스의 모티에(Môtiers)로 피신한 1762년 6월과, 좀 더 멀게는 백과전서파 친구들과의 불화로 그들과 결별했던 1757~1758년의 겨울을 암시한다고 보면 될 듯하다.

지금의 나와 동일한 과거의 내가 갑자기 한 치의 의심도 없이 괴물, 풍속 교란자, 암살자로 간주되리란 것을, 인류의 혐오 대상, 천민의 놀림감이 되리란 것을, 지나가는 사람들이 나에게 건네는 인사가 고작 나에게 침을 뱉는 것이 되리란 것을, 한 세대 전체가 기꺼이 만장일치로 나를 생매장하게 되리란 것을? 그런 기이한 격변이 발생했을 때, 불시에 당한 나는 처음에 큰 충격을 받았었다. 마음의 동요와 분노 때문에 착란 상태에 빠지고 말았으며, 이를 진정시키는 데 10년도 넘게 걸렸다. 그리고 그 기간 동안 오류에 오류를 거듭하고, 잘못에 잘못을 거듭하고, 어리석은 짓에 어리석은 짓을 거듭한 나의 경솔함으로 인해, 내 운명을 좌우하는 자들이 그것을 돌이킬 수 없이 영원히 결정짓는 데 교묘하게 사용하기에 충분한 구실을 제공하고 말았다.

오랫동안 나는 격렬하게, 하지만 헛되이 몸부림쳤었다. 교활함도 수완도 없으며, 능청스러움도 용의주도함도 없고, 솔직하고 무방비이고 참을성 없고 성마른 나는 몸부림을 침으로써 나 자신을 더욱더 얽어맬 뿐이었고, 그들이 결코 놓치는 법이 없었던 나에 대한 새로운 영향력을 그들에게 끊임없이 제공할 뿐이었다. 마침내 모든 노력이 헛되다는 사실을 감지하고 극도로 괴로워하던 나는 나에게 남은 유일한 해결책을 취하게 되었다. 더 이상 필연적인 일에 대하여 반항하지 않고 운명에 순응하기로 한 것이다. 그런 체념 속에서 나는 나의 모든 불행에 대한 보상을 발견했다. 체념이 나에게 안겨준 평온, 고통스럽고도 무익한 저항의 부단한 수고와는 어울릴 수 없는 평온 덕분에 말이다.

다른 한 가지도 그 평온에 기여했다. 극도의 증오심에 빠진 나의 박해자들은 그들의 적의로 인해 한 가지 기교를 깜빡 잊고서 빠트리고 말았던 것이다. 그것은 그들이 나에게 새로운 타격을 가함으로써 줄곧 나의 고통을 유지시키고 재생시키려면, 그 효과를 점점 더 늘려나가야 한다는 것이었다. 만일 그들이 능란한 솜씨로 나에게 뭔가 희망의 빛을 남겨주었더라면, 그들은 그 방법으로 여전히 나를 붙잡고 있었을 것이다. 그들은 거짓된 술책으로 아직도 나를 그들의 놀림감으로 만들 수 있었을 것이고, 내가 어긋난 기대 때문에 늘 새로운 고통으로 비통해하도록 만들 수 있었을 것이다. 하지만 그들은 모든 방책을 미리 다 써버리고 말았다. 나에게 아무것도 남겨놓지 않으려고 함으로써, 그들 자신도 모든 것을 잃고 만 것이다. 그들이 나에게 듬뿍 안겨주었던 중상, 경멸, 조롱, 치욕이 앞으로 증강될 가능성은 완화될 가능성보다 높지 않다. 왜냐하면 우리는 양쪽 다 어쩔 수 없는 상태에 있기 때문이다. 그들은 나의 고통을 가중시킬 수 있는 상태가 아니고, 나는 그것으로부터 벗어날 수 있는 상태가 아니다. 그들은 너무나 서둘러서 나의 비참함이 극에 달하도록 만들었기 때문에, 지옥의 온갖 술책의 힘을 빌린 인간의 모든 능력으로도 그것들에는 더 이상 아무것도 덧붙일 수 없을 지경이다. 육체적 고통자체는 내 마음의 고통을 증가시키기는커녕 오히려 달래줄 것이다. 고통은 아마도 나에게 비명을 지르게 할망정 탄식은 하지 않게 만들어줄 것이고, 육체적 괴로움은 마음의 괴로움을 멈춰줄 것이다.

모든 것이 끝장난 마당에 내가 그들에 대해 아직도 두려워할 게 무엇이란 말인가? 그들은 더 이상 나의 처지를 악화시킬 수 없게 되었으니, 이제 더 이상 나에게 불안감을 불러일으킬 수 없을 것이다. 그들은 불안과 공포라는 고통으로부터 나를 영원히 해방시켜주었고, 그것은 여하튼 위안이 된다. 실재하는 고통들은 나에게 거의 영향력을 미치지 못한다. 왜냐하면 나는 지금 내가 느끼는 고통들은 쉽사리 감수하기 때문이다. 하지만 앞으로 생길지도 몰라 염려하게 되는 고통들에 대해서는 그렇지가 못하다. 나의 겁먹은 상상력은 그 고통들을 뒤섞고, 휘젓고, 확장시키고, 증가시킨다. 고통들에 대한 예상은 그것들의 현존보다도 백배나 더 나를 괴롭히고, 그 위협은 실제의 타격보다도 더 끔찍하게 견디기가 힘들다. 하지만 마침내 고통이 닥치면, 곧바로 그 고통이 지니고 있던 모든 가상의 요소가 제거됨으로써 그것의 진가가 드러나고 만다. 그러면 나는 그것이 내가 생각했던 것보다 훨씬 대수롭지 않다는 걸 발견하게 되고, 괴로운 와중에도 마음이 홀가분해지는 걸 느끼지 않을 수 없게 된다. 전혀 색다른 두려움으로부터 자유로워지고 예상하면서 생겨났던 불안으로부터 해방된 그런 상태에서는, 그런 익숙해짐만으로도, 그 무엇으로도 악화시킬 수 없는 최악의 상황을 나에게 나날이 더욱더 견딜 만한 것으로 만들어주기에 충분하다. 그리고 그런 상황의 지속과 함께 감정이 무뎌져감에 따라, 그들은 그 감정을 되살아나게 할 수 있는 수단을 더 이상 갖지 못하게 된다. 이상이 바로 나의 박해자들이 증오의 화살을 모조리 동이 날 때까지 소모해버림으로써 나에게 베푼 선행인 것이다. 그들은 나에 대한 지배력을 스스로 제거해버렸고, 그래서 나는 그들에 대해 이제는 전혀 개의치 않는다.

나의 마음속에 완전한 평정이 다시 깃든 지는 아직 두 달도 못 된다. 오래전부터 나는 더 이상 아무것도 두려워하지는 않았지만, 여전히 희망은 가지고 있었다. 때로는 품었다가 때로는 상실했던 그 희망이야말로, 온갖 잡다한 정념으로 끊임없이 나를 동요시켰던 원인이었다. 하지만 마침내 슬프고도 예기치 못했던 한 사건이 얼마 전에 나의 마음속에서 실낱같은 희망의 빛마저 사라지게 만들었고, 또한 나의 운명이 이 세상에서는 돌이킬 수 없이 영원히 결정되고 말았다는 사실을 알아차리게 해주었다. 그때부터 나는 모든 것을 체념하고 받아들이게 되었으며, 그리하여 다시 마음의 평화를 찾았다.

음모의 전반을 어렴풋이 엿보게 되자마자, 살아생전에 대중이 다시 나를 신뢰하도록 만들고야 말겠다는 생각을 나는 영영 포기하고 말았다. 더 이상 상호적이지 않은 그러한 귀환은 이제 나에게 전혀 무익할 것이었다. 사람들이 나에게 돌아온다고 해도 소용없을 것이니, 그들은 더 이상 나의 옛 모습을 찾아볼 수 없을 것이었다. 그들이 나에게 불러일으켰던 경멸 때문에, 그들과의 교류는 나에게 무미건조하고 부담스럽기조차 할 것이었다. 나는 그들과 함께 살면서 행복할 수 있는 것보다 나의 고독 속에서 백 배나 더 행복하다. 그들은 사람들과의 교류에서 생기는 모든 즐거움을 내 마음속에서 뿌리째 뽑아버렸다. 내 나이에 그런 즐거움이 또 다시 마음속에서 싹틀 수는 없을 것이다. 너무 늦어버렸기 때문이다. 이제는 그들이 내게 선행을 하든지 악행을 하든지 간에 모두 나와는 무관한 일이고, 또한 그들이 무슨 짓을 하든지 간에 나의 동시대인들은 나에게 결코 아무것도 아닌 존재일 것이다.

그런데도 나는 여전히 미래에 기대를 걸고 있었다. 나는 현세대가 나에게 내린 판단들과 취하고 있는 행동에 대해 더 나은 세대가 잘 검토한다면 현세대를 지도하고 있는 자들의 책략을 쉽사리 꿰뚫어 볼 것이고, 마침내 나의 모습을 있는 그대로 보게 될 것이라고 기대했었다. 바로 그런 희망이 나로 하여금 《대화》[2]를 저술하게 만들었고, 또한 그것을 후세에 전하기 위해 온갖 노력을 다하도록 만들었던 것이다.

그런 희망은 비록 아득히 먼 훗날을 향한 것이긴 했지만, 나의 영혼을 내가 아직 동시대인 중에서 공정한 마음을 가진 사람을 찾고 있던 때와 똑같은 흥분에 빠져 있도록 만들었다. 하지만

---

2   원제는 《루소, 장 자크를 심판하다 ─ 대화(*Rousseau juge de Jean-Jacques. Dialogues.*)》인데, 보통 이렇게 간략하게 지칭한다. 《고백록(*Les Confessions*)》을 쓴 후 많은 사람들로부터 공박을 받자 자기 자신을 옹호하기 위해 쓴 작품이다.

쓸데없이 먼 장래에 걸었던 기대 역시 나를 동시대인들의 놀림감으로 만들어버리고 말았다. 나는《대화》에서 그러한 기대의 근거가 무엇인지를 이야기했었다. 하지만 나는 잘못 생각했었다. 다행히 늦지 않게 제때에 잘못을 감지하게 되었고, 아직 임종의 시간을 맞이하기 전에 완전한 평온과 절대적 안정의 기간을 찾을 수 있었다. 그 기간은 내가 언급하고 있는 시기에 시작되었는데, 나는 그것이 이제는 중단되지 않고 계속되리라고 믿어도 괜찮다고 생각한다.

아주 최근에 와서야 나는 새로운 성찰을 통해서, 비록 다른 시대에라도 대중이 내게로 돌아오리라는 기대가 얼마나 잘못된 생각이었는지 확신하게 되었다. 왜냐하면 대중은 나에 관한 한, 나를 혐오하는 집단들 내에서 끊임없이 새로이 교체되는 지도자들에게 조종당하고 있기 때문이다. 개인은 사멸하지만, 집단은 사멸하지 않는다. 집단 내에서 동일한 열정은 영원히 계승되고, 집단의 격렬한 증오는 마치 그런 증오를 불러일으키는 악마처럼 불멸하며 항상 동일한 활력을 지닌다. 나의 모든 개개의 적들은 사망하더라도, 의사들과 오라토리오 수도회의 사제들은 여전히 살아 있을 것이다.[3] 또 나에게 그 두 집단 말고는 다른 박해자들이 없는 상황이 된다 해도, 그들은 내가 살아 있을 때 나라는 사람에

---

3 루소는《에밀》에서 의사들을 공격했으며, 또한 오라토리오 수도회의 한 신부와 불화가 있었다.

게 마음의 평화를 주지 않았던 것 못지않게 내가 죽은 후에도 나의 명성을 가만 내버려두지 않을 것이 확실하다. 아마도 시간이 흐르면, 내가 실제로 모욕을 주었던 의사들은 마음이 누그러질지도 모른다. 그러나 내가 사랑했고 존중했으며 전적으로 신뢰했고 결코 모욕한 적이 없는 오라토리오 수도회의 사제들, 성직자이자 절반은 수도사라고 할 수 있는 그들은 영원히 누그러지지 않을 것이다. 그들은 스스로의 죄악으로 나의 죄를 만들어내고, 그렇게 만들어낸 나의 죄를 그들의 자존심이 결코 용인하지 않을 것이기 때문이다. 또한 그들은 대중이 나를 혐오하도록 만들고 그 혐오를 북돋우는 데 부단히 공을 들일 것이므로, 대중도 그들 못지않게 나에 대한 감정을 가라앉히지 않을 것이다.

지상에서는 나에게 있어 모든 것이 끝나고 말았다. 이제 사람들은 나에게 선행이든 악행이든 더 이상 행할 수 없다. 이 세상에서 나에게는 더 이상 희망할 것도 두려워할 것도 남아 있지 않다. 심연의 가장 밑바닥에서 평온하게, 가엾고 불행한 인간이지만 신처럼 초연하게, 나 이제 여기 있다.

나의 외부에 있는 모든 것은 이제 나와는 무관하다. 이 세상에서 나에게는 더 이상 이웃도, 동포도, 형제도 없다. 이 지상에서 나는 마치 내가 살던 행성으로부터 추락하여 머물게 된 어떤 낯선 행성에 있는 것과도 같다. 혹시라도 내 주변에 알아볼 수 있는 뭔가가 있다 해도 나의 마음에 비통함과 애절함을 안겨주는 것들뿐이고, 나를 스치거나 에워싸고 있는 것에 눈길을 보낼 때마다 나를 분노케 하거나 몹시 슬프게 하는 고통을 발견하게 된다. 그러니 내가 고통스럽게 그리고 부질없이 신경 쓰게 될 모든 괴로운 존재들을 나의 정신으로부터 제거해버리자. 오로지 나 자신에게서만 위안과 희망과 평화를 찾을 수 있으니, 나는 여생 동안 외톨이인 채로 나 자신에 대해서만 신경을 써야 하며 또한 그렇게 하고 싶다. 바로 이런 상태에서, 나는 예전에 내가 《고백록》이라고 불렀던 꾸밈없고 솔직한 자기 성찰을 다시 이어가고 있는 것이다. 나의 마지막 날들을 나 자신을 연구하고 곧 작성하게 될 나 자신에 대한 보고서를 미리 준비하는 데 바치려 한다. 나의 영혼과 대화하는 즐거움이야말로 사람들이 나에게서 빼앗을 수 없는 유일한 것이니, 그 즐거움에 온전하게 전념하자. 만일 나의 내적 성향에 대해 검토해봄으로써 그것을 더 정연하게 만들어내고 또 거기에 남아 있을 수도 있는 나쁜 점을 고치는 데 성공한다면 나의 사색은 전적으로 무익한 것이 되지는 않을 테고, 또한 비록 이제 내가 이 지상에서 아무런 쓸모가 없다 할지라도, 나의 마지막 날들을 완전히 허비하고 만 셈은 아니게 될 것이다. 나의 여가 활동인 매일의 산책은 종종 유쾌한 명상들로 충만했었는데, 그것들에 대한 기억을 잃어버린 것이 유감스럽다. 하지만 다시 떠오르기만 하면 그것들을 기록해놓을 것이다. 그것들을 다시 읽을 때마다 즐거움을 느낄 수 있을 테니 말이다. 내 마음이 당연히 느낄 만한 자격이 있었던 그런 보상을 생각해봄으로써, 나의 불행들, 나의 박해자들, 나의 치욕들을 잊을 것이다.

이 기록은 엄밀히 말해 나의 몽상들에 대한, 일정한 형태가 없는 일기에 불과할 것이다. 여기에서는 나에 관한 것이 다분히 문제가 될 터인데, 왜냐하면 깊이 사색하는 은둔자는 필연적으로 자기 자신에 대해 많은 관심을 두기 마련이기 때문이다. 뿐만 아니라, 내가 산책할 때 머리에 떠오르는 온갖 생소한 생각들도 여기에서 지면을 차지하게 될 것이다. 나는 내가 생각했던 바를 머리에 떠올랐던 그대로 말할 것이고, 전날의 생각이 다음 날의 생각과 연관성이 없는 것만큼이나 거의 연관성 없이 말할 것이다. 하지만 그렇게 함으로써, 내가 처해 있는 이 기이한 처지에서 나의 정신이 일상의 양식으로 삼고 있는 감정들과 생각들에 대한 새로운 인식을 통해 나의 천성과 기질에 대한 새로운 인식이 생겨날 것이다. 그러므로 이 기록은 《고백록》의 부록처럼 간주될 수도 있겠지만, 나는 그 제목에 어울릴 만한 말할 것이 더 이상 없다고 느끼기 때문에 이제는 그 제목을 붙이지 않을 것이다. 나의 마음은 역경의 도가니에서 정화되었다. 따라서 마음속을 세심하게 살펴보아야만 비로소 비난받아 마땅한 성향의 약간의 잔해를 가까스로 발견할 수 있을 따름이다. 나의 마음에서 모든 세속적 애착이 뿌리째 뽑힌 마당에 나에게 아직도 무슨 고백할 것이 있겠는가? 나는 나 자신을 비난해서는 안 되는 것 못지않게 칭찬해서도 안 된다. 이제 나는 사람들 가운데서 아무것도 아닌 존재이다. 나는 그들과 더 이상 실재적인 관계, 진정한 교제를 갖지 않기에 고작 그런 존재일 수밖에 없다. 어떤 선을 행해도 악으로 변해버리고, 어떤 행동을 하든지 간에 타인이나 나 자신에게 해를 끼치지 않을 수 없으므로, 아무 짓도 안 하는 것이 나의 유일한 의무가 되어버렸다. 그래서 나는 힘이 미치는 한 그 의무를 다하고 있다. 하지만 육체는 이런 무위 속에 있을지라도 내 영혼은 여전히 활기차서 감정들과 생각들을 만들어내고 있고, 내 영혼 내면의 도덕적 활기는 모든 세속적이고 덧없는 관심이 사멸됨으로써 한층 더 증가한 듯하다. 이제 나의 육체는 나에게 있어 걱정거리, 장애물에 불과할 뿐이므로, 나는 가능한 한 미리 그것으로부터 나를 해방시키고 있다.

이토록 특이한 상황은 물론 숙고하고 서술할 만한 것이며, 그래서 나는 바로 이러한 숙고에 나의 마지막 여가 활동을 바치려한다. 이것을 성공적으로 해내기 위해서는 순서를 세워 체계적으로 실행해야만 할 것이다. 그러나 이는 내 능력 밖의 일이고, 또 자칫하면 내 영혼의 변모와 그 연속적 추이를 이해하고자 하는 목적으로부터 나를 멀어지게 만들 수도 있다. 어떤 의미에서는 나는 과학자들이 매일 변하는 대기 상태를 알기 위해 행하는 작업들을 나 자신에게 행하게 될 것이다. 나의 영혼에 기압계를 적용하고, 그런 작업들을 잘 관리하고 오랫동안 반복하다 보면 과학자들이 얻는 결과 못지않게 확실한 결과들을 얻을 수도 있을 것이다. 그러나 나는 계획을 그렇게까지 확대시키지는 않을 것이다. 작업들을 기록하는 것으로만 만족하고, 그것들을 체계화하려고 하지는 않을 것이다. 나는 몽테뉴와 동일한 계획을 세웠지만, 그의 목적과는 전혀 상반된 목적을 가지고 있다. 왜냐하면 그는 《수상록》을 다른 사람들만을 위해서 썼지만, 나는 자신만을 위해서 나의 몽상들을 쓸 것이기 때문이다. 만일 내가 더 나이가 들어서 이 세상에서 떠나갈 날이 임박해 있을 때, 바라건대 지금과 동일한 기분이라면, 그것을 읽는 일은 그것을 쓰면서 내가 맛본 즐거움을 나에게 되살려줄 것이고, 그렇게 나에게 지난 시간을 되살려줌으로써 말하자면 나의 존재를 두 배로 늘어나게 해줄 것이다. 그러면 나는 다른 사람들은 아랑곳하지 않은 채 여전히 교제의 매력을 맛볼 수 있게 될 것이고, 노쇠해진 나는 마치나보다 젊은 친구와 함께 살듯 다른 연배의 나와 함께 살게 될 것이다.

나의 첫 번째 《고백록》과 나의 《대화》를 저술할 때, 나는 가능하다면 후세의 다른 세대들에 전하기 위해 그 글들을 내 박해자들의 집요한 손아귀로부터 빼낼 수 있는 방법들을 끊임없이 고심하였다. 하지만 이번 저서에 대해서는 더 이상 그 같은 근심이 나를 괴롭히지 않는다. 그런 염려가 소용없으리라는 것을 알기 때문이다. 또한 사람들에게 더 잘 이해받고 싶은 욕망이 나의 마음속에서 소멸되면서, 아마도 이미 영영 폐기되어버리고 말았을 나의 진짜 저서들과[4] 내 결백함의 기념물들의 운명에 대해 완전한

---

4 루소는 여기서 자신의 진짜 저서들과 가짜 저서들을 대립시키고 있다. 〈두 번째 산책〉중에서 사람들이 루소 사후에 그의 저작물이라고 하기 위해 위조해둔 작품들을 언급한 부분 참고.

무관심만을 남겨놓았기 때문이다. 사람들이 내가 하는 일에 대해 염탐을 하든, 이 기록에 대해 불안해하든, 이것을 빼앗아가든, 발행을 금지시키든, 위조하든 간에 이제는 나에게 아무런 상관이 없다. 나는 이 기록을 숨기지도 않을 것이고 보여주지도 않을 것이다. 나의 살아생전에 사람들이 이것을 빼앗아간다 할지라도 그들은 나에게서 이것을 썼다는 기쁨도, 그 내용에 대한 기억도, 또한 이런 결실을 낳게 했으며 나의 영혼이 소멸되어야만 그 원천이 소멸될 수 있는 나의 고독한 사색들도 빼앗아갈 수 없을 것이다. 만일 최초의 불행이 찾아왔을 때부터 내가 운명에 반항하지 않고 지금과 같은 태도를 취할 수 있었더라면 사람들의 온갖 노력도, 가증스러운 간계도 나에게는 아무런 효과도 없었을 것이고, 그들이 온갖 술책을 다 쓰더라도 나의 안정을 깨뜨리지는 못했을 것이다. 이제는 그들이 온갖 환심을 보인다 해도 나의 안정을 깨뜨릴 수 없는 것과 마찬가지로 말이다. 설령 그들이 제멋대로 나의 치욕을 즐긴다 할지라도, 그들은 내가 나 자신의 결백함을 향유하고 그들에 대해 아랑곳하지 않은 채 평화롭게 생을 마치는 것을 방해하지는 못할 것이다.

두 번째 산책

나는 한 인간이 결코 처할 수 없을 정도로 가장 기이한 처지에 놓인 내 영혼의 일상적 상태를 묘사할 계획을 세우고, 그 계획을 실행하기 위한 가장 간단하고 확실한 방법은 나의 고독한 산책들에 대해, 또한 나의 사고력을 자유롭게 방임하고 아무런 저항도 거리낌도 없이 스스로의 성향을 따라가도록 내버려둘 때 그 산책들을 가득 채우는 몽상에 대해 충실하게 기록하는 것이라고 생각했다. 그런 고독과 사색의 시간이야말로 정신을 딴 데 팔지도 않고 아무런 방해도 받지 않은 채 내가 온전히 나 자신일 수 있고 나 자신의 것일 수 있는, 또한 내가 자연이 원했던 바대로의 존재가 되었노라고 정말로 말할 수 있는 하루 중 유일한 시간이기 때문이다.

하지만 곧 나는 그런 계획을 실행에 옮기기에는 너무 늦어버렸다는 것을 직감했다. 이미 전보다 활기가 떨어진 나의 상상력은, 그것에 생명을 불어넣어주는 대상에 대한 명상에 더 이상 예전처럼 열중하지 못한다. 내가 몽상의 흥분에 도취되는 정도도 덜해졌다. 이제 나의 상상력이 만들어내는 것에는 창조보다는 어렴풋한 추억이 더 많다. 무기력한 나른함이 나의 모든 기능을 약화시키고 있고, 생명력이 내 안에서 점차 꺼져가고 있다. 이제 나의 영혼은 그 노쇠한 거죽인 육체 밖으로 간신히 뛰쳐나갈 수 있을 뿐이다. 내가 누릴 권리가 있다고 생각하기에 갈망하는 그런 상태에 대한 희망이 없다면, 나는 단지 기억에 의해서만 존재하는 데 불과할 것이다.

그렇기 때문에 쇠약해지기 이전의 나 자신을 돌이켜보려면 적어도 몇 년 전으로, 그러니까 내가 이 세상에서 모든 희망을 잃고 지상에서 더 이상 마음의 양식을 찾을 수 없게 되어, 나의 마음을 그 자체의 자양분으로 살찌우고 내 안에서 모든 양식을 구하는 습관을 조금씩 들이기 시작하던 시절로 거슬러 올라가야만 한다.

너무 뒤늦게 생각해내긴 했어도, 그런 방책은 대단히 효과적이어서 나에게 곧 모든 것을 보상해주기에 충분했었다. 나 자신 안으로 돌아가려는 그런 습관은 마침내 나로 하여금 나의 불행들에 대한 느낌과 기억을 거의 잊어버리게 해주었었다. 그렇게 해서 나는 나 자신의 경험을 통해 진정한 행복의 원천은 우리 안에 있으며, 행복하기를 원할 줄 아는 사람은 결코 다른 사람들 때문에 불행해지지 않는다는 사실을 깨우쳤었다. 그리하여 4~5년 전부터 나는 상냥하고 다정한 영혼들이 명상 중에 발견하는 그런 내적인 희열을 일상적으로 맛보곤 했다.

그렇게 혼자 산책하면서 때때로 느끼곤 했던 그 황홀감, 그 도취감은 나의 박해자들 덕분에 얻을 수 있었던 즐거움들이었다. 그들이 아니었더라면 나는 내 안에 있던 그 보물들을 결코 발견하지도, 알아보지도 못했을 것이다. 하지만 그토록 많은 보물들 한가운데에서 어떻게 그것들에 대해 충실히 기록할 수 있겠는가? 그토록 풍부하고 즐거운 몽상들을 상기하고자 할 때면, 나는 그것을 묘사하는 대신 다시 몽상에 빠져버리곤 했다. 바로 그런 상태야말로 몽상에 대한 기억이 가져다주는 상태이며, 그것을 느끼는 것이 완전히 중단되어버리면 그것에 대한 인식도 곧 중단되고 마는 그런 상태이다.

내가 그런 효과를 분명히 느낄 수 있었던 때는 《고백록》의 속편을 저술할 계획을 세웠던 이후의 산책들, 특히 내가 지금부터 이야기하려는 산책 도중이었는데, 그때 예상치 못한 한 사건이 내 생각의 맥락을 끊어버렸었고 한동안 다른 방향으로 흐르도록 만들었었다.

1776년 10월 24일 목요일, 나는 점심 식사를 마친 후 여러 대로들을 따라 슈맹베르 거리까지 걸어가서 메닐몽탕 언덕에 올라갔다가, 거기서부터 포도밭과 초원을 가로질러 오솔길을 따라 샤론까지 그 두 마을을 경계 짓는 아름다운 풍경을 통과해서 걸어

27

갔다. 그러고는 다른 길을 걸어 동일한 초원을 거쳐서 돌아오려고 우회해서 걸었다. 기분 좋은 경치가 늘 나에게 안겨주는 기쁨과 흥미를 느끼며, 나는 즐겁게 초원을 누비며 거닐었다. 이따금씩 걸음을 멈추고 푸르른 초목 사이에 있는 식물들을 유심히 쳐다보았다. 그중 두 종류는 파리 근교에서는 아주 드물게 볼 수 있는 것들이었는데, 그 지역에는 매우 무성했다. 하나는 국화과의 쇠서나물이었고, 다른 하나는 미나리과의 부플레브룸 팔카툼이었다. 그런 발견은 나를 기쁘게 했고, 아주 오랫동안 나의 관심을 사로잡았다. 그러고 나서 나는 특히 고지대에서는 더한층 진귀한 식물인 쇠별꽃을 발견하게 되었다. 그날 나에게 일어난 사고에도 불구하고, 나중에 나는 들고 갔던 책 속에서 그것을 다시 발견하게 되어 나의 식물표본에 넣었다.

아직 꽃이 피어 있는 그 외의 여러 다른 식물들은, 그 모양과 이름은 이미 친숙했지만 여전히 나에게 즐거움을 주었다. 마침내 나는 그 식물들을 세밀하게 살펴본 후, 점차 세세한 관찰들로부터 벗어나 그것들 전체가 나에게 안겨주는 똑같이 기분 좋으면서도 보다 더 감동적인 인상에 빠져들었다. 며칠 전에 포도 수확이 끝난 상태였다. 도시에서 온 산책자들의 모습은 이미 보이지 않았고, 농부들도 겨울 작업이 시작되기 전까지는 밭들을 떠나 있었다. 아직도 초록빛이 돌아서 보기 좋았지만, 여기저기 잎들이 떨어져 내리고 이미 사람이 거의 보이지 않는 전원은 도처에 고독과 다가오는 겨울의 이미지를 드러내고 있었다.

그런 광경을 보고 있자니 기분 좋으면서도 슬픈 복합적인 인상이 생겨났는데, 나의 나이나 운명과 너무나도 유사해서 그 인상을 나의 처지에 견주어 생각하지 않을 수 없었다. 결백하지만 불행한 인생의 노년기에, 영혼은 아직도 생생한 감정들로 충만해 있고, 정신은 꽃과도 같은─하지만 슬픔 때문에 시들고 근심으로 메말라버린─몇몇 정화(精華)들로 아직도 장식되어 있는 나 자신의 모습을 보았다. 홀로 버림받은 채, 나는 상강(霜降)의 한기가 다가오는 것을 느끼고 있었고, 나의 고갈되어가는 상상력은 나의 고독을 더 이상 나의 마음이 만들어낸 것들로 가득 채워주지 못하고 있었다. 나는 한숨지으며 생각했다. 도대체 나는 이 세상에서 무엇을 했단 말인가? 살기 위해서 태어났건만, 살아보지도 못하고 죽어가고 있다. 하지만 최소한 그것이 나의 잘못은 아니었다. 나라는 존재를 만든 조물주에게 나는 사람들이 내가 행할 수 있도록 내버려두지 않았던 선행의 봉헌물은 못 바칠망정, 적어도 좌절된 선한 의지들, 고결하지만 무효해진 감정들, 그리고 사람들의 멸시라는 시련을 견뎌낸 참을성이라는 공물을 바칠 것이다. 이런 성찰을 하다 보니 나 자신이 측은해졌다. 나는 청춘기로부터의, 장년기 동안의, 또한 사람들이 그들과의 교제로부터 나를 격리시켜버린 이후의, 그리고 내가 그 안에서 생을 마치게 될 오랜 은둔생활 동안의 내 영혼의 동태에 대해 회고해보았다. 내 마음의 모든 일시적 성향에 대해, 내 마음의 그토록 다정하고 맹목적인 애착들에 대해, 그리고 나의 정신이 몇 년 전부터

29

자양분으로 삼고 있던 슬프기보다는 위안이 되는 생각들에 대해 흐뭇해하며 되돌아보았다. 그러고는 내가 그런 것들에 빠져 있었을 때 느꼈었던 즐거움과 거의 똑같은 즐거움을 느끼면서 그것들을 묘사할 수 있을 만큼 충분하게 그것들을 기억해낼 준비를 했다. 나의 오후는 그런 평화로운 사색 속에서 지나갔다. 그리고 나는 그런 하루에 매우 흡족해하면서 돌아오는 길이었다. 그런데 이제부터 이야기하려는 사건에 의해, 나의 몽상은 한창 절정에 달했을 때 그만 깨어져버리고 말았다.

6시경에 메닐몽탕 언덕길을 내려가다가 '갈랑 자르디니에' 술집의 거의 맞은편에 다다랐을 때, 내 앞에서 걸어가던 사람들이 별안간 느닷없이 양쪽으로 갈라지는가 싶더니 커다란 덴마크 개가 나에게 덤벼드는 것이 보였다. 사륜 마차 앞에서 전속력으로 돌진해오고 있었던 그 개는 나를 발견했을 때 달리던 것을 멈추거나 방향을 바꿀 시간적 여유조차 없었다. 그 순간 나는 땅바닥에 내던져지는 것을 모면할 수 있는 유일한 방법은, 아주 제대로 크게 뛰어올라 내가 허공에 있는 동안 그 개가 내 밑으로 지나가게 하는 것이라고 판단했다. 하지만 번개보다도 더 재빨리 떠오른 그 생각을 나는 미처 깊이 생각해볼 틈도 행동에 옮길 겨를도 없었는데, 그것이 내가 사고를 당하기 전에 했던 마지막 생각이었기 때문이다. 그 개와 부딪친 것도, 땅바닥에 곤두박질친 것도, 그 뒤에 일어난 그 어떤 일도 의식을 되찾을 때까지 나는 몰랐다.

내가 의식을 회복한 것은 밤이 다 되어서였다. 나는 젊은이들

서너 명의 보살핌을 받고 있었는데, 그들은 나에게 일어났던 일에 대해 이야기해주었다. 덴마크 개는 달려오던 기세를 줄이지 못한 채 나의 두 다리에 달려들었고, 그 큰 몸뚱이와 속도로 나에게 부딪치면서 나를 곤두박질치게 만들었다고 했다. 그리하여 나의 몸무게 전체가 실린 나의 위턱이 몹시 울퉁불퉁한 포도(鋪道)를 강타하게 되었다고 했다. 내리막길에 있었던 만큼 그 추락은 더더욱 격렬했으며, 내 머리가 두 발보다 더 아래로 떨어져 내리며 부딪쳤다고 했다.

그 개를 데리고 왔던 사륜 마차가 바로 뒤를 따르고 있었기 때문에, 만일 마부가 말들을 즉시 멈추지 않았더라면 마차가 내 몸을 짓밟고 지나갈 뻔했다고 했다. 이상이 내가 쓰러졌을 때 나를 일으켜 세워주었고, 내가 의식을 되찾았을 때까지 여전히 부축해주고 있었던 사람들이 해준 이야기 내용이다. 그런데 그 순간 내가 처해 있던 상태는 너무나 희한했기에, 여기에서 그것을 묘사하지 않을 수 없다.

밤이 깊어가고 있었다. 시야에 얼핏 하늘과 몇 개의 별과 약간의 푸르른 초목이 들어왔다. 그런 최초의 감각은 감미로운 한순간이었다. 아직은 그런 것으로밖에 나 자신을 느낄 수 없었다. 그 순간 생기가 솟았고, 눈에 보이는 모든 대상을 나라는 가벼운 존재로 가득 채우고 있는 것 같았다. 나는 온전히 현재에만 속해 있어서 아무것도 기억이 나지를 않았다. 나라는 개인에 대한 그 어떤 분명한 개념도 없었고, 방금 전 나에게 일어났던 일에 대해서도 아무런 생각이 나지 않았다. 내가 누구인지, 내가 어디에 있는지도 몰랐다. 고통도, 두려움도, 불안도 느껴지지 않았다. 나는 나의 피가 흐르고 있는 것을, 그 피가 나의 피라는 사실을 전혀 생각조차 못한 채 마치 시냇물이 흐르는 것을 바라보듯 보고 있었다. 나는 나의 온 존재 안에서 어떤 매혹적인 평정을 느꼈었는데, 그 이후 그것을 기억할 때마다 나는 내가 아는 쾌락을 추구하는 모든 활동 중에서도 그것에 견줄 만한 것은 아무것도 발견할 수가 없었다.

사람들이 나에게 어디에 사느냐고 물었지만 나는 대답할 수가 없었다. 나는 여기가 어디냐고 물어보았다. 사람들은 나에게 오트보른이라고 대답해줬는데, 그것은 마치 내가 아틀라스 산에 있다는 말과 다를 바 없이 들렸다. 그래서 나는 연달아 내가 있는 지방, 도시, 그리고 지구(地區)의 이름을 물어봐야만 했다. 그렇지만 그것만으로는 나 자신이 누군지를 알기에 충분하지가 않았다. 나의 주소와 이름을 기억해내는 데에는 그곳에서부터 대로에까지 이르는 여정이 필요했다. 낯모르는 어느 신사가 친절하게도 얼마 동안 나와 동행해주었는데, 내가 무척 멀리 살고 있다는 것을 알고는 탕플에서 삯마차를 잡아타고 집으로 가라고 권했다. 나는 여전히 많은 피를 내뱉으면서도 아주 잘, 그리고 아주 경쾌하게, 고통도 상처도 느끼지 못한 채 걸어갔다. 하지만 얼음처럼 싸늘한 오한이 느껴졌는데, 나의 깨진 치아들을 매우 거북하고도 괴로운 방식으로 맞부딪치게 만들었다. 탕플에 도착하자, 나는 아무 어려움 없이 걸을 수 있으므로 마차를 타고서 한기로 죽을 지경이 되느니 차라리 가던 길을 그렇게 계속 걸어가는 것이 더 낫겠다고 생각했다. 그렇게 해서 나는 탕플에서 플라트리에르[1] 거리까지 약 2킬로미터를 아무 어려움 없이 혼잡과 마차들을 피하면서, 그리고 건강했을 때와 전혀 다름없이 길을 잘 선택하여 따라가면서 걸었다.

집에 도착해서, 거리로 나 있는 대문에 채워진 비밀 자물쇠를 열고, 어둠 속에서 계단을 올라 마침내 나의 집으로 들어갔다. 내가 넘어졌던 일과, 그 당시에는 아직 알아챌 수조차 없던 그 일의 여파 말고는 다른 사고 없이 말이다.

나를 보고 아내가 지른 비명 소리를 듣고서야 나는 내가 생각했던 것보다 더 심하게 다쳤음을 알았다. 하지만 나는 고통을 여전히 깨닫지도 느끼지도 못한 채 그날 밤을 보냈다. 그 다음 날에야 내가 느끼고 발견하게 되었던 사실은 이러하다. 나의 윗입술 안쪽이 코 있는 데까지 갈라지고 말았지만, 바깥쪽 피부가 잘 보호해주어서 윗입술이 완전히 갈라지는 것은 막아주었다. 치아 네 대가 위턱에 처박히는 바람에 위턱을 덮고 있는 얼굴 전체가 완전히 퉁퉁 붓고 멍들어버렸고, 오른손 엄지손가락은 삐어서 엄청나게 부어올랐으며, 왼손 엄지손가락은 심하게 상처를 입은 상

---

1 Plâtrière. 루소가 1770년 6월부터 1778년 5월까지 거주했던 파리의 거리 이름. 1791년에 장 자크 루소 거리로 개명되었다.

태였다. 왼팔은 삐어 있었고, 왼쪽 무릎도 아주 심하게 부어올랐는데, 고통스러운 심한 타박상 때문에 전혀 굽힐 수가 없었다. 하지만 그런 난리에도 불구하고 아무것도, 치아 한 대도 부러지지 않았다. 그렇게 심하게 곤두박질친 와중에 기적과 같은 행운이었다.

이상이 내가 겪은 사고에 대한 정확하고 충실한 이야기이다. 그런데 채 며칠도 지나지 않아 이 이야기는 너무나 변형되고 훼손되어서 전혀 알아볼 수 없을 정도가 되어 파리 전역에 퍼졌다. 나는 그러한 탈바꿈을 미리 예상했어야만 했다. 그러나 거기에는 너무나 많은 묘한 정황들이 결합되었고, 너무나 많은 모호한 말들과 고의적인 침묵이 곁들여졌다. 사람들이 나에게 우스꽝스러우리만치 조심스러운 태도로 그것에 대해 이야기하였기 때문에, 그 모든 애매모호함이 나를 불안하게 만들었다. 나는 늘 암흑을 혐오했으며, 암흑은 항상 나에게 공포를—그토록 오랜 시일에 걸쳐서 사람들이 나를 에워싸온 암흑조차 감소시킬 수 없었던—불러일으킨다. 그 시기에 있었던 모든 기이한 사실들 중 한 가지만 이야기할 텐데, 그 하나만으로도 다른 일들은 어떠했을지 상상할 수 있을 것이다.

치안 감독관 르누아르 씨는 나와는 아무런 관계도 없는 사람이었는데 나의 소식을 알아보려고 자신의 비서를 보냈다. 그러고는 그 당시 정황에서는 나를 위로하는 데 별 소용도 없을 것 같은 조력을 간곡히 제의해왔다. 그의 비서는 나에게 그 제의를 받아들이라고 아주 강력히 종용했고, 만일 자기를 믿지 못하겠다면 내가 르누아르 씨에게 직접 편지를 써도 된다고까지 말했다. 그런 큰 호의와 그가 그것에 덧붙인 비밀 이야기라도 하는 듯 은밀한 태도는 나에게 그 모든 것 이면에 알 수 없는 뭔가가 있음을 깨닫게 했지만, 아무리 생각해봐도 나는 그것을 간파해낼 수가 없었다. 내가 당한 사고와 그로 인한 열 때문에 머릿속이 착란상태에 있었던 만큼, 내가 겁을 먹는 데는 그렇게 많은 것이 필요 없었다. 나는 염려스럽고도 불길한 수많은 추측에 몰두했고, 내 주변에서 일어나는 모든 것에 설명들을 붙여댔다. 그런데 그 설명들은 더 이상 아무것에도 관심을 갖지 않는 한 인간의 냉정함보다는, 오히려 열로 말미암아 생긴 착란상태를 나타내는 것들이었다.

또 다른 사건이 일어나면서 끝내 나의 평온을 깨뜨려놓고야 말았다. 도르무아 부인은 그 몇 년 전부터 나와 친해지고 싶어 했었는데, 나로서는 그 이유를 알 수가 없었다. 가식적인 자질구레한 선물들과, 목적도 즐거움도 없는 빈번한 방문은 나에게 그 모든 것에 은밀한 속셈이 있다는 점을 충분히 알아차리게 해주긴 했지만, 그것을 드러내 보여주지는 않았다. 그녀는 왕비[2]에게 바치기 위해 자기가 쓰고자 하는 소설[3]에 대해 나에게 이야기했었던 바 있다. 나는 여성 작가들에 대해 내가 생각하는 바를 그녀에게 말했었다. 그녀는 그 계획의 목적이 자기 재산을 되찾는 것이며,

---

2 루이 16세(1774~1793 재위)의 왕비 마리 앙투아네트를 말한다.

그러기 위해서는 후원자가 필요하다고 말했었다. 그 점에 대해서는 나로서 대답할 말이 없었다. 그 후 그녀는 왕비에게 접근할 수가 없어서 자기 책을 대중에게 공개하기로, 즉 출판하기로 결심했다고 말했었다. 나로서는 더 이상, 그녀가 청하지도 않았고 따르지도 않았을 조언을 할 계제가 아니었다. 그녀는 그전에 나에게 원고를 보여주겠다고 말했었다. 나는 그녀에게 그러지 말아달라고 부탁했고, 그러자 그녀는 원고를 보여주지 않았었다.

그런데 내가 부상에서 회복되어가고 있던 어느 날, 나는 그녀로부터 완전히 인쇄되고 제본까지 된 그 책을 받았다. 나는 서문에서 나에 대한 과찬을 발견했는데, 따분하게 겉치레적이고 매우 가식적으로 쓰여 있어서 기분이 불쾌해지고 말았다. 거기에서 느껴지는 투박한 아첨은 결코 호의와는 어울리지 않는 것이라서, 나의 마음이 속아 넘어갈 리가 없는 그런 것이었다.

며칠 후, 도르무아 부인은 딸과 함께 나를 만나러 왔다. 그녀는 자신의 책이 주석[4] 하나 때문에 대단히 떠들썩한 소문을 일으키고 있다고 알려주었다. 나는 그 소설을 빨리 대충 읽었기 때문에 그 주석을 거의 눈여겨보지 않았었다. 도르무아 부인이 간 뒤에 나는 그 주석을 다시 읽어보았고, 표현 방식을 자세히 검토해보

---

3 1777년에 발표된 《젊은 에멜리의 불행(*Les malheurs de la jeune Émélie, pour servir d'instruction aux âmes vertueuses et sensibles*)》을 말한다. 이 책은 왕비에게 증정하기 위해 1776년에 미리 인쇄되었기 때문에, 루소는 1776년 11월에 도르무아(d'Ormoy) 부인에게 완전히 인쇄되고 제본된 책을 받았다고 한다. 당시에는 책들이 인쇄된 종이 형태로 팔렸으며 읽기 전에 제본소에 맡겨야 했는데, 제본을 함으로써 선물로서의 가치가 부가되었다.

왔다. 그러자 거기에서 지금까지 그녀의 방문, 아부, 서문에 쓴 나에 대한 과찬의 이유를 찾아냈다는 생각이 들었다. 그 모든 것의 목적은 대중에게 그 주석을 내가 쓴 것이라고 믿게 하여, 책이 출판되었을 때 그것으로 인해 저자가 받을 수도 있는 비난을 나에게 돌리려는 것 말고는 다른 목적이 없다는 판단이 섰던 것이다.

나에게는 그런 소문과 그로 인한 영향을 불식시킬 수 있는 방법이 없었다. 내가 할 수 있는 일이라고는, 도르무아 부인과 딸의 쓸데없고 공공연한 방문을 계속 견뎌내면서까지 그런 소문이 유지되게 내버려두지 않는 것뿐이었다. 그런 목적에서 나는 그 부인에게 다음과 같이 짤막한 편지를 써 보냈다.

루소는 그 어떤 작가의 방문도 받지 않기로 하였으므로, 도르무아 부인의 친절에 감사드립니다만 이제 더 이상 방문의 영광을 베풀지 말아주실 것을 간청합니다.

그녀는 비슷한 경우에 사람들이 나에게 써 보냈던 편지들처럼

---

4   문제의 주석은 도르무아 부인의 소설 1부 끝부분에 있는 것으로, 그 내용 중에 "덕이 높은 왕의 치하에서 양속(良俗)이 되살아나고 있고, 성실한 사람들이 서둘러서 왕좌를 둘러싸고 있다."라는 문구가 있다. 이러한 왕에 대한 찬사는 루이 16세를 두고 한 말임을 강조하는데, 사실 당시에 루이 16세는 정치적 안정을 유지하지 못하고 있었으므로 루소로서는 도르무아 부인과의 친분 관계와 문제의 주석이 불러일으킬 수도 있는 위험을 무시할 수 없었다.

형식은 정중하지만 신랄한 어투의 편지로 답해왔다. 나는 그녀의 다정다감한 마음에 야만적으로 비수를 꽂고 만 것이었다. 그래서 그녀의 편지 어투로 보아서는 그녀가 나에게 너무나도 강렬하고 진실한 감정을 품고 있어서, 그런 절교를 죽을 정도의 고통을 느끼지 않고서는 전혀 견뎌내지 못할 것이라고 생각하지 않을 수 없었다. 이와 같이 만사에 있어 올바르고 솔직하다는 것은 이 세상에서는 끔찍한 죄악이며, 따라서 나의 동시대인들이 보기에 자기네들처럼 거짓되고 불성실하지 않다는 것 말고는 다른 죄가 없는데도 불구하고, 나는 그들에게 악독하고 잔인한 사람으로 보일 것이다.

부상에서 회복되어 이미 여러 번 외출을 했었고, 튈르리 공원에서 꽤 자주 산책하곤 할 때였는데, 거기서 나를 만난 몇몇 사람들이 놀라는 모습을 보고서 나는 내가 모르는 나에 대한 또 다른 어떤 소문이 있다는 것을 알아챘다. 마침내 나는 그 공공연한 소문의 내용이 내가 그 곤두박질쳤던 사고로 인해 사망했다는 것임을 알게 되었다. 그 소문은 너무나도 빠르고 끈질기게 퍼져나가서, 내가 그것을 알게 된 지 보름 남짓 후에는 국왕과 왕비가 그것을 확실한 사실로서 언급했을 정도였다. 사람들이 친절하게도 나에게 보내준 편지에 따르면 〈아비뇽 통신〉은 그 기쁜 소식을 고지하면서[5], 나의 사후 평판에 바치려고 준비해두었던 모욕과 모독의 공물을 기회를 놓치지 않고 조사(弔詞) 형태로 바쳤다고 했다.

그 소문에 더한층 기이한 정황이 덧붙여졌다. 나도 우연히 알게 되었을 뿐 상세한 내막은 전혀 알 수 없었는데, 나의 집에서 찾아낼 원고들의 인쇄물에 대한 예약 신청이 내가 죽었다는 소문과 동시에 시작되었다는 것이었다. 그 얘길 듣고서 나는 사람들이 나의 사후에 즉시 내 저작물이라고 하기 위해서 위조한 작품들을 대기시켜놓고 있음을 알았다. 왜냐하면 실제로 찾아낼 수 있을 내 글들 중 어느 하나라도 있는 그대로 충실하게 인쇄되리라 믿는다는 것은 분별 있는 사람이라면 도저히 생각할 수도 없을 만큼 어리석은 일이고, 지난 15년간의 경험이 그런 일은 있을 수 없다고 나에게 아주 확실히 보증해주었기 때문이다.

그런 지기(知機)들이 연이어서 일어나고 그에 못지않게 놀라운 여러 다른 지기들이 뒤따르자, 약해진 줄로 알았던 나의 상상력은 또다시 겁에 질렸다. 그리고 사람들이 나의 주위에 쉴 새 없이 점점 더 짙게 깔리게 만들고 있던 그 불길한 암흑은, 그것이 나에게 자연적으로 불러일으키는 온갖 공포를 되살아나게 했다. 나는 그 모든 것에 대해 온갖 설명들을 붙여대려 했고, 또한 사람들이 나로서는 도저히 이해할 수 없도록 만들어놓은 불가사의를 이해해보려고 애썼다. 그런데 그토록 많은 수수께끼들로부터 얻은 변함없는 유일한 결과는, 이전에 내가 내렸던 모든 결론이 맞

5 1776년 12월 20일자 〈아비뇽 통신(*Le Courrier d'Avignon*)〉에 루소가 12월 12일에 사망했다는 소식이 게재되었다.

다는 확인이었다. 즉 나와 내 평판의 운명은 현세대 모두의 공모에 의해 정해졌기 때문에, 나의 어떤 노력으로도 벗어날 수 없다는 것이었다. 왜냐하면 나로서는 그 어떤 기탁물이든, 현세대에서 그것을 말살시키려는 자들의 손을 거치지 않은 채 다른 세대들에게 전달하는 것이 전혀 불가능하기 때문이다.

하지만 이번에 나는 더 나아갔다. 그토록 많은 우연한 정황들의 축적, 운이 좋다고 할 수 있는 나의 모든 가장 잔인한 적들, 국가를 통치하는 모든 자들, 여론을 좌지우지하는 모든 자들, 요직에 있는 모든 자들, 나에 대해 은밀한 적의를 가지고 있는 자들 중 공동의 음모에 가담하기 위해 마치 선별판에서 선별되듯 선발된 모든 신망 있는 자들, 그런 모든 자들의 승승장구, 그런 보편적 일치는 순전히 우연이라고 하기에는 너무나 기이한 것이었다. 단 한 사람만이라도 그것의 공모자가 되기를 거부했더라면, 단 한 가지 사건이라도 그것을 거슬렀더라면, 단 하나의 예상치 못한 정황이라도 장애가 되었더라면 그것을 실패하도록 만들기에 충분했을 터이다.

그러나 모든 의지, 모든 숙명, 그리고 운명과 모든 격변이 사람들의 행위를 공고히 만들어버렸다. 기적과도 같은 그런 너무나도 경이적인 협력은, 나로 하여금 그것의 완전한 성공이 영원한 절대적 명령 속에 쓰여 있다는 것을 의심할 수 없게 만들었다. 과거에 있어서든 현재에 있어서든 수많은 개별적인 관찰이 나의 그런 생각을 너무나도 확고하게 만들어주어, 나는 지금까지 사람들의 악의의 산물로만 생각해왔던 그 똑같은 행위를 이제는 인간의 이성으로는 헤아릴 수 없는 신의 불가사의들 중 하나로 여길 수밖에 없게 되었다.

　이런 생각은 나에게 잔인하고 비통스럽게 느껴지기는커녕, 나를 위로하고 진정시키며 체념하고 받아들이게 도와준다. 나는 만일 자신이 영벌에 처해지는 것이 신의 의지라면 그렇게 될지라도 스스로 마음을 달랬을 성 아우구스티누스만큼 멀리 나아가지는 못한다. 나의 체념은 사실 좀 더 사심이 있는, 하지만 덜 순수하지는 않으며, 내 생각에는 내가 숭배하는 '완전한 존재'에 더 잘 어울리는 원천에서 유래한다. 신은 공정하다. 그는 내가 고통받기를 원하지만, 내가 결백하다는 것을 안다. 이상이 내 확신의 동인(動因)이다. 나의 심정과 이성은 그 확신이 나를 속이지 않을 것이라고 부르짖고 있다. 그러니 사람들과 운명이 하는 대로 내버려두자. 불평 없이 견디는 것을 배우자. 결국 모든 것은 질서를 되찾을 터이고, 조만간 나의 차례도 오게 되리니.

세 번째 산책

나는 항상 배우면서 늙어간다.

솔론은 그의 만년에 이 시구를 자주 되뇌었다. 이 시구는 노년
에 있는 나 또한 그런 말을 할 수 있을 듯한 의미를 내포하고 있다.
하지만 지난 20년 동안 경험을 통해 내가 얻은 지식은 참으로 서
글픈 것이니, 즉 무지가 훨씬 더 바람직하다는 사실이다. 역경은
분명 위대한 스승이다. 하지만 수업료를 비싸게 치러야만 하고,
종종 그 수업에서 얻은 이익은 치른 대가만큼의 가치가 없다. 게
다가 너무 뒤늦은 수업 때문에, 그것을 사용할 적절한 기회는 그
모든 지식을 얻기도 전에 지나가버리고 만다. 청춘기는 지혜를 배
우는 시기이고, 노년기는 그것을 실천하는 시기이다. 경험은 항
상 가르침을 주는 것이 사실이다. 그러나 그것은 앞으로 살 기간

동안에만 도움이 된다. 죽어야만 할 때, 어떻게 살았어야만 했는지를 배우는 것이 과연 적절한 일일까?

아! 나의 운명과 그것을 만들어낸 타인의 정념에 대해 그토록 뒤늦게, 그토록 고통스럽게 얻은 지식이 나에게 무슨 소용이 있다는 말인가! 나는 사람들을 보다 더 잘 아는 법을 배움으로써 그들이 나를 그 안에 빠뜨려놓은 비참함을 보다 더 잘 느끼게 되었을 뿐, 그런 지식이 나에게 그들의 모든 함정을 드러내줌으로써 내가 그중 어느 하나라도 피할 수 있게 해주지는 못했다. 차라리 그토록 오랜 세월 동안 나를 소란스러운 친구들의 먹잇감이자 놀림감으로 만들었던, 하지만 그들의 모든 음모에 둘러싸여 있으면서도 내가 그것에 대해 추호의 의심도 하지 않았던, 그런 어리석지만 기분 좋은 신뢰감 속에 여전히 머물러 있었더라면! 나는 그들에게 쉽게 속는 자였고 그들의 희생자였던 것이 사실이다. 하지만 나는 그들에게 사랑받고 있다고 믿었고, 마음속으로 그들이 나에게 불러일으킨 우정을 즐기면서 그들도 나에 대해 그만큼의 우정을 가지고 있다고 생각했었다. 그런 감미로운 환상은 깨어져버리고 말았다. 시간과 이성이 나를 불행하게 만들며 드러내 보여준 서글픈 진실은, 아무런 대책도 없으니 나로서는 체념하는 수밖에 없다는 것을 알게 해주었다. 이처럼 지금의 처지에 있는 나에게 내 나이에서의 모든 경험은 현재를 위한 유용성도, 미래를 위한 유익함도 없는 것이다.

우리는 태어남과 동시에 원형 경기장에 들어가 죽음과 동시에 거기에서 나오게 된다. 그 여정 끝에 있는 사람에게 전차를 더 잘 모는 법을 배우는 것이 무슨 소용이 있다는 말인가? 이제 남은 일이라고는 어떻게 거기서 나와야 하는지를 생각하는 것뿐이다. 만일 노인에게 아직도 해야 할 공부가 남아 있다면, 오로지 죽는 것을 배우는 일뿐이다. 그런데 내 나이 정도의 사람들이 가장 안 하는 일이 바로 그것이다. 모든 것에 대해 생각하면서도 그것만은 제외한다. 모든 노인들은 어린아이들보다 삶에 대해 더 많은 애착을 느낀다. 그리고 청년들보다 더 마지못해 하면서 삶에서 떠나간다. 왜냐하면 그들의 모든 노고가 현세의 삶을 위한 것이었기에, 그 끝에 이르렀을 때 그들은 자신들이 헛되이 수고했다는 사실을 깨닫게 되기 때문이다. 그들은 자신들의 모든 노고, 모든 재산, 불철주야 부지런히 노력해서 얻은 모든 성과를 죽을 때는 모두 놓고 떠나게 된다. 살아 있는 동안에 그들은 죽을 때 가지고 갈 수 있는 것을 획득할 생각을 하지 않았던 것이다.

나는 이 모든 것을 나 자신에게 말해야 할 시기에 나 자신에게 말했었다. 내가 나의 성찰을 더 잘 활용하지 못했다고 해도, 그것은 내가 제때에 성찰을 하지 않았다거나 그것을 제대로 소화하지 못했던 탓은 아니다. 어린 시절부터 세상의 소용돌이 속에 내던져졌던 나는 일찍부터 경험에 의해 내가 그곳에서 살기에 적합하지 않다는 것과, 거기에서는 나의 마음이 원하는 상태에 결코 도달할 수 없으리라는 것을 깨달았다. 사람들 가운데서는 찾을 수 없다고 느낀 행복을 거기에서 찾기를 그만두자, 나의 열렬한 상상력은 이제 겨우 시작되던 내 삶의 그 기간을 마치 나에게는 낯선 땅이기라도 하듯 내가 정착할 수 있는 편안한 터에서 쉴 수 있도록 이미 뛰어넘어버리고 말았었다.

그런 감정은 나의 어린 시절부터 교육에 의해 키워졌고, 나의 전 생애를 가득 채운 비참함과 불행한 일들의 기나긴 연속에 의해 강화되었던 것으로, 나로 하여금 다른 어떤 사람에게서도 찾아볼 수 없을 정도로 지대한 관심과 정성을 기울여 나라는 존재의 본성과 목적을 알기 위해 줄곧 노력하도록 만들었다. 나는 나보다 훨씬 더 박식하게 철학을 하는 사람들을 많이 보았다. 하지만 그들의 철학은 말하자면 그들 자신과는 무관한 것이었다. 그들은 다른 사람들보다 더 유식해지고 싶어 했고 마치 그들 눈에 띈 어떤 기계를 연구하듯이, 우주가 어떻게 배열되어 있는지를 알려고 순전한 호기심에서 우주를 연구했다. 그들이 인간의 본성을 연구했던 것은 그것에 대해 학자답게 이야기할 수 있기 위해서였지, 자기 자신을 알기 위해서가 아니었다. 그들이 공부했던 것은 남들을 가르치기 위해서였지, 자신의 내면을 밝혀내기 위해서가 아니었다. 개중에 몇몇은, 사람들에게 받아들여지기만 한다면 어떤 내용이든 상관없이 책을 쓸 생각뿐이었다. 일단 책이 쓰여 출판이 되면 그들은 그 내용에 대해서는 더 이상 조금도 관심을 갖지 않았다. 다른 사람들이 그 내용을 받아들이도록 만들기 위해서라든지, 그 내용이 공격을 받게 되어 옹호하기 위해서가 아닌 이상 말이다. 뿐만 아니라 그 내용에서 뭔가를 끌어내어 그들 자신을 위해서 이용하지도 않았고, 반박당하지 않는 한 그 내용이 거짓이든 진실이든 신경조차 쓰지 않았다. 나의 경우, 배우고자 원했던 것은 나 자신을 알기 위해서였지 가르치기 위해서가 아니었다. 나는 남들을 가르치기 전에 우선 나 자신을 위해서 충분히 아는 것으로부터 시작해야만 한다고 늘 생각했다. 따라서 내가 살아오면서 사람들 가운데서 하려고 애썼던 모든 연구들 중에는, 여생 동안 무인도에 억류되었다 하더라도 나 혼자 거기에서 똑같이 행했을 연구말고는 다른 것이 거의 없다. 우리가 해야만 하는 것은 믿어야만 하는 것에 많이 좌우되며, 일차적인 생리적 욕구와 관계없는 모든 것에 있어서 우리 행동의 기준은 우리의 소신이다. 나는 항상 고수해온 이런 원칙[1] 속에서 종종 그리고 오랫동안, 나의 삶을 어떻게 활용할지 방향을 잡기 위해서 삶의 진정한 목적을 알려고 애썼었다. 하지만 이 세상에서 그런 목적을 찾아서는 안 된다는 것을 느낌과 동시에, 나는 곧 이 세상에서 능숙하게 처신하는 재주가 나에게 거의 없다는 것에서 위안을 느끼게 되었다.

양속(良俗)과 신앙심으로 가득 찬 가정에서 태어나 지혜와 신심이 넘치는 목사의 집에서 양육된 나는 아주 어린 시절부터 원칙들, 규범들, 다른 사람들은 편견이라고 말할 수도 있을 것들을

---

[1] '우리가 해야만 하는 것은 믿어야만 하는 것에 많이 좌우된다'는 것, 즉 도덕이 형이상학에 좌우된다는 것.

받아들였었는데, 그것들은 결코 한 번도 나를 완전히 버린 적이 없었다. 아직 어렸고, 마음 가는 대로였고, 호의에 이끌리고, 허영심에 유혹당하고, 희망에 속고, 가난 때문에 어쩔 수 없어서 나는 가톨릭교도가 되었었는데, 그러나 여전히 기독교 신자로 남았었다.[2] 그리고 곧 습관에 의해, 나의 마음은 진지하게 나의 새로운 종교에 애착을 가지게 되었었다. 드 바랑 부인[3]의 지도와 모범은 나의 그러한 애착을 확고하게 해주었다. 내가 꽃다운 청춘을 보냈던 전원의 고독, 내가 온전히 몰두했던 양서(良書)들에 대한 연구는 그녀 곁에서 나의 타고난 다정다감한 성향을 강화시켰고, 나를 거의 페늘롱[4] 식의 신앙심 깊은 신자로 만들었었다. 은신처에서의 사색, 자연에 대한 연구, 우주에 대한 명상은 은둔자로 하여금 끊임없이 조물주를 향하도록 만들고, 그가 보는 모든 것의 목적과 그가 느끼는 모든 것의 원인을 감미로운 불안감

---

2 베른 대학의 불문학 교수 미셸 크로지에(Michèle Crogiez)는, 이 문장에 본래 가톨릭교도이면서도 기독교를 저버렸던 당시의 몇몇 사람들에 대한 루소의 비난이 담겨져 있다고 본다.

3 태어나면서 어머니를 잃은 루소는 홀로 보내는 시간이 많았으며, 아버지마저 그를 떠나버린 후에는 개신교 목사의 보호 아래 자연과 더불어 몽상에 잠겨 열두 살까지 비교적 행복하게 보냈다. 그 후 많은 고생 끝에 귀족 출신의 과부이자 개신교도였다가 구교로 개종한 드 바랑 부인(Françoise-Louise de Warens, 1699~1762)을 만나 이탈리아 토리노에 보내진 후 1728년 열여섯 살에 구교로 개종했다. 당시 그의 개종은 생계를 유지하기 위한 방편에 가까웠다.

4 루소는 프랑스의 고위 성직자이자 문학가 페늘롱(François de Salignac de La Mothe-Fénelon, 1651~1715)의 작품들을 드 바랑 부인의 집에서 읽고 그의 신앙심과 시적 산문에 영향을 받았으며, 특히 《텔레마크(Télémaque)》는 《에밀》의 주제에 영감을 주었다.

을 느끼며 추구(追究)하도록 만든다. 내 운명이 나를 이 세상의 격류 속으로 내던졌을 때, 나는 거기에서 단 한순간도 나의 마음을 즐겁게 해줄 수 있는 것은 더 이상 아무것도 발견할 수 없었다. 달콤한 나만의 시간에 대한 아쉬움은 어디든지 나를 따라다녔고, 또한 나를 행운과 명예로 이끌어갈 수 있는 내 능력의 한도 내에 있는 모든 것에 대한 무관심과 혐오감을 안겨주었었다. 불안한 욕망 속에서 확신을 갖지 못했던 나는 희망도 품지 않았었고, 별로 얻는 바도 없었다. 또한 행운의 서광 속에서조차도, 내가 추구한다고 믿는 모든 것을 획득하게 될지라도 거기에서는 내 마음이 그 대상과 분간도 못한 채 갈망하고 있는 행복을 전혀 찾을 수 없으리라는 것을 느끼고 있었다. 그렇게 모든 것이 나의 애착을 이 세상으로부터 떼어놓는 데 동참하고 있었는데, 나를 이 세상에서 완전한 국외자로 만들어버린 불행한 일들이 일어나기 전에조차도 그러했다. 나는 곤궁함과 부유함, 지혜와 미망 사이에서 떠돌면서 마음속에 나쁜 성향은 없었지만 습관적인 악덕들로 가득 찬 채, 이성에 의해 제대로 확정된 원칙 없이 되는대로 살면서, 나의 의무들을 대수롭지 않게 여긴 것은 아니었지만 종종 그것들을 잘 알지 못한 채로 소홀히 하면서 마흔 살에 이르렀었다.

나는 청년 시절부터, 마흔이라는 나이를 성공에 도달하기 위한 모든 노력을 끝내는 시기이자 모든 분야에 있어 나의 포부가 끝나는 기한으로 설정했었다. 그 나이가 되면서부터는 어떤 상황에 처하든 거기에서 벗어나려고 발버둥치지 않으며 더 이상 앞날에 관심을 두지 않고 여생을 그날그날 살아가리라 굳게 결심했었다. 마침내 그 순간이 오자 나는 그 계획을 어려움 없이 실행했었다. 비록 그 당시에 나의 행운이 보다 확고한 기반을 잡으려는 것처럼 보이기는 했었지만 말이다.⁵ 나는 전혀 애석함이 없었을 뿐만 아니라 정말로 기쁘게 포기했었다. 그런 모든 유혹, 그런 모든 헛된 희망으로부터 해방됨으로써 나는 무심함에, 그리고 늘 나의 가장 지배적인 취향이자 가장 지속적인 성향이었던 정신적 안정에 온전하게 빠져들었었다. 나는 사교계와 그 화려한 허식을 버렸었고, 모든 장신구를 포기했었다. 더 이상은 패검(佩劍), 시계, 흰 양말, 금 장식물, 머리장식을 착용하지 않았고, 아주 소박한 가발을 쓰고 점잖고 투박한 모직 옷을 입었었다. 그 모든 것보다도 더 나았던 일은, 내가 버린 모든 것에 가치를 부여하던 탐욕과 갈망을 나의 마음으로부터 뿌리째 뽑아버렸다는 것이었다. 나는 그 당시 차지하고 있던 지위도 포기했었는데, 그것은 내 적성에 전혀 맞지 않았었다.⁶ 그리고 나서 나는 페이지당 얼마씩 받고 악보 베끼는 일을 시작했었는데, 그 일은 내가 절대 싫증을 느끼지 않고 확고한 취미를 느꼈던 일이었다.

---

5 루소는 1752년에 마흔 살이 되었는데, 1750년에는 디종 아카데미 논문 현상공모에 〈학문 및 예술론(Discours sur les sciences et les arts)〉으로 당선되었고, 1751년부터 출판되기 시작하던 《백과사전(L'Encyclopédie)》에 음악 관련 항목을 집필한 바 있었으며, 1752년에는 퐁텐블로의 국왕 루이 15세 앞에서 오페라 막간극 《마을의 점쟁이(Le Devin du village)》를 공연하여 성공을 거두었다.

나는 나의 개혁을 외적인 것들에만 국한시키지 않았었다. 나는 그런 개혁이, 분명 더 고통스러울 테지만 더 필수불가결한 또 다른 개혁을 나의 소신 속에서도 요구한다는 것을 느꼈었다. 그래서 망설이지 않기로 결심하고, 나의 내면을 내가 죽음에 임하게 되었을 때 발견하기를 바라는 그런 모습으로 여생 동안 규제하게 될 엄격한 검토에 부치는 일에 착수했었다.

나의 마음속에서 그 바로 얼마 전에 일어났던 커다란 격변, 눈앞에 모습을 드러낸 또 다른 도덕의 세계, 내가 그로 인해 얼마나 큰 희생을 치르게 되는지 아직 예상도 못한 채 부조리함을 느끼기 시작했던 사람들의 비상식적인 판단들, 그 기운을 느끼자마자 혐오감이 생기는 문학적 허영심과는 전혀 다른 행복에 대한 점점 더 커져가는 욕구, 여생 동안 내가 그 얼마 전에 지나왔던 가장 아름다웠던 반생(半生)의 길보다 좀 더 확실한 길을 내고 싶은 욕망, 이 모든 것이 나로 하여금 내가 그 오래전부터 필요성을 느끼고 있던 그런 중대한 검토를 하게끔 만들고 있었다. 따라서 나는 그것에 착수했고, 그 계획을 제대로 실행하기 위해 나의 힘으로 할 수 있는 일은 어느 하나도 소홀히 하지 않았다.

바로 그 시기로부터 사교계에 대한 나의 온전한 포기와, 그 이

---

6 루소는 1743년에 이탈리아 베네치아 주재 프랑스 대사의 비서로 일함으로써 서민계급을 탈피할 수 있었으나, 대사와의 불화로 1년 후 비서직을 사임했다. 또 1746년에는 계몽주의 시대의 유력인사이자 유명한 문학 살롱의 여주인이었던 뒤팽(Dupin) 부인의 비서가 되었다가, 1751년에 그만두었다.

후로 줄곧 이어져온 고독에 대한 강렬한 취향이 시작되었다. 내가 계획했던 작업은 완전한 은둔 속에서만 실행될 수 있었다. 왜냐하면 그것은 사교계의 소란스러움이 허용하지 않는 길고도 평온한 사색을 필요로 했기 때문이다. 그리하여 한동안 어쩔 수 없이 전혀 다른 삶의 방식을 택해야 했다. 그런데 나는 곧 그런 삶의 방식에 너무나 만족하게 되어 그 이후로는 부득이한 경우에만, 그리고 아주 잠시 동안에만 그 방식을 중단했을 뿐 진심으로 다시 그것을 채택했고, 또 그렇게 할 수 있게 되자마자 기꺼이 그렇게 하는 것에 만족해했다. 그래서 이후에 사람들이 나를 홀로 사는 처지에 놓이게 했을 때, 그들은 나를 비참하게 만들기 위해 격리시켰지만 그럼으로써 오히려 나 자신이 할 수 있었던 것 이상으로 나의 행복에 기여했다고 나는 생각했다.

내가 계획했던 작업에, 나는 그것의 중요성과 내가 그것에 대해 느끼는 필요성에 걸맞는 열의를 가지고서 몰두했다. 그 당시에 나는 옛 철학자들과는 거의 닮지 않은 현대의 철학자들과 생활하고 있었다. 그런데 그들은 나의 의혹을 제거해주고 나의 우유부단함을 저지해주기는커녕, 나에게 그것들을 아는 것이 가장 중요했던 사항들에 대해 내가 가지고 있다고 여긴 모든 확실성을 뒤흔들어놓고 말았었다. 왜냐하면 열렬한 무신론 선전가이자 매우 오만한 독단론자인 그들은, 어떤 문제에 관해서든 사람들이 감히 자신들과 다르게 생각한다는 것을 화를 내지 않고서는 도저히 견뎌내지 못했었기 때문이다. 나는 논쟁에 대한 혐오와 이론적으로 논박할 수 있는 재능의 부족으로 인해 종종 아주 미약하게 나 자신을 변호했었다. 하지만 나는 결코 그들의 참담한 학설을 받아들이지는 않았었다. 그토록 불관용적인 데다가 자신들만의 견해를 가지고 있는 사람들에 대한 그러한 나의 저항은, 그들의 적의를 돋우는 데 적잖은 원인이 되었었다.

그들은 나를 납득시키지 못했지만 불안하게는 만들었었다. 그들의 논거는 나를 뒤흔들어놓았지만 결코 나를 설득시키지는 못했었다. 나는 그들의 논거들에서 올바른 해답을 전혀 찾을 수 없었지만, 거기에 분명 올바른 해답이 있을 것같이 느꼈었다. 나는 나의 오류보다는 나의 어리석음을 더 자책했었고, 그래서 나의 심정은 나의 이성보다 그들에게 더 잘 답변하고는 했었다.

마침내 나는 이렇게 생각했다. 나 자신을 말재주 있는 자들의 궤변에 영원히 우왕좌왕하도록 내버려둘 것인가? 그들이 설교하는 소신들, 그들이 다른 사람들도 받아들이게 만들려고 그토록 열심인 소신들이 그들 자신의 것인지 나는 확신조차 할 수 없는데 말이다. 그들의 학설을 지배하는 정념, 남들에게도 이것 또는 저것을 믿게 하려는 욕심 때문에 그들은 자신들이 믿고 있는 것을 더 깊이 아는 것이 불가능하다. 당파의 수령들에게서 성실성을 찾을 수 있을까? 그들의 철학은 다른 사람들을 위한 것이다. 하지만 나에게는 나를 위한 철학이 필요할 것이다. 내 여생을 위한 확고한 행동방침을 갖기에 아직 늦진 않았으니, 온 힘을 다해 그것을 찾아보자. 나는 이제 인생의 완숙기에 이르러 지적 능

력이 최고조에 달해 있다. 아니, 이미 쇠퇴하고 있다. 더 기다렸다
가는 뒤늦은 고찰에 더 이상 나의 모든 힘을 사용할 수 없게 될 것
이다. 나의 지적인 기능은 활력을 이미 잃어버리게 될 것이고, 오
늘 내가 최선을 다해 할 수 있는 것을 그때엔 덜 잘하게 될 것이기
때문이다. 그러니 이 유리한 순간을 붙잡자. 지금이야말로 나의
외적이며 물질적인 개혁의 시기이다. 또한 나의 지적이고 도덕적
인 개혁의 시기이기를 바란다. 이번에야말로 나의 소신들, 나의
원칙들을 정하자. 그리고 잘 생각해본 후에, 내가 그렇게 되어야
겠다고 생각해내게 될 그런 사람이 되어 여생을 보내자.

　나는 그 계획을, 가능한 모든 노력과 주의를 기울여서 천천히
그리고 여러 번 되풀이하여 실행했었다. 내 여생의 안정과 나의
운명 전체가 거기에 달려 있다는 것을 나는 절실히 느끼고 있었
다. 처음에 나는 엄청난 당혹, 난해함, 반론, 곡절, 암흑의 미궁 속
으로 빠져들었다. 그래서 수십 번이나 모든 것을 포기하고 싶은
유혹을 느껴 헛된 탐구를 포기하고 내가 해명하기에는 그토록
힘겨웠던 원칙들 속에서 더 이상 그것을 찾기를 그만두고 나의
고찰을 일반적인 용의주도함의 기준들에서 멎게 하고 말 뻔했었
다. 하지만 그런 용의주도함 자체가 나와는 너무나 무관한 것이
었고, 내가 그런 용의주도함을 얻는다는 것은 나와는 전혀 어울
리지 않는다고 느꼈었기 때문에, 그것을 나의 지침으로 삼으려
한다는 것은 키도 나침반도 없이 바다와 폭풍우를 가로질러가면
서, 거의 접근 불가능하며 나에게 그 어떤 항구도 가리켜주지 않

는 등대를 찾으려고 하는 것이나 다름없었다.

　나는 끝내 굽히지 않았었다. 난생 처음으로 용기를 냈었고, 그 성공 덕분에 내가 전혀 예상조차 못했었지만 그때부터 나를 뒤덮기 시작했던 끔찍한 운명을 견뎌낼 수 있었다. 그 어떤 인간도 결코 해낸 적이 없었을 만큼 가장 열렬하고도 진지한 탐구를 한 후에, 나는 내가 반드시 지녀야 했던 모든 의견에 대해 평생 변치 않을 입장을 선택했었다. 내가 얻은 결과에 오류가 있을 수도 있지만, 적어도 그 오류가 나의 과실로 돌려질 수는 없다고 확신한다. 왜냐하면 나는 오류를 피하기 위해 온갖 노력을 다했었기 때문이다. 어린 시절부터의 편견과 내 마음의 은밀한 바람이, 나에게 가장 위안이 되는 쪽으로 저울이 기울게 했으리라는 것을 나는 조금도 의심하지 않는다. 아주 열렬하게 원하는 것을 믿지 않기란 어려운 일이다. 그리고 내세의 심판을 인정하느냐 하지 않느냐 하는 관심이 대부분의 사람들의 희망이나 두려움에 대한 믿음을 유발시킨다는 것을 그 누가 의심하겠는가? 그 모든 것이 나의 판단을 현혹시켰을 수도 있었다는 것은 인정하지만, 나의 성실성을 손상시킬 수는 없었다. 나는 무엇에 관해서든 잘못 생각하는 것을 두려워했었기 때문이다. 만일 모든 것이 현생을 어떻게 사용하느냐에 달려 있다면, 그 방법을 아는 것이야말로 나에게 중요한 일일 터였다. 아직 시간이 있을 때 적어도 그것으로부터 나에게 달려 있는 최선의 방침을 끌어내기 위해서, 그리고 완전히 속지 않기 위해서 말이다. 그런데 그 당시 나의 성향상 무엇보다도 두려웠던 바는, 나에게 결코 큰 가치가 있어 보이지 않는 현세의 쾌락을 향유하기 위해서 내 영혼의 영원한 운명을 위험에 처하도록 만드는 것이었다.

또한 고백하건대 그 당시 나는 우리의 철학자들이 그토록 자주 나의 귓전에 되뇌어대던, 나를 당혹하게 만들었던 그 모든 난해함을 아직도 만족스러우리만치 제거해버리지는 못했었다. 인간의 지성이 거의 영향력을 미치지 못하는 문제들에 관해 마침내 나의 입장을 선택하려고 결심했지만, 사방에서 불가해한 수수께끼들과 반박할 수 없는 반론들을 발견하고서, 나로서는 해결할 수 없었으며 반대편 체계에서도 강력한 다른 논리들에 의해 반박당하고 있던 반론들은 선택하지 않고, 각각의 문제에 있어, 직접적으로 가장 잘 확립되고 그 자체로서 가장 신뢰할 만해 보이는 의견을 채택했었다. 그런 문제들에 대한 독단적 논조는 협잡꾼에게나 어울리는 것이다. 하지만 자기 자신을 위해 하나의 의견을 가지는 것과, 또 가능한 한 완전히 성숙한 판단력을 가지고서 그것을 선택하는 것은 중요한 일이다. 만일 그럼에도 불구하고 우리가 오류에 빠진다면, 그것은 우리의 죄가 아니기 때문에 우리가 벌을 받는 것은 정당하다고 할 수 없을 것이다. 바로 이것이 내가 안심하는 근거이자 나의 확고부동한 원칙이다.

나의 고통스러운 탐구의 결과는 내가 그 후에 〈사부아 보좌신부의 신앙고백〉[7]에 기록한 바와 거의 같았다. 그것은 당대에는 부당하게 더럽혀지고 모독당했지만, 언젠가 행여 사람들 가운데서 양식과 선의가 되살아난다면 일대 혁신을 가져올 수도 있는 작품이다.

그때 이후로 나는 그토록 길고도 깊은 사색 후에 채택한 원칙들 안에 조용히 머무르게 되었으며, 그것들을 나의 행동과 신앙에 있어 불변의 기준으로 삼았고, 내가 해결할 수 없었던 반론들이나 가끔씩 새로이 머릿속에 떠오르던 예측 불가능했던 반론들에 대해서는 더 이상 신경을 쓰지 않았다. 그 반론들은 이따금씩 나를 불안하게 만들었지만 결코 한 번도 나를 뒤흔들어놓지는 못했었다. 나는 항상 마음속으로 이렇게 생각했었다. 그 모든 것은 나의 이성이 채택하고 나의 심정에 의해 견고해진, 그리고 정념의 침묵 속에서 내면의 동의로 확인된 기본 원칙들에 비하면 아무것도 아닌 궤변들이자 형이상학적 교묘함에 불과하다. 인간의 지적 능력을 훨씬 능가하는 문제들에 있어서, 도대체 내가 해결할 수 없는 어떤 반론이 하나의 학설 전체를 ─ 그토록 견고하고, 그렇게 많은 사색과 정성으로 그토록 매끄럽게 연결되고 잘 형성된, 나의 이성과 심정 그리고 나의 전 존재에 그토록 잘 어울리는, 또한 다른 모든 학설들에는 결핍된 나의 내면의 동의에 의해 확고해진 학설을 ─ 뒤집어버릴 수 있다는 말인가? 아니다. 헛

7 La profession de foi du vicaire savoyard, 루소의 《에밀》 제4편에 있는 글. 여기에서 루소는 감정 위주인 자기의 종교관을 찬양하며 유물론자에 가까운 디드로(Denis Diderot, 1713~1784)와 헬베티우스(Claude Adrien Helvétius, 1715~1771)의 주장을 거부하는데, '순박한 마음으로 신을 섬기는 것, 본질적 예배는 심정의 예배이다'라고 한 말은 낭만주의의 종교적 감수성 형성에 큰 영향을 주게 된다.

된 논증들은, 내 불멸의 본성과 이 세상의 구조와 또한 그것을 지배한다고 생각되는 자연의 영역 사이에서 내가 발견하는 일치를 결코 파괴할 수 없을 것이다. 그러한 일치와 그에 상응하는 도덕적 질서—그것의 체계는 내 탐구의 결과이다—속에서 나는 내 삶의 비참함을 견뎌내는 데 필요한 지주를 발견한다. 전혀 다른 체계 속에서라면 나는 속수무책으로 살게 될 것이고 희망 없이 죽어갈 것이다. 나는 가장 불행한 피조물이 될 것이다. 그러니 그 체계를 오로지—그것만이 나를 운명과 사람들에 대해 아랑곳하지 않고 행복해질 수 있게 만들 충분한 능력이 있다—따르도록 하자.

이러한 고찰과 그로부터 내가 이끌어낸 결론은, 나를 기다리고 있던 운명에 대해 내가 미리 대비하고 또 그것을 견뎌낼 수 있도록 만들기 위해서 신 자신이 결정한 것들처럼 보이지 않는가? 나를 기다리고 있던 그 끔찍한 번뇌 속에서, 또 여생 동안 내가 전락하게 된 어이없는 처지 속에서 나는 어떻게 되었을 것이고, 또 어떻게 될 것인가? 만일 내가 나의 냉혹한 박해자들을 피할 수 있는 피난처도 없이, 이 세상에서 그들이 나에게 당하게 했던 치욕에 대한 보상도 없이, 그리고 내가 받아 마땅한 공정함을 언젠가는 얻게 되리라는 희망도 없이, 지상에서 그 어떤 인간도 겪지 못했을 만큼 끔찍한 운명에 온전히 나 자신을 맡긴 상태였다면 말이다. 내가 결백함 속에서 평온한 마음으로 사람들이 나에게 존경과 호의를 가지고 있다고만 생각하고 있던 동안에, 내가 솔직하고 쉽게 신뢰하는 마음으로 친구들과 형제들에게 심정을 토로하고 있던 사이에, 배반자들은 지옥의 밑바닥에서 공들여 만든 올가미로 은밀하게 내 몸을 얽어매고 있었다. 모든 불행들 중에서도 가장 예상치 못한 것들과 자존심 강한 영혼에게는 가장 가혹한 것들에 기습당하고, 누구에 의해서인지 무엇 때문인지도 결코 알지도 못한 채 불명예의 진창 속으로 끌려들어가고, 치욕의 심연에 빠지고, 얼핏 보이는 것이라고는 불길한 것들밖에 없는 끔찍한 암흑에 둘러싸인 채, 그 최초의 기습으로 인해 나는 얼이 빠지고 말았었다. 만일 내가 전락 속에서도 재기할 수 있는 힘을 미리 준비해놓지 않았었더라면, 그런 예기치 못한 불행들이 나를 던져넣었던 낙담으로부터 결코 벗어날 수 없었을 것이다.

수년간의 동요를 거친 후에야 비로소 나는, 마침내 정신을 차리고 나 자신을 되돌아보기 시작하면서 내가 역경을 위해 준비해두었던 방책의 가치를 느끼게 되었었다. 그것들을 판단하는 것이 나에게 중요했던 모든 것들에 대해 나의 입장을 정하고 나서 나의 규범들을 나의 처지와 비교해보자, 사람들의 무분별한 판단들과 이 짧은 인생의 사소한 사건들에 대해 내가 그것들이 실제로 가지고 있는 이상의 중요성을 부여하고 있다는 것을 알게 되었었다. 현생은 시련들로 이뤄진 어떤 상태에 불과한 것이고 그 시련들로부터 미리 정해진 결과가 생겨나는 이상, 그것들이 어떤 식의 것인지는 중요하지가 않다는 것과, 따라서 그 시련들이 더 커지고 격렬해지고 증가하면 할수록 그것들을 견뎌낼 줄 아는 것이 그만큼 더 중요하다는 것을 알게 되었었다. 모든 가장 격렬한 고통도, 그것에 따르는 크고 확실한 보상을 알아차리는 자에게는 그 힘을 잃고 만다. 그런 보상에 대한 확신이야말로 내가 앞서의 사색들로부터 끌어냈던 가장 중요한 성과였다.

사방에서 나에게 퍼부어지는 듯했던 무수한 모욕과 도를 넘은 비열한 짓들의 와중에서, 불안과 의혹이 가끔씩 나를 찾아와 얼마 동안 희망을 뒤흔들어놓고 평온함을 깨뜨리기도 했던 것이 사실이다. 그럴 때면, 내가 해결할 수 없었던 가장 강력한 반론들이, 내가 운명의 무게에 짓눌려 그만 낙담에 빠지려는 바로 그 순간에 마침내 나를 쓰러뜨리기 위해서 좀 더 강력하게 머리속에 떠오르고는 했다. 내가 주장하려는 새로운 논거들이, 이미 나를 괴롭혔던 논거들을 뒷받침하기 위해 종종 머릿속에 다시 찾아오고는 했다. 아! 그럴 때면 나는 숨이 막힐 정도로 옥죄이는 가슴을 부여잡고 이렇게 생각하고는 했다. 만일 내가 운명에 대한 두려움에 빠진 채로, 이성이 제공해주었던 위안 속에서 이제는 황당무계한 망상밖에 발견하지 못한다면, 만일 이성이 자신이 만들어놓은 것을 파괴해버림으로써 역경 속에서 자신이 나에게 마련해주었던 희망과 확신의 버팀목을 온통 쓰러뜨려버린다면, 대체 무엇이 나를 절망에서 보호해준다는 말인가? 이 세상에서 나 혼자만을 위로해주는 환상이 무슨 버팀목이겠는가? 현세대 전체가 나 혼자만이 품고 있는 의견들 속에서 오류와 편견만을 볼 뿐이다. 현세대 전체가 나의 체계와는 상반되는 체계 속에서 진리와 명증(明證)을 발견한다. 현세대 전체가 내가 성의껏 나의 체계를 채택했다는 것을 믿을 수 없어 하는 듯이 보이기조차 한다. 나는 온갖 의지력을 동원해서 나의 체계에 몰두하지만 거기에서 나로서는 해결할 수 없는, 하지만 내가 고수하지 않을 수 없는 극복 불가능한 난해함들을 발견한다. 사람들 중에서 나 혼자만 현명하고, 나 혼자만 식견을 갖춘 것일까? 사물들이 그러하다는 것을 믿기 위해서는 그것들이 나에게 적합하다는 것만으로 충분한 것일까? 나머지 사람들이 보기에는 확고부동한 것이 전혀 없는, 또한 나의 심정이 나의 이성을 지지하지 않는다면 나 자신에게조차 허망한 것으로 보일 수도 있을 가상(假象)들에 대해 양식 있는 신뢰를 가져도 되는 것일까? 나의 박해자들을 물리치기 위해 아무것도 하지 않은 채로 그들의 공격에 시달리면서 내 규범들의 망상에 머물러 있느니, 그들의 규범들을 채택함으로써 동일한 무기를 가지고 그들에 맞서 싸우는 것이 더 낫지나 않았을까? 나는 나 자신이 현명하다고 생각하지만, 사실은 헛된 오류에 속은 자이며 피해자이자 희생자에 불과하다.

그런 의혹과 불안의 순간들 속에서, 얼마나 여러 번 나는 절망에 빠져들 뻔했던가. 혹시라도 그런 상태에서 꼬박 한 달을 보냈더라면, 나의 인생과 나 자신도 끝장나고 말았을 것이다. 하지만 그런 위기들이 예전에는 꽤 빈번했지만 항상 짧았었고, 지금은 아직 내가 그것들로부터 완전히 해방되지는 못했지만 매우 드문데다 아주 빨리 지나가기 때문에 나의 안정을 깨뜨릴 힘조차 없다. 그것들은 경미한 불안들이기에, 강물에 떨어져 내린 깃털 하나가 물의 흐름을 바꿀 수 있는 정도 이상으로 내 영혼에 영향을 미치지는 못한다. 내가 그 이전에 입장을 선택했었던 바로 그 문제들에 대해 다시 고찰하려면, 새로운 지식 혹은 내가 과거에 가지고 있던 것보다 더 성숙한 판단력, 진리에 대한 더 많은 열의가 전제되어야 한다는 것을 나는 느꼈었다. 하지만 그중 어느 것도 나에게는 해당되지 않고 또 해당될 수도 없기 때문에, 장년기에 정신이 완전히 원숙했을 때 가장 철저한 검토 후에 채택했던, 또한 내 삶의 평온함이 나에게 진리를 알고자 하는 관심 외에는 다른 주된 관심을 남겨 놓지 않았던 시절에 채택했던 의견들보다, 내가 감당할 수 없는 과중한 절망 속에서 나의 비참함을 증가시키도록 부추길 뿐인 소신들을 아무런 확고한 이유도 없이 선호할 수는 없었다. 내 심장은 고뇌로 옥죄어오고, 내 영혼은 근심으로 쇠약해지고, 내 상상력은 겁을 먹고, 내 머리는 나를 에워싸고 있는 무수하고 끔찍한 불가사의들로 혼란해져버린 지금, 노쇠와 번뇌로 약화되어 내 모든 기능이 그 모든 힘을 상실해버린 지금, 내가 준비해두었던 모든 방책을 까닭 없이 나에게서 제거해버릴 것인가? 충만하고 원기 왕성한 이성을 신뢰하여 내가 부당하게 겪고 있는 불행을 보상받는 대신, 쇠퇴하는 이성을 더 신뢰하여 나를 부당하게 불행하게 만들 것인가? 아니다. 지금 나는 그 중대한 문제들에 대해 내 입장을 선택했던 때보다 더 현명하지도, 더 잘 배우지도, 더 나은 신앙심을 가지고 있지도 않다. 그때 나는 지금 나를 당황시키고 있는 난해함을 몰랐던 것이 아니었다. 하지만 그것들은 나를 멈추지는 못했었고, 또 설령 사람들이 미처 알아차리지 못했던 몇몇 새로운 난해함이 모습을 드러낸다 하더라도, 그것들은 교묘한 형이상학의 궤변들일 뿐이며, 모든 시대와 모든 현인들에 의해 받아들여지고 모든 국민들에게 인정받고 지워지지 않는 글자들로 인간의 마음속에 새겨진 영원한 진리들을 동요시킬 수는 없을 것이다. 나는 그러한 문제들에 대해 심사숙고한 결과, 인간의 지적 능력은 감각에 제한받기 때문에 그것들을 전체적으로 속속들이 파악하지 못함을 알고 있었다. 그래서 나는 개중에 내 능력의 범위를 벗어나는 것에는 관여하지 않고 그 안에 있는 것에 관심을 가졌었다. 그러한 방침은 온당한 것으로, 나는 오래전에 그것을 선택했었고, 나의 심정과 이성의 동의를 얻어서 고수했었다. 그토록 많은 강력한 동기들에 의해 그것에 매여 있어야만 하는 지금, 내가 어떤 근거로 그것을 포기해야 할 것인가? 그것을 따르는 데에서 나는 어떤 위험을 보는 것인가? 그것을 포기한다면 나는 어떤 이익을 얻게 될 것인가? 내 박해자들의 학설을 택한다면, 나는 그들의 도덕도 택하게 되는 것인가?[8] 책들 속에서 혹은 무대 위에 반향을 일으키는 연기(演技) 속에서 그들이 화려하게 자랑삼아 떠들어대고 드러내 보이는, 하

---

8 18세기 프랑스에서는 도덕에 관한 논쟁이 학자들 사이에서 성행했다. 이하의 문장들은 디드로 작품에 나타나는 열변적이지만 공허한 도덕과, 헬베티우스(Helvétius)와 홀바흐(Paul Heinrich Dietrich von Holbach, 1723~1789)의 실리 위주의 도덕에 대한 반박이다. 루소는 종교적 믿음에서 생기는 정신적·내적 도덕을 추구했으며, 이러한 도덕이 그의 심리적 안정에 도움을 주었다.

지만 결코 심정과 이성 속의 그 어떤 것도 깊이 통찰하지 못하는, 뿌리도 없고 결실도 없는 그런 도덕을 말이다. 혹은 그들을 추종하는 자들의 내적인 학설로서, 다른 도덕은 그것의 가면 역할을 할 뿐이고, 그들이 자신들의 행동에 있어 유일하게 따르고 있으며 나에 대해 그토록 교묘하게 실천했던 또 다른 은밀하고도 냉혹한 도덕을 말이다. 순전히 공격적인 그 도덕은 방어에는 전혀 쓸모가 없고 오로지 공격에만 유용할 뿐이다. 그들이 나를 전락시킨 이 처지에서 그런 도덕이 대체 나에게 무슨 소용이 있을 것인가? 내 결백함만이 불행 속에서 나를 지탱해준다. 그런데 만일 내가 그 유일하고 강력한 방책을 나에게서 없애고 악의로 대체해버린다면 나는 얼마나 더 불행해질 것인가? 남을 해치는 기술에 있어 내가 그들 수준까지 다다를 수 있을 것인가? 또 내가 그렇게 하는 데 성공한다 할지라도, 내가 그들에게 행할 수 있을 해악이 나의 어떤 불행을 덜어줄 수 있다는 말인가? 나는 자신에 대한 존경심을 잃게 될 것이고, 그 대신에 얻는 것이라고는 아무것도 없을 것이다.

이와 같이 나는 나 자신과 논의함으로써, 궤변을 부리는 논거에 의해서도, 해결할 수 없는 반론에 의해서도, 또한 내 능력의 범위와 아마도 인간 정신의 범위를 벗어나는 난해함에 의해서도, 더 이상 나의 원칙들에 있어 나 자신이 흔들리지 않도록 만드는 데 성공했다. 나의 정신은 내가 그것에 제공할 수 있었던 가장 견고한 기반에 머물면서 양심의 보호하에 거기에서 쉬는 데 너무나 익숙해졌기 때문에, 옛것이든 새것이든 어떤 낯선 학설도 이제는 더 이상 그것을 동요시킬 수 없고, 한순간이라도 나의 안정을 깨뜨릴 수 없다. 정신적인 무기력함과 둔함 속에 빠져 있는 나는 나의 신념과 규범의 근거가 되었던 이성적 사유들조차 잊어버리고 말았다. 하지만 그것들로부터 나의 양심과 이성의 찬동을 받아 이끌어냈던 결론들은 절대로 잊지 않을 것이고, 또한 앞으로도 그것들을 고수할 것이다. 모든 철학자들이 반대되는 궤변을 늘어놓으려 온다고 해도, 그들은 시간과 노력만 허비하게 될 것이다. 나는 여생 동안 모든 것에 있어 내가 가장 잘 선택할 수 있는 상태에서 택했던 방침을 고수할 것이다.

이런 마음가짐 속에서 평온한 나는, 나 자신에 만족해하며 거기에서 지금 나의 처지에 필요한 희망과 위안을 발견한다. 그토록 완전하고 지속적이며 그 자체로 서글픈 고독과, 현세대 전체의 여전히 예민하고도 왕성한 적의, 현세대 전체가 내게 끊임없이 퍼부어대는 모욕, 이런 것들이 나를 때때로 낙담시킨다. 왜냐하면 뒤흔들린 희망, 의기소침하게 만드는 의혹들이 아직도 이따금씩 찾아와 내 영혼을 동요시키고 슬픔으로 가득 채우기 때문이다. 바로 그럴 때, 나 자신을 안심시키는 데 필요한 정신의 조작을 할 줄 모르는 나는 옛 결심들을 상기할 필요가 있다. 그러면 그런 결심들을 하기까지 내가 쏟았던 정성, 주의력, 성실한 마음이 기억에 되살아나면서 나에게 모든 자신감을 되돌려준다. 그렇게 해서 나는 모든 새로운 생각들을, 거짓된 외관만을 지녔고 나의 안정을 깨뜨리는 데에만 쓸모가 있는 해로운 오류로서 배격한다.

이처럼 나는 옛 지식의 좁은 범위 내에 붙잡혀 있기에, 솔론처럼 늙어가면서 매일 배울 수 있는 행운은 가지지 못했다. 게다가 이제부터는 내가 충분히 알 만한 상태에 있지도 않은 것을 배우려는 위험한 오만을 피하기까지 해야 한다. 하지만 비록 나에게 유용한 지식에 관해서는 획득할 만한 것이 거의 남아 있지 않기는 해도, 나의 처지에 필요한 덕성에 관해서는 매우 중요한 획득물이 남아 있다. 내 영혼이 자신을 흐리게 하고 맹목적으로 만드는 이 육체로부터 해방되고 또 베일을 벗은 진실을 보게 되어, 우리의 엉터리 학자들이 우쭐해하는 그 모든 지식의 비참함을 발견하게 될 때가 바로 내 영혼이 자신과 함께 가져갈 수 있는 획득물로써 자신을 풍요롭고 충실하게 할 때이다. 그때 내 영혼은 이 생에서 그 모든 헛된 지식을 얻으려고 허송한 시간을 생각하고는 신음하게 될 것이다. 하지만 인내심, 온화함, 인종(忍從), 순전함, 공평한 정의는, 우리가 자신과 더불어 가지고 갈 수 있고 또 그것으로 항상 우리가 스스로를 풍요롭게 할 수 있는 재산으로, 죽음조차도 우리에게서 그 가치를 잃게 할 염려가 없다. 바로 그런 유일하고 유용한 연구에 나는 노년기의 남은 시간을 바치고 있다. 나 자신에 있어서 진보를 이룸으로써, 이 세상에 왔을 때보다 더 선량하게는 아닐지라도―그것은 불가능하기 때문이다―덕이 더 높아져서 이생을 떠나는 것을 배울 수 있다면 나는 얼마나 행복할 것인가!

네 번째 산책

아직도 내가 가끔 읽는 소수의 책들 중에, 플루타르코스의 책들은 나의 마음을 가장 끌며 또 나에게 가장 유익하기도 하다. 그것들은 나의 어린 시절 최초의 애독서였고, 내 노년기의 마지막 애독서가 될 것이다. 그는 읽고 나면 반드시 뭔가 얻는 바가 있는 거의 유일한 작가이다. 그저께 나는 그의 《윤리론집》에서 〈어떻게 적에게서 유익함을 끌어낼 수 있는가〉를 읽었다.

같은 날, 작가들이 나에게 보내준 몇몇 책자들을 정리하다가 로지에 신부의 잡지들[1] 중 한 권을 보게 되었는데, 그 표제에 '진

---

[1] 루소는 1768년 리옹에서 로지에(François Rozier, 1734~1793) 신부를 만나 함께 식물 채집을 했다. 그 후 로지에 신부는 파리로 와서 정기간행물《물리학 및 박물학지(*Journal de physique et d'histoire naturelle*)》에 협조하다가, 1771년에 소유주가 되면서 제명을《물리학, 박물학 및 기술 공예에 관한 관찰지(*Journal d'observations sur la physique, sur l'histoire naturelle et sur les arts et métiers*)》로 개칭하였다.

리에 일생을 바친 사람에게[2], 로지에'라는 말이 쓰여 있었다. 이런 표현에 속아 넘어가기에는 그런 분들의 표현 방식을 너무나 잘 알고 있던 나는, 그가 예의바른 태도로 나를 잔인하게 풍자하려는 생각이었음을 깨달았다. 하지만 대체 무슨 근거로 그랬던 것일까? 왜 그렇게 빈정거렸을까? 내가 무슨 그럴 만한 원인이라도 제공했던 것일까?

나는 현명한 플루타르코스의 교훈을 유익하게 활용하기 위하여, 그 다음 날의 산책을 거짓말에 관련해서 나 자신을 반성해보는 데 할애하기로 결심했다. 그렇지만 나는 델포이 신전의 '너 자신을 알라'는 말이 내가 《고백록》에서 생각했었던 것처럼 그렇게 따르기 쉬운 규범은 아니라는 이미 내가 가지고 있던 소신을 매우 확고히 한 상태에서 그런 결심에 이르렀었다.

다음 날 그 결심을 실행하기 위하여 걷기 시작했을 때 나에게 떠오른 최초의 생각은, 내가 소년기에 했던 끔찍한 거짓말[3]에 대한 것이었다. 그것에 대한 기억은 평생토록 나를 동요시켰으며 나의 노년기에까지도 찾아와, 너무나도 많은 다른 행동들로 인해 이미 비통한 나의 마음을 여전히 몹시 슬프게 한다. 그 거짓말은 그 자체로서 큰 죄악이었지만 그 결과로 인해 더 큰 죄악이 되었

2 고대 로마제국 시인 유베날리스(Juvenalis)의 시구인 'Vitam vero impendenti'로, 루소는 '진리에 일생을 바치라'라고 풀이했으며 1758년부터 좌우명으로 삼았다고 한다.
3 루소가 십대 시절 이탈리아 토리노에 머무르며 드 베르첼리스(de Vercellis) 부인 저택에서 시종으로 일할 때, 자기가 훔친 리본을 하녀 마리옹(Marion)이 훔쳤다고 뒤집어씌웠던 거짓말을 말한다.

을 것이 틀림없는데, 그 결과에 대해서는 나는 여전히 모르고 있으나, 다만 후회가 나로 하여금 그것이 아주 가혹했으리라고 추측하게 만들었다. 그렇지만 내가 거짓말을 했을 때의 기분만 고려한다면, 그 거짓말은 나의 못난 수줍음 때문일 뿐이었고 그것에 희생된 여자를 해치려는 의도에서 나왔던 것은 전혀 아니었다. 그 불가항력적 수줍음이 나에게서 거짓말을 끌어냈던 바로 그 순간에 만일 내가 그 결과를 오직 나에게로만 돌릴 수 있었더라면, 기꺼이 나의 피를 전부 바치는 희생이라도 치렀으리라는 것을 신 앞에서 맹세할 수 있다. 그것은 나로서는 그 순간에 내 소심한 천성이 내 마음의 모든 소망을 제압하고 말았었다는 생각이 든다고밖에 달리 설명할 길 없는 일종의 착란 상태였다.

그 유감스러운 행동에 대한 기억과 그 행동이 나에게 남긴 억누를 수 없는 후회는 나에게 거짓말에 대해 일종의 공포를 불러일으켰고, 그 공포가 그 후로 평생 동안 나의 마음을 그 악덕으로부터 보호해주었던 것이 틀림없다. 내가 나의 좌우명을 택했을 때 나는 나 자신이 그것에 어울린다고 생각했었다. 또 로지에 신부의 표제를 계기로 더 진지하게 나 자신을 반성해보기 시작했을 때에도 내가 그것에 어울린다는 사실을 의심하지 않았었다.

그러므로 더욱 공들여서 나 자신을 면밀히 검토해보고는, 나는 깜짝 놀라고 말았다. 진실에 대한 나의 사랑을 내심 자랑스럽게 여기며 인간들 중에서 유례를 찾아볼 수 없을 정도의 공정한 태도로 그것을 위해 나의 안전과 이익과 인격을 희생하고 있던 바로 그 시절에 내가 사실처럼 말했던 것으로 기억하는 많은 것들이 허구로 꾸며냈던 것들이었음을 발견했기 때문이다.

나를 제일 놀라게 했던 것은, 내가 그런 날조해낸 것들을 기억은 하면서도 그것들에 대해 전혀 진정한 뉘우침을 느끼지 않고 있다는 사실이었다. 그 무엇도 내 마음속의 거짓에 대한 공포를 흔들어놓지 못하고, 거짓말로 벌을 피해야만 한다면 차라리 그 벌을 무릅쓰려고 했을 내가 필요도 없고 득 될 것도 없는데 기꺼이 그렇게 거짓말을 하고는 했다는 것은 대체 무슨 기이한 자가당착이란 말인가? 한 가지 거짓말에 대한 회한으로 50년 동안이나 끊임없이 마음 아파해온 내가, 그 많은 날조에 대해서는 최소한의 후회도 느끼지 못했던 것은 대체 무슨 이해할 수 없는 모순이란 말인가? 나는 자신의 잘못들에 대해 결코 무감각해졌던 적이 없었다. 도덕적 본능이 항상 나를 잘 인도해주었고, 나의 양심은 최초의 순전함을 간직해왔다. 그런데 나의 양심이 나의 이익에 굴복하여 변질되는 일이 있긴 해도, 정념에 진 자가 최소한 자신의 나약함을 변명할 수 있는 경우들에 있어서도 나의 양심은 그 공정함을 온전히 간직하건만, 어떻게 악덕의 여지가 전혀 없는 무해무득한 것들에 있어서만 나의 양심이 그 공정함을 상실할 수 있다는 말인가? 나는 이 문제의 해결책이 그에 대해 나 자신이 지녀야만 할 판단의 정확함에 달려 있다고 생각했었다. 그리고 내가 이 문제를 잘 검토한 후에 마침내 어떻게 납득할 수 있었는지는 다음과 같다.

나는 어느 철학책에서, 거짓말을 한다는 것은 드러내야 할 진실을 숨기는 것이라고 읽은 기억이 있다. 그 정의에 따르면, 말할 필요가 없는 진실을 말하지 않는 것은 거짓말이 아니라는 것이 된다. 그런데 그런 경우에 진실을 말하지 않는 것만으로는 만족하지 못하고 그 반대를 말하는 사람이 있다면 그는 거짓말을 하는 것인가, 하지 않는 것인가? 그 정의에 따른다면 우리는 그 사람이 거짓말을 한다고 말할 수는 없을 것이다. 만일 그가 아무것도 빚진 것이 없는 어떤 사람에게 위폐(僞幣)를 준다면 그 사람을 속인다는 것은 확실하지만, 그 사람에게서 훔치는 것은 아니기 때문이다.

여기서 검토해봐야 할 두 가지 문제가 생겨나는데, 둘 다 매우 중요하다. 첫 번째 문제는 늘 진실을 말해야만 하는 것은 아닌 이상, 언제 그리고 어떻게 타인에게 진실을 말해야 하는가이다. 두 번째 문제는 악의 없이 속일 수 있는 경우가 있는가이다. 이 두 번째 문제는 매우 명백하며, 그러하다는 것을 나는 잘 알고 있다. 가장 엄격한 도덕이라도 저자에게 전혀 괴로울 것이 없는 책들 속에서는 그 답이 부정적이고, 책 속의 도덕이 실행 불가능한 장광설로 간주되는 사교계에서는 그 답이 긍정적이니 말이다. 그러니 상호 모순되는 그런 권위들은 내버려두고, 나 자신의 원칙에 따라 나 자신을 위해 이 문제들을 해결하도록 노력해보자.

보편적이고 추상적인 진실은 가장 소중한 재산이다. 그것은 이성의 눈이기에, 그것이 없다면 인간은 맹목적으로 된다. 바로 그것에 의해 인간은 처신하는 것을, 어떤 사람이 되어야 하는지를, 자신이 해야만 하는 것을, 자신의 진정한 목적을 향해 가는 것을 배우게 된다. 반면에 특수하고 개별적인 진실은 항상 선은 아니다. 그것은 가끔은 악이고, 대개는 무해무득한 것이다. 한 사람이 반드시 알아야만 하고, 또 그것에 대한 지식이 그의 행복에 필수불가결한 것이란 아마 그리 많지 않을 것이다. 그런데 그런 것이 얼마나 되든지 간에 그것은 그 사람에게 속한 재산이며, 그가 어디에서든 발견하면 요구할 권리가 있는 재산이다. 또한 그에게서 그것을 빼앗는다면 모든 도둑질 중에서도 가장 불공정한 도둑질을 저지르게 되는 재산이다. 왜냐하면 그것은 모든 사람의 공동재산으로, 그것을 타인에게 전한다 해도 전달한 사람이 빼앗기는 것은 전혀 없기 때문이다.

지식에 있어서든 실제에 있어서든 어떤 종류의 유용성도 없는 진실에 대해 말할 것 같으면, 그것은 재산조차 못 되는데, 어떻게 치를 만한 가치가 있는 재산일 수 있겠는가? 소유라는 것은 유용성에만 근거하고 있으므로, 가능한 유용성이 전혀 없는 곳에는 소유라는 것이 있을 수 없다. 어떤 땅이 불모지라 할지라도 사람들은 그것을 요구할 수 있는데, 왜냐하면 최소한 그 위에서 살 수 있기 때문이다. 그렇지만 모든 점에서 무해무득하며 누구에게도 중요성이 없는 사실은 진실이든 거짓이든, 그것이 어떻든지 간에 관심을 불러일으키지 못한다. 도덕의 영역에서는 자연의 영역에서와 마찬가지로 쓸모없는 것은 아무것도 없다. 아무 짝에도 쓸모없는 것은 값어치가 있는 것일 수 없다. 어떤 것이 값어치를 지니려면 유용하거나 유용할 수 있어야만 하기 때문이다. 따라서 값어치 있는 진실이란 정의와 관련이 있는 것이며, 그 존재가 모두에게 무해무득하고 그에 대한 지식이 아무 쓸모가 없는 것들에 진실이라는 이름을 갖다 붙인다면 그 성스러운 이름을 모독하는 것이다. 아무런 유용성도, 하다못해 유용해질 가능성조차 없는 진실은 값어치 있는 것이 될 수 없고, 따라서 그것을 말하지 않거나 숨기는 자는 전혀 거짓말을 하는 것이 아니다.

하지만 그토록 철저하게 무익하여 모든 면에서 아무 쓸모도 없는 진실이라는 것은, 잠시 후 내가 다시 언급하게 될 또 다른 논의 사항이다. 지금은 두 번째 문제로 넘어가자.

진실을 말하지 않는다는 것과 거짓을 말한다는 것은 매우 상이한 일이지만, 그럼에도 불구하고 거기에서 동일한 효과가 생겨날 수 있다. 왜냐하면 그 효과가 전혀 없을 경우에는 매번 그 결과가 영락없이 같기 때문이다. 진실이 무해무득한 곳에서는 어디서나 그것에 반(反)하는 오류 역시 무해무득하다. 따라서 그와 같은 경우에 반대되는 것을 말함으로써 속이는 사람은, 그것을 말하지 않음으로써 속이는 자보다 더 부당하지는 않다는 결론이 나온다. 왜냐하면 무익한 진실에 있어서는 오류가 무지보다 더 나쁠 것이 전혀 없기 때문이다. 내가 바다 밑바닥에 있는 모래가 희다고 생각하든 붉다고 생각하든, 그것은 그 모래가 무슨 색깔인지 전혀 모르는 경우나 마찬가지로 나에게 중요하지 않다. 부당함이란 타인에게 행한 잘못 속에만 있는 것이니, 아무도 해치지 않는다면 어떻게 부당할 수 있겠는가?

하지만 이처럼 간략하게 판정이 내려진 이러한 문제들은, 발생 가능한 모든 경우에 올바르게 적용하는 데 필요한, 선결돼야 할 충분한 해명이 없다면, 내가 실제에 있어 확실한 적용을 할수 있도록 해주지는 못할 것이다. 왜냐하면 진실을 말할 의무가 진실의 유용성에만 근거하고 있다 해도, 어떻게 내가 그 유용성의 판단자가 될 수 있겠는가? 대개는 한 사람의 이익이 다른 사람의 손해가 되고, 개인의 이익은 거의 언제나 공공의 이익과 대립된다. 그와 같은 경우에는 어떻게 처신해야 할 것인가? 지금 대화하고 있는 상대방의 이익을 위해 부재자의 이익을 희생시켜야만 할 것인가? 어떤 사람에게는 이롭지만 다른 사람에게는 해가 되는 진실은 말하지 말아야만 하는가, 아니면 말해야만 하는가? 사람이 말해야 하는 모든 것을 공공의 이익이라는 저울에만 달아야만 하는가, 아니면 배분적 정의라는 저울에만 달아야만 하는가? 그런데 내가 가지고 있는 지식을 공정함의 기준에 의거해서만 사용할 수 있을 정도로 그 일의 모든 사실관계를 충분하게 알고 있다고 나는 확신할 수 있는가? 게다가 다른 사람들에 대한 의무를 검토하면서 나는 나 자신에 대한 의무라든지, 진실 그 자체에 대한 의무는 충분히 검토했던가? 내가 다른 사람을 속임으로써 그에게 아무런 손해도 입히지 않는다 하더라도, 나 자신에게 전혀 손해를 입히지 않는다고 할 수 있을까? 그리고 항상 결백하려면 절대로 부당하지 않다는 것만으로 충분할까?

　다음과 같이 스스로에게 말한다면 참으로 많은 성가신 이론(異論)들로부터 빠져나오기 쉬울 것이다. 무슨 일이 생기더라도 항상 진실하자. 정의 자체는 있는 그대로의 진실 속에 있다. 사람이 해야만 하거나 믿어야만 하는 것의 기준에 적합하지 않는 것을 말할 때, 거짓말은 항상 부정행위이고 오류는 항상 사기행위이다. 또한 진실로부터 어떤 결과가 초래되든 간에 진실을 말한 사람은 언제나 죄가 없다. 왜냐하면 그 사람은 거기에 자신만의 진실을 전혀 덧붙이지 않았으니 말이다.

　하지만 그렇게 하면 문제는 해결하지 않은 채 그냥 딱 잘라 종지부를 찍어버리고 마는 셈이다. 문제는 항상 진실을 말하는 것이 좋은지 아닌지 표명하는 것이 아니라, 항상 그렇게 해야만 하는지 아닌지를 표명하는 것이었다. 그리고 내가 검토했던 정의에 의거해서 그렇지 않다고 가정한다면, 진실이 엄격하게 요구되는 경우와, 부정을 저지르지 않고도 진실을 말하지 않을 수 있고 거짓말을 하지 않고도 진실을 숨길 수 있는 경우를 구별하는 것이 문제였다. 왜냐하면 나는 실제로 그런 경우들이 존재함을 발견했기 때문이다. 따라서 문제는, 그런 것들을 알아내고 또 제대로 규정하기 위한 기준을 찾는 것이다.

　그런데 그런 기준과, 그런 기준이 틀리지 않다는 증거를 대체 어디서 끌어낼 수 있다는 말인가? ……도덕에 관한 이와 같은 모든 까다로운 문제들에 있어서, 나는 언제나 이성의 해명보다는 양심의 명령에 따라 해결하는 편이 마음에 들었다. 그리고 도덕적 본능은 결코 나를 속인 적이 없었다. 도덕적 본능은 지금까지도 그것에 의지할 수 있을 정도로 충분히 나의 마음속에서 그 순수함을 간직하고 있다. 비록 도덕적 본능이 나의 행동에 있어 가끔 나의 정념 앞에서 침묵하기는 하지만, 나의 기억 속에서는 나의 정념을 지배하고 있다. 바로 그 기억 속에서 나는 현생이 끝나고 난 후 최고 심판자인 신에게 심판받게 될 때만큼이나 엄격하게 나 자신을 심판하는 것이다.

사람들의 말을 그것이 만들어내는 결과로 판단하다 보면 종종 잘못 판단하게 된다. 그 결과는 언제나 감지될 수 있거나 알아차리기 쉬운 것이 아닐 뿐만 아니라, 그 말이 말하여진 상황만큼이나 무한하게 변화하기 때문이다. 사람들의 말을 평가하고 악의나 선의의 정도를 규정짓는 것은 오로지 그 말을 하는 사람의 의도이다. 틀리게 말하는 것은 속이려는 의도에 의해서만 거짓말이된다. 그리고 속이려는 의도 자체도, 해치려는 의도를 항상 수반하는 것은 아니고 때때로 정반대의 목적을 가지기도 한다. 하지만 거짓말을 죄 없는 것으로 만들려면, 해치려는 의도가 명시되지 않았다는 것만으로는 충분하지가 않다. 그것 말고도, 우리가 우리의 말 상대들을 그 안에 빠뜨리는 오류가 그들을 비롯해 누구에게든 어떤 방식으로도 해를 끼칠 수 없다는 확신이 필요하다. 그런데 그런 확신을 가지기는 드물고도 어려운 일이다. 따라서 거짓말이 완벽하게 죄가 없기란 어렵고도 드문 일이다. 자기 자신의 이득을 위해 거짓말을 하는 것은 사기이고, 타인의 이득을 위해 거짓말하는 것은 기만이며, 타인을 해치기 위해 거짓말하는 것은 중상인데, 중상이야말로 가장 나쁜 종류의 거짓말이다. 그러나 자기에 대해서든 타인에 대해서든 아무런 이득도 손해도 없이 거짓말하는 것은 거짓말하는 것이 아니다. 그것은 거짓말이 아니라 가공의 이야기이다.

도덕적인 목적을 가진 가공의 이야기는 교훈담 또는 우화라고 불린다. 그런데 그것들의 목적은 유익한 진실을 다정하고 호감 가는 형식으로 포장하는 것에 불과하거나 포장하는 것이 되어야만 할 뿐이기에, 이런 경우에는 사람들은 진실에 입힐 옷에 불과할 뿐인 사실상의 거짓말을 숨기려고 별로 애쓰지 않는다. 우화를 우화로서 이야기할 뿐인 사람은 결코 거짓말을 하는 것이 아니다.

아무런 진지한 교훈도 내포하지 않고 심심풀이만을 목적으로 삼는 대부분의 콩트와 소설이 그러하듯, 전적으로 무익한 가공의 이야기도 있다. 도덕적인 유용성이 전혀 없는 그런 이야기는 그것을 지어낸 사람의 의도에 따라서 평가되는 수밖에 없다. 그래서 그 사람이 그것이 실재적인 진실이라고 단정적으로 이야기한다고 해도, 사람들은 그것이 실재적인 거짓말이라고 인정하지 않을 수 없다. 그렇지만, 누가 그런 거짓말에 대해 한 번이라도 큰 양심의 가책을 느꼈다는 말인가? 그리고 누가 그런 것을 만든 자에게 한 번이라도 근엄한 질책을 했다는 말인가? 예를 들면《그니드의 신전》[4]에 어떤 도덕적인 목적이 있다고 해도, 그 목적은 선정적인 세부묘사들과 음탕한 이미지들에 의해 몹시 흐려졌고 망쳐져버렸다. 저자는 그것에 겸손함이라는 허식(虛飾)을 입히기 위해 무엇을 했던가? 그는 자기 작품이 그리스어 필사본의 번역인 것처럼 가장했고, 자기 이야기의 진실성을 독자들이 믿도록 만들기 위해 가장 적절한 방식으로 그 필사본을 발견한 내력을 지어냈다. 만약 이것이야말로 매우 확실한 거짓말이 아니라면, 거짓말을 한다는 것이 대체 무엇인지 누가 나에게 말 좀 해주겠는가? 그렇지만 어느 누가 그 저자에게 거짓말이 죄라고 책망하거나, 그로 인해 그를 사기꾼으로 취급할 생각을 했다는 말인가?

그것은 농담일 뿐이고, 비록 저자가 그렇게 주장은 하고 있어도 그 누구에게든 그것을 믿게 하려는 것은 아니었고 실제로 아무도 그것을 믿게 만들지 못했으며, 또 대중은 그가 번역자인 척했던 자칭 그 그리스어 작품의 저자가 바로 그 자신이라는 것을 한순간도 믿어 의심치 않았다고 말하더라도 소용없는 일이다. 나는 이렇게 대답할 것이다. 그런 농담은 아무런 목적도 없었다면 그야말로 몹시 어리석은 유치한 짓에 불과했었던 것이고, 거짓말쟁이가 비록 우리를 납득시키지는 못한다 해도 그렇게 주장

4   *Le Temple de Gnide*, 몽테스키외가 루이 15세의 섭정을 지냈던 도를레앙(d'Orléans) 공의 누이를 위해 써서 1725년에 익명으로 발표한 작품. 관능적 사랑에 대한 찬가로 볼 수 있는 이 일종의 산문시이자 콩트는 발표 초기에는 그다지 환영받지 못했고 오늘날에도 거의 읽혀지지 않지만 18세기 동안 20여 차례에 걸쳐 재판이 간행되었고, 오페라로도 상연되었으며, 1772년에는 각각 다른 두 작가에 의해 운문시로 개작되는 등 굉장한 인기를 누렸다.

을 하는 한 거짓말을 하는 것과 별반 다를 바 없으며, 또한 유식하고 교양 있는 독자들로부터 단순하고 쉽게 믿는 독자들을—그들은 위엄 있고 성실한 태도의 저자가 서술한 그 필사본에 대한 이야기에 실제로 속았던 것이며, 그가 현대식 용기에 담아서 그들에게 내놓았더라면 적어도 의심했을 독을 고대 양식의 잔에 들어 있었기에 두려움 없이 마셨던 것이다—떼어놓아야만 한다고 말이다.

이러한 구분들이 책 속에 있든지 없든지 간에, 그것은 자기 자신에 대해 성실한 모든 사람, 자기 양심이 자신을 비난하는 것을 스스로에게 전혀 용납하지 않는 모든 사람의 마음속에서 이루어진다. 왜냐하면 자신에게 유리하도록 거짓을 말한다는 것은, 비록 죄가 덜하다 할지라도, 거짓말을 한다는 점에서는 타인에게 해롭게 말하는 것과 별반 다를 바 없기 때문이다. 이익을 가져서는 안 될 자에게 이익을 준다는 것은 질서와 정의를 어지럽히는 일이다. 칭찬이나 비난, 혐의나 결백 증명을 초래할 수 있는 행동을 자기 자신이나 타인에게 그릇되게 감당케 하는 것은 부당한 일을 하는 것이다. 진실에 반대되며 어떤 방식으로든 정의를 해치는 모든 것은 거짓말이다. 바로 이것이 정확한 경계이다. 하지만 진실에 반대되더라도, 정의와 전혀 무관한 것은 모두 가공의 이야기에 불과할 뿐이다. 그리고 고백하건대, 누구든 순전한 가공의 이야기를 거짓말이라고 자책하는 사람은 나보다 더 고결한 양심을 가진 사람이다.

사람들이 선의의 거짓말이라고 부르는 것이야말로 진짜 거짓말인데, 왜냐하면 타인에게든 자기 자신에게든 유리하게 속인다는 것은 불리하게 속이는 것 못지않게 부당하기 때문이다. 실제 인물이 문제가 될 때는, 진실과 상반되게 칭찬하거나 비난하는 자는 마찬가지로 누구든 거짓말을 하는 것이 된다. 하지만 가공의 존재가 문제될 때는, 그가 그것에 대해 온갖 하고 싶은 말을 다한다 해도 거짓말하는 것은 아니다. 그가 자신이 지어낸 사실들을 도덕성에 의거해서 판단하고 그것에 대해 그릇되게 판단하지만 않는다면 말이다. 왜냐하면 그때 그는 사실에 있어서는 거짓말하는 것이 아니라 할지라도, 사실상의 진실보다 백배나 더 존중할 만한 도덕적인 진실에 반대되게 거짓말하는 것이기 때문이다.

나는 세상에서 진실하다고 칭해지는 사람들을 보았다. 그런데 그들의 진실성은 쓸데없는 대화 속에서 장소, 시간, 인물을 충실하게 인용하고, 그 어떤 가공의 이야기도 하지 않고 어떤 상황도 미화해서 이야기하지 않고 아무것도 과장하지 않느라고 모두 고갈되어버리고 만다. 자신들의 이익과 전혀 무관한 모든 것에 있어서는, 그들은 최고의 난공불락의 충실한 서술을 견지한다. 하지만 자신들과 관련된 어떤 문제나 자신들과 밀접한 관계가 있는 어떤 사실을 서술할 때는, 가장 유리한 관점으로 그것들을 묘사하기 위해 온갖 색채를 다 사용한다. 또 거짓말이 자신들에게 유용하긴 한데 스스로 거짓말하기엔 꺼려질 때면, 그들은 교묘하게 거짓말을 조장해서 사람들이 그것을 받아들이되 자기네들을 탓하지 않게끔 한다. 용의주도함이란 바로 그런 것으로, 진실성과는 거리가 멀다.

하지만 내가 '진실하다'고 칭하는 사람은 정반대로 행한다. 전혀 무해무득한 것들에 있어서, 다른 진실한 사람이 그토록 존중하는 진실은 그와는 거의 관계가 없다. 그리고 그는 살아 있는 사람이든 죽은 사람이든 그 누구를 위해서도 또는 반대해서도 아무런 부당한 판단을 초래하지 않는 날조된 사실들을 가지고서 동석한 사람들을 즐겁게 하는 데에는 전혀 양심의 가책을 느끼지 않을 것이다. 그렇지만, 정의와 진실에 반대되게 누군가에 대해 이익이나 손해, 존경이나 멸시, 칭찬이나 비난을 만들어내는 모든 말은 결코 그의 마음, 그의 입, 그의 펜 근처에도 못 갈 거짓말이다. 그는 확고하게 '진실하며' 심지어는 자신의 이익에 반해서까지 그러하지만, 쓸데없는 대화 속에서 자신이 진실하다고 뽐내는 법이 없다. 그가 '진실한' 것은 아무도 속이려고 하지 않고, 자신을 영예롭게 하는 진실에 대해서와 마찬가지로 자신을 비난하는 진실에 대해서도 충실하고, 또 자신의 유리함을 위해서든 적을 해치기 위해서든 결코 속이지 않는다는 점에서 그러하다. 그러므로 내가 말하는 '진실한' 사람과 다른 진실한 사람 사이의 차이점은, 세상에서 진실하다고 하는 사람은 자신에게 아무런 대가도 치르게 하지 않는 모든 진실에 대해서는 몹시 엄격하게 충실하지만 그 범위를 넘어서면 그렇지 못한 반면에, 내가 말하는 진실한 사람은 진실을 위해 자신을 희생할 필요가 있을 때에만 비로소 그것을 아주 충실히 섬긴다는 것이다.

그러면 사람들은 이렇게 말할 것이다. 내가 찬양하는 사람의 진실에 대한 그토록 열렬한 사랑과 그러한 해이함이 어떻게 어울릴 수 있는가? 그토록 많은 불순물을 허용하는 것을 보면 그 사랑은 거짓이 아니겠는가? 아니다, 그 사랑은 순수하고 진실하다. 그런데 그것은 정의에 대한 사랑의 발현일 뿐이며, 종종 우화적이긴 하지만 결코 거짓되기를 원치 않는다. 정의와 진실은 그의 정신 속에서 구별 없이 하나가 다른 하나로 간주되는 두 개의 동의어이다. 그의 마음이 열렬히 사랑하는 성스러운 진실은 무해무득한 사실들이나 무용한 이름들에 있는 것이 아니다. 그것은 정말로 자기 몫인 것들—좋은 혹은 나쁜 전가(轉嫁), 명예 혹은 징계, 칭찬이나 비난이라는 보수—에 있어서 각자가 당연히 받아야 할 것을 충실하게 돌려주는 데에 있다. 그는 거짓되지도 않고 타인에 적대적이지도 않은데, 왜냐하면 그의 공정함이 그렇게 되는 것을 막기 때문이고, 그는 그 누구도, 설사 자신을 위해서일지라도 부당하게 해치기를 원치 않기 때문이고, 또한 그의 양심이 그렇게 되는 것을 막기 때문이고, 자기 것이 아닌 무언가를 자기 것으로 삼을 줄 모르기 때문이다. 특히 그가 소중히 여기는 것은 자기 자신에 대한 존경심이다. 그것은 그에게 없어서는 안 되는 재산이고, 그 재산을 희생시켜서 다른 사람들의 존경심을 얻는 것을 그는 진짜 큰 손해로 느낄 것이다. 그는 무해무득한 것들에 대해서는 이따금씩 가책 없이, 거짓말을 한다는 생각 없이 거짓말을 할 테지만, 결코 타인이나 자기 자신에게 이익이나 손해가 되도록 하기 위해서 거짓말을 하지는 않을 것이다. 역사적 진실들과 관계된 모든 것, 인간의 행위, 정의, 사회성, 유용한 지식과 연관이 있는 모든 것에 있어 그는 힘이 미치는 한 자기 자신과 다른 사람들을 오류로부터 보호할 것이다. 그 범위를 벗어나는 모든 거짓말은 그에 따르면 거짓말이 아니다. 만일 《그니드의 신전》이 유익한 작품이라면, 그리스어 필사본에 대한 이야기는 아주 순수한 허구에 불과할 뿐이다. 하지만 만일 그 작품이 위험한 것이라면, 그 이야기는 매우 비난받아 마땅한 거짓말이 된다.

이러한 것들이 거짓말과 진실에 대한 내 양심의 기준이었다. 나의 마음은 이런 기준을 나의 이성이 받아들이기도 전에 기계적으로 따르고 있었는데, 도덕적 본능이 저절로 그런 기준을 적용했던 것이다. 가엾은 마리옹이 희생자였던 그 범죄적인 거짓말은 나에게 지울 수 없는 회한을 남겼으며, 그 회한은 그 후로 평생 그런 종류의 모든 거짓말뿐만 아니라 어떤 것이든지 간에 타인의 이익과 명성에 관계될 수 있는 모든 거짓말로부터 나를 보호해주었다. 그와 같은 배제를 보편화함으로써, 나는 이익과 손해를 정확히 가늠해보거나 유해한 거짓말과 선의의 거짓말 사이에 명확한 경계를 표시하는 일을 하지 않아도 되었다. 둘 다 유죄라고 간주함으로써, 나는 그 둘 다를 피했던 것이다.

다른 모든 점에 있어서처럼, 이 점에 있어서도 나의 기질은 나의 규범들에, 아니 보다 정확히 말해 나의 습관에 영향을 많이 미쳤다. 왜냐하면 나는 기준에 따라 행동한 적이 거의 없기 때문에, 다시 말해 모든 것에 있어서 나의 천성적 충동 말고는 다른 기준을 따른 적이 거의 없기 때문이다. 미리 계획해둔 거짓말이란 것은 생각해본 적도 없었고, 결코 나의 이익을 위해 거짓말한 적도 없었다. 그렇지만 나는 종종 수줍음 때문에 거짓말을 했는데, 무해무득한 것들이나 기껏해야 나에게만 관계되는 것들에 있어 당혹감에서 벗어나기 위해서였다. 대화를 지속시켜야만 하는 상황에서, 우둔한 생각과 빈곤한 화제로 인해 뭔가 할 말을 찾기 위해 가공의 이야기의 힘을 빌려야 했던 그런 때 말이다.

불가피하게 말은 해야겠는데 재미있는 사실들이 머릿속에 웬만큼 빨리 떠오르지 않을 때면, 나는 말을 안 하고 있을 수가 없어서 우화들을 말한다. 하지만 그런 이야기들을 꾸며낼 때는 가능한 한 거짓말이 아니도록, 즉 그것들이 정의나 값어치 있는 진실을 해치지 않도록, 또 모든 사람과 나에게 무해무득한 가공의 이야기에 불과하도록 신경을 쓴다. 나는 거기에서 적어도 사실상의 진실을 도덕적인 진실로 대체할 수 있기를, 즉 인간의 마음에 본질적인 애정을 잘 나타내고 또 항상 유익한 교훈을 끌어낼 수 있기를, 한마디로 도덕적 콩트들, 교훈적 우화들을 만들어낼 수 있기를 바란다. 하지만 교훈을 위해서 객담을 유익하게 이용할 수 있으려면 내가 가지고 있는 것보다 더 많은 기지가 필요할 것이고 더 말을 잘할 수 있어야 할 것이다. 내 생각보다 더 빠르게 진행되는 대화는 나로 하여금 거의 언제나 생각도 하기 전에 말을 하게 만듦으로써, 종종 어리석은 말들과 어이없는 말들을─입 밖으로 빠져나감과 동시에 나의 이성이 비난하고 나의 마음이 부인했던, 하지만 나 자신의 판단력보다 앞서갔기 때문에 그것의 검열을 받게 되어도 이미 변경될 수가 없었던─떠올리게 했다.

아직까지도 내 기질의 원초적이고 저항할 수 없는 충동 때문에, 예상치 못한 급한 순간이면 수줍음과 소심함이 나로 하여금 종종 거짓말을─나의 의지와는 전혀 무관한, 하지만 어떤 의미에서는 당장 대답해야 할 필요에 의해 나의 의지를 앞서는─하게끔 만든다. 가엾은 마리옹에 대한 기억으로 인한 깊은 인상은 다른 사람들에게 해가 될 수도 있는 거짓말은 항상 잘 억제해주지만, 나 혼자만이 문제가 될 때 나를 당혹감으로부터 벗어나오게 하는 데 도움이 될 수 있는 거짓말, 다른 사람의 운명에 영향을 미칠 수도 있는 거짓말만큼 나의 양심과 원칙들에 반대되지 않는 거짓말은 잘 억제해주지 못한다.

하늘에 맹세하건대, 만일 나를 변호하는 거짓말을 하고서 바로 다음 순간에 그것을 취소할 수 있다면, 그리고 내 말을 취소하면서 새로운 수치심을 겪지 않고서도 나의 죄를 고발하는 진실을 말할 수 있다면 나는 진심으로 그렇게 할 것이다. 하지만 그렇게 과오를 범하는 순간에 그것을 인정하는 것에 대한 수줍음이 여전히 나를 제지하고 있다. 그래서 나의 과오를 진심으로 후회하면서도 나는 감히 그것을 고치지 못하고 있다. 다음의 한 예가 내가 말하고자 하는 바를 더 잘 설명해줄 것이다. 또 그것은 내가 이익이라든지 자존심 때문에 거짓말을 하는 것이 아니며, 하물며 시기심이나 악의 때문은 더더욱 아니고, 그것이 거짓말이라는 점이 알려져 있어서 나에게 전혀 아무런 쓸모도 없다는 것을 가끔은 아주 잘 알면서도, 단지 당혹감과 못난 수줍음 때문에 거짓말을 한다는 사실을 보여줄 것이다.

얼마 전에 풀키에 씨에게 이끌려 평소와는 달리 내 아내를 동반하고 그와 그의 친구 브누아와 같이 바카생 부인네 식당으로 각자 자기 식대를 부담해서 점심 식사를 하러 갔었다. 바카생 부인과 그녀의 두 딸이 우리와 함께 식사를 했었다. 그런데 식사가 한창이었을 때, 근래에 결혼해서 임신 중이던 맏딸이 나를 똑바로 쳐다보면서 갑자기 아이를 가져본 적이 있냐고 물어보는 것이었다. 나는 얼굴이 새빨개지면서 그런 행복은 가져본 적이 없다고 대답했다. 그러자 그녀는 동석한 사람들을 바라보면서 심술궂게 미소를 지었는데, 그 의도는 전혀 모호하지가 않고 뻔한 것이었다. 나에게조차 말이다.[5]

우선 분명한 것은, 비록 나에게 속이려는 의도가 있었다손 치더라도 그런 대답은 내가 하고 싶어 했을 만한 대답이 전혀 아니

5 루소는 여관에서 일하는 하녀 마리 테레즈 르 바쇠르(Marie Thérèse Le Vasseur, 1721~1801)와의 사이에서 다섯 아이를 낳았으나 모두 고아원에 위탁했다. 후에 그는 자신의 행위를 후회하지만, 한편으로 자신과 같이 경제적으로 빈곤한 평민으로서는 아이들에게 학문할 기회를 주는 대신에 노동 기술을 배워 정신적 고민 없이 사는 것이 오히려 나을 것이라고 스스로를 합리화하기도 했다. 여기서 루소는 바카생(Vacassin) 부인의 딸이 자신의 그러한 처지를 알고 악의적으로 아이가 있는지 묻는다고 생각한다.

라는 점이다. 왜냐하면 나에게 그 질문을 했던 그녀의 태도로 보건데, 나의 부정(否定)이 그 점에 관한 그녀의 생각을 전혀 바꾸지 못하리란 것이 확실했기 때문이다. 사람들은 나의 그런 부정을 기대하고 있었고, 나를 거짓말하도록 만듦으로써 즐거움을 느끼기 위해 나의 부정을 부추기기까지 하고 있었다. 나는 그것을 감지하지 못할 정도로 아둔하지는 않았다. 2분 후, 내가 했어야만 했던 대답이 저절로 떠올랐다. "독신으로 늙은 남자에게 젊은 여자가 하기에는 사려 깊지 못한 질문이군요." 그렇게 말함으로써 거짓말도 안 하고 그 어떤 시인(是認)으로도 부끄러워 낯을 붉힐 필요 없이, 나는 웃는 사람들을 내 편으로 만들고 그녀에게는 가벼운 훈계를 할 수 있었을 것이며, 당연히 그 훈계는 그녀가 나에게 질문할 때 조금 덜 무례하도록 만들었을 것이다. 그런데 나는 그런 모든 것을 전혀 하지 않고, 말했어야만 하는 것은 전혀 말하지 않고, 말하지 않았어야만 하고 나에게 아무런 소용도 없는 것을 말해버렸던 것이다. 그러므로 나의 판단력이나 의지가 나의 대답을 지시했던 것이 아니라는 점과, 나의 대답이 당혹감으로 인한 반사적인 결과라는 점은 분명하다. 예전에 나는 그런 당혹감을 전혀 느끼지 않았고 수줍음보다는 솔직함으로 나의 과오를 시인하고는 했었다. 왜냐하면 내가 마음속으로 느끼는, 나의 과오를 벌충해주는 것을 사람들도 알아차릴 거라고 믿어 의심치 않았기 때문이다. 하지만 악의에 찬 시선은 나를 상심하고 당황하게 만든다. 나는 더욱 불행해짐과 동시에 더욱 소심해졌다. 그리하여 여태껏 나는 오로지 그 소심함 때문에 거짓말을 했을 뿐이다.

나는 거짓말에 대한 나의 생래적 혐오를 《고백록》을 저술하던 때보다 더 절실하게 느껴본 적이 없다. 왜냐하면 바로 그때야말로, 조금이라도 나의 성향이 나를 그쪽으로 이끌었더라면 거짓말의 유혹이 빈번하고도 강렬했을 것이기 때문이다. 그런데 나는 아무것도 말하지 않거나 나에게 부담이 되는 무엇인가를 숨기기는커녕, 나로서는 설명하기 힘들지만 아마도 모든 날조에 대한 혐오에서 기인했을 정신의 작용에 의해, 너무 관대하게 나 자신을 변호하기보다는 차라리 너무 준엄하게 자신을 자책함으로써 반대 방향으로 거짓말을 하는 쪽에 이끌리는 느낌이었다. 그러므로 나의 양심은, 언젠가 내가 심판을 받게 될 때에 내가 나 자신을 심판했던 것보다는 덜 준엄하게 심판받을 것이라고 나를 확신시켜준다. 그렇다. 나는 영혼의 자랑스러운 고양과 더불어 그것을 말하며 느낀다. 나는 그 책 속에서 성실성, 진실성, 솔직함을 결코 어떤 다른 인간도 했던 적이 없었을 만큼 멀리, 아니 적어도 내가 생각하기에는 그보다도 더 멀리 밀고 나갔었다. 선이 악을 능가한다고 느끼기에 나는 모든 것을 다 말하는 것이 좋겠다고 생각했고, 그래서 모든 것을 다 말했었다.

나는 결코 덜 말하지는 않았지만, 때때로 더 말하기는 했었다. 하지만 사실들에 대해서가 아니라 정황들에 대해서 그러했었고, 그런 거짓말은 의지에 따른 행위라기보다는 차라리 상상력의 착란에 따른 결과였다. 내가 그것을 거짓말이라고 칭하는 자체가 잘못이다. 왜냐하면 그렇게 덧붙인 것들 중 그 무엇도 거짓말이 아니었기 때문이다. 《고백록》을 저술하고 있을 당시 나는 이미 늙었었고, 내가 이미 모두 스치듯 맛보아서 나의 마음이 그 공허함을 잘 알고 있던 삶의 헛된 기쁨들에 대해 혐오감을 느끼고 있는 상태였다. 나는 기억력에 의존해서 그 책을 쓰고 있었는데, 자주 기억력이 부족하든가 아니면 불완전한 추억들만을 제공해줄 뿐이었다. 그래서 나는 그 빈틈들을, 그런 추억들의 보완물로서 상상해냈지만 결코 추억들에 상반되지는 않는 세부사항들로 채웠다. 나는 내 삶의 행복한 순간들에 대해서 상술하는 것을 좋아했고, 애정 어린 아쉬움이 나를 찾아와 제공해주는 미사여구들로 종종 그 순간들을 미화하고는 했다. 내가 잊어버린 것들을 말할 때면 내 생각에 그랬었던 것이 틀림없다고 생각되는 대로, 아마도 실제로 그러했을 것대로 말했다. 하지만 내가 그러했었다고 기억하는 것에 상반되게 말한 적은 결코 한 번도 없었다. 나는 이따금씩 진실에다가 진실과는 무관한 매력을 덧붙이고는 했지만, 나의 악덕을 변명하거나 미덕을 가진 척하려고 진실 대신 거짓을 말한 적은 결코 없었다.

비록 때때로 내가 그럴 생각 없이 본의 아닌 감정의 동요에 의해 나 자신을 묘사하면서 보기 흉한 면을 숨겼다고 해도, 그러한 묵설(黙設)은 나로 하여금 종종 악보다는 선을 더 철저하게 말하지 않도록 만들었던 더욱 야릇한 묵설로 충분히 상쇄되었다. 그것은 내 천성의 독특한 점으로, 사람들이 그것을 믿지 않아도 전혀 탓할 순 없지만 아무리 믿을 수 없는 것이라 해도 실재하는 것이다. 나는 대체로 나 자신의 악에 대해 그것의 모든 파렴치함을 샅샅이 말했지만, 선에 대해서는 그것의 모든 사랑스러움을 말한 적이 거의 없었고 대개는 그것에 대해 아예 침묵해버렸다. 왜냐하면 그것이 나를 지나치게 영예롭게 했기 때문이고, 또한《고백록》이 아니라 나에 대한 칭찬을 쓰는 것처럼 보일 수도 있었기 때문이다.

나는 나의 젊은 시절을 묘사할 때 내가 본래 마음속에 가지고 태어난 탁월한 자질들을 자랑하지 않았고, 오히려 그것들을 지나치게 눈에 띄도록 만드는 사실들은 삭제하기까지 했다. 내 어린 시절의 두 가지 사건이 생각나는데, 둘 다 그 책을 쓰고 있을 때도 기억났었지만 방금 전에 말한 바로 그 독특한 이유 때문에 나는 그것들을 쓰지 않았다.

나는 거의 일요일마다 레 파키[6]에 있는 파지 씨[7] 집에 가서 하루를 보내고는 했다. 그는 나의 숙모들 중 한 사람과 결혼했고 인도 사라사 제조소 하나를 그곳에 가지고 있었다. 어느 날 나는 광택기가 있는 방 안의 건조대 앞에서 주철(鑄鐵) 롤러들을 쳐다보고 있었다. 롤러의 반짝임이 보기 좋아서 나는 거기에 손가락

---

6 les Pâquis, 당시 스위스의 제네바 성벽 외곽에 있던 지역 이름.
7 앙투안 파지(Antoine Fazy, 1681~1731)는 네덜란드에서 염직 기술을 배운 후 레 파키에 직물공장을 설립했다.

을 얹어보고 싶은 마음이 생겼고, 매끈매끈 윤이 나는 롤러에 손가락을 얹고 이리저리 움직여대며 즐거워하고 있었다. 그때 파지 씨의 아들이 기계장치 안에 들어가서 그것을 가동시키는 바람에 롤러가 8분의 1회전을 하게 되었고, 아주 교묘하게도 나의 제일 긴 두 손가락 끝부분만 거기에 끼었는데, 두 손가락 끝이 으깨지고 손톱이 빠져 롤러에 남게 될 정도로 세게 끼었다. 내가 날카로운 비명을 지르자 파지는 당장 기계장치의 방향을 바꾸었다. 그러나 손톱들은 롤러에 남았고 내 손가락들에서는 피가 흘러내렸다. 파지는 깜짝 놀라 소리를 지르더니 기계장치에서 나와 나를 부둥켜안고는, 제발 소리 지르지 말라고 간청하면서 자기는 이제 끝장났다고 덧붙여 말했다. 나는 고통의 절정에 있었지만 그의 괴로움이 나의 마음을 움직였기에 소리 지르기를 그쳤다. 우리는 연못[8]으로 갔고, 그는 내가 손가락들을 씻고 이끼로 지혈시키는 것을 도와주었다. 그는 나에게 절대로 이 일을 일러바치지 말아달라고 눈물로 애원했다. 나는 그렇게 하겠다고 약속했고, 그후 20년 이상 그 약속을 너무나 잘 지켜 아무도 어쩌다가 내 두 손가락에 상처가 나게 되었는지 몰랐다. 상처는 계속 남아 있었으니말이다. 나는 3주 이상을 침대에서 꼼짝하지 못했고 두 달 이상이나 손을 사용할 수 없었지만, 커다란 돌이 떨어지면서 내 손가락들

---

8 프랑스어로 잉어 양식장을 뜻하는 'carpière'는, 당시 제네바에서는 늪 또는 못을 지칭하는 'mare'의 의미로 쓰였다고 한다.

을 으깨놓았다고만 말했었다.

고결한 거짓말이여! 그 어떤 진실이
너보다 더 아름다울 수 있겠는가?[9]

그렇지만 그 사건은 그때의 정황상 나에게는 매우 고통스러운
것이었다. 왜냐하면 그 당시는 시민들을 군사 훈련시키던 시기라
서, 나는 내 나이 또래의 아이들 세 명과 열을 지어 유니폼을 입
고 우리 동네의 중대와 함께 훈련하기로 되어 있었기 때문이다.
나는 침대에 누워 있는데 창문 아래로 나의 세 친구들과 함께 중
대의 북소리가 지나가는 것을 듣기란 고통스러운 일이었다.

나의 또 다른 이야기도 이와 매우 유사한데, 더 나이가 들었을
때의 이야기이다.

나는 플랭팔레[10]에서 플랭스라는 친구와 펠멜 놀이[11]를 하고
있었다. 우리는 놀이 중에 싸움을 시작하게 되어 서로 치고받고
했는데, 싸움 중에 그 애는 모자도 쓰고 있지 않은 나의 머리를
펠멜 놀이에 쓰이는 망치로 한 대 가격했다. 그런데 아주 정통으

---

9 이탈리아 시인 토르콰토 타소(Torquato Tasso, 1544~1595)의 《해방된 예루살렘(*La Gerusalemme liberata*)》(1580)에서 인용된 문장. 루소는 노년기에 그의 작품을 매우 좋아
했고 번역도 했다.

10 스위스의 제네바 남서부에 있는 지구(地區).

11 골프의 시초라고 할 수 있으며, 유연한 긴 자루에 망치 같은 머리를 달아 그것으로
나무공을 치는 놀이. 프랑스에서 17~18세기에 유행했다.

로 맞아서, 더 세게 때렸더라면 나의 머리를 박살냈을 수도 있었을 정도였다. 나는 곧바로 쓰러졌다. 나의 머리카락 사이로 줄줄 흘러내리는 피를 보던 그 가엾은 소년의 모습처럼 당황해하는 모습은 결코 본 적이 없었다. 그 애는 자기가 나를 죽였다고 생각하고서 나에게 달려들어 부둥켜안더니, 갑자기 울음을 터뜨리면서 날카로운 비명을 질러댔다. 나도 온 힘을 다해 그 애를 껴안고서, 어떤 감미로움 같은 것이 섞인 어렴풋한 감정 속에서 그 애와 같이 울었다. 마침내 그 애는 계속 흐르는 나의 피를 지혈시키기 시작했다. 하지만 우리의 손수건 두 장으로는 충분치 않다는 걸 알아차리고는, 그 애는 집 근처에 자그마한 정원을 가지고 있던 자기 어머니의 집으로 나를 데리고 갔다. 그의 선량한 어머니는 그런 상태에 있는 나를 보고서는 하마터면 기절할 뻔했지만, 곧 정신을 가다듬고는 나를 치료해줄 수 있었다. 나의 상처에 충분히 습포(濕布)를 대어 닦아낸 다음 그녀는 술에 담가두었던 백합꽃을 상처에 붙여주었다. 그것은 우리 고장에서 아주 흔히 사용되는 탁월한 외상약이었다. 그녀와 아들의 눈물은 나의 마음속에 깊이 스며들어, 두 사람을 보지 못하게 된 후 차차 그들을 잊어버릴 때까지 오랫동안 그녀를 나의 어머니로, 그녀의 아들을 나의 형제로 여기게 되었을 정도였다.

나는 이 사건과 앞서 말한 다른 사건에 대해 똑같이 비밀을 지켰다. 또한 살아오면서 비슷한 성격의 사건들이 수없이 많이 일어났었지만, 나는 그것들에 대해 《고백록》에서 이야기하고 싶은 마음조차 없었다. 그 정도로 나는 그 책을 쓰면서, 나의 성격에서 느껴지는 선함을 돋보이게 할 기교를 찾으려고 애쓰지 않았었다. 그렇다. 내가 알고 있는 진실에 반대되는 것을 말했을 때에도 무해무득한 것들에 있어서만, 또한 뭐라고 말해야 할지 모를 당혹감이나 글 쓰는 즐거움 때문에 그랬을 뿐, 나의 이익이나 타인의 손익 때문에 그랬던 적은 전혀 없었다. 그러므로 누구든지 나의 《고백록》을 공정하게 읽게 될 사람은─행여 그런 사람이 있다면 말이다─내가 거기에서 하고 있는 고백들이, 더 중대하지만 말하기에는 덜 수치스러운, 하지만 내가 행한 적이 없어 말하지 않은 악행에 대한 고백들보다 더 치욕스럽고 말하기 고통스러운 것들이었음을 감지하게 될 것이다.

이런 모든 성찰들로부터, 내가 자신에게 부과했던 진실성의 공언(公言)은 사물의 실재성보다는 올바름과 공정함이라는 감정에 토대를 두고 있으며, 또 실천에 있어서 나는 진위(眞僞)라는 추상적인 개념들보다 내 양심의 도덕적 지침들을 더 따랐다는 결론이 나온다. 나는 종종 많은 우화들을 말했지만 거짓말을 한 적은 아주 드물었다. 이런 원칙들을 따름으로써 나는 다른 사람들에게 나에 대한 많은 공격의 빌미를 제공하고 말았지만, 어느 누구에게든 부당하게 손해를 입힌 적이 없으며 또 마땅히 받아야 했던 것 이상의 이익을 내게 돌린 적도 전혀 없다. 내가 보기에는, 오로지 그렇게 해서만 진실이 미덕이 되는 것 같다. 그 밖의 다른 모든 관점에서 본다면, 우리에게 진실이란 그것으로부터 선도 악도 생겨나지 않는 한낱 형이상학적인 것에 불과할 뿐이다.

하지만 나는 나 자신이 전혀 나무랄 데가 없다고 생각할 정도로 내 마음이 그런 구분들에 충분히 만족스러워한다고 느끼지는 않는다. 내가 다른 사람들에게 마땅히 해야만 했던 것에 대해서는 그렇게 공들여 생각하면서, 과연 나는 나 자신에게 마땅히 해야만 했던 것은 충분히 검토했던가? 타인에게 공정해야만 한다면, 자기 자신에게는 진실해야만 한다. 그것은 오네톰[12]이 자기 자신의 존엄성에 표해야만 하는 경의이다. 설령 대화 중 화제의 고갈이 나로 하여금 어쩔 수 없이 무해한 가공의 이야기들로 그것을 메우도록 했다 해도, 내가 잘못을 저질렀던 것이다. 왜냐하면 절대로 타인을 즐겁게 하기 위해 스스로의 품위를 떨어뜨리지 말았어야 했기 때문이다. 또한 설령 글 쓰는 즐거움에 이끌려 꾸며낸 장식들을 사실에 덧붙였다고 해도, 나는 더한 잘못을 저질렀던 것이다. 왜냐하면 진실을 우화들로 장식한다는 것은 사실상 진실을 훼손하는 짓이기 때문이다.

그런데 나 자신을 더욱 용서할 수 없게 만드는 것은 내가 선택했던 좌우명이다. 그 좌우명은 다른 사람에게보다 나 자신에게 진실에 대한 더욱 엄격한 공언을 강요했었다. 그래서 그것을 위해서는 어디에서든 나의 이익과 성향을 희생시키는 것만으로는 충

---

12 honnête homme. 프랑스어로 지식과 교양이 풍부하고 예절 바른 교양인을 뜻하며, 17세기 프랑스에서 이상적인 인간상을 표현하던 말이다.

분치 않았으며, 나의 나약함과 소심한 천성까지도 희생시켰어야만 했다. 모든 경우에 있어서 진실하려면 용기와 힘을 가졌어야만 했다. 특히 진실에 헌신하는 입과 펜에서는 결코 가공의 이야기도 우화도 나와서는 안 되었었다. 이상이 바로 내가 그 자랑스러운 좌우명을 취하면서 나 자신에게 말했어야만 했던, 또한 감히 그것을 지니고 있는 한 끊임없이 나 자신에게 반복해서 말했어야만 했던 내용이다. 표리부동함이 나의 거짓말을 부추겼던 적은 결코 한 번도 없었으며, 나의 거짓말은 모두 나약함에 기인한 것이었다. 하지만 그런 사실이 나를 변명해주기는 어렵다. 나약한 영혼을 가지고서는 기껏해야 자기 자신을 악덕으로부터 보호할 수 있을 뿐인데, 감히 위대한 미덕을 공언한다는 것은 오만하고도 무모한 일이다.

이상의 성찰들은 만일 로지에 신부가 나에게 암시해주지 않았더라면 아마도 나의 머릿속에 결코 떠오르지 않았을 것들이다. 그것들을 활용하기에는 확실히 꽤 늦었지만, 적어도 나의 오류를 시정하고 나의 의지를 다시 바로잡기에는 너무 늦지는 않았다. 왜냐하면 이제는 그것만이 내가 할 수 있는 전부이기 때문이다. 그러므로 이 경우에 있어, 그리고 이와 유사한 모든 경우에 있어, 솔론의 금언은 모든 연령에 적용 가능한 것이다. 현명해지고 진실해지고 겸손해지는 것을, 그리고 자기 자신을 덜 과신하는 것을 적들에게서조차 배우는 데에는 결코 늦는 법이 없다.

다섯 번째 산책

내가 살았던 모든 장소들 중에서—그중에는 매력적인 곳들도 있었지만—비엔 호수 한가운데에 있는 생피에르 섬만큼 나를 정말로 행복하게 해주고, 나에게 그토록 애정 어린 아쉬움을 남긴 곳은 그 어디도 없었다. 뇌샤텔에서는 '라모트 섬'이라고 불리는 그 작은 섬은 스위스 내에서조차 거의 알려져 있지 않다.[1] 내가 아는 어떤 여행가도 그 섬에 대해 언급한 적이 없다. 하지만 그 섬은 매우 쾌적하며, 바깥세상과 동떨어져 있기를 좋아하는 사람에게는 딱 적당한 위치에 특이하게 자리 잡고 있다. 왜냐하면 비록 내가 아마도 자신의 운명에 의해 이 세상에서 외톨이가 된 유일한 사

1　비엔(Bienne) 호수는 스위스의 서북부 베른(Berne) 주에 있는 호수이며 뇌샤텔 (Neuchâtel)은 베른 서쪽에 있는 주이다.

람일지는 몰라도, 그토록 자연스러운 취향을 지닌 유일한 사람
이라고는 생각할 수 없기 때문이다. 지금까지 다른 누구에게서도
그런 취향을 발견한 적이 없기는 하지만 말이다.

비엔 호숫가는 제네바 호숫가[2]보다 더 야생적이고 낭만적인
데, 바위와 숲이 물가에 더 가깝게 호수 가장자리를 두르고 있기
때문이다. 그렇다고 해서 비엔 호숫가가 덜 아름다운 것은 아니
다. 경작지나 포도밭이 더 적고 마을이나 인가도 더 적지만 그곳
에는 자연 그대로의 푸르른 초목과 초원, 작은 숲의 그늘진 안식
처가 더 많고, 대조를 이루는 풍광들이 더 흔하고 변화무쌍한 광
경들도 더 가까이 있다. 그 기분 좋은 호숫가에는 마차들이 다니
기에 적합한 큰길이 없기 때문에, 그 고장을 찾는 여행자들은 거
의 없다. 그렇지만 자연의 매력에 도취되는 것을 좋아하고 독수
리들의 울음, 몇몇 새들의 간간이 끊기는 지저귐, 그리고 산에서
흘러내리는 급류의 굉음 말고는 그 어떤 소리도 방해하지 않는
침묵 속에서 깊은 생각에 빠지기를 좋아하는 명상적 은둔자들
에게는 흥미로운 곳이다. 거의 원형에 가까운 그 아름다운 호수
는 한가운데에 있는 두 개의 작은 섬을 둘러싸고 있다. 한 섬은 사
람이 살고 경작도 되어 있는데 둘레가 대략 2킬로미터 정도이며,
더 작은 다른 섬은 사람도 살지 않고 개간되지도 않았는데, 파도
와 폭풍우로 큰 섬이 입는 피해를 복구하기 위해 사람들이 끊임

2 레만 호수를 말한다.

104

없이 거기에서 흙을 옮겨 나르기 때문에 결국에는 없어지고야 말 것이다.[3] 이처럼 약자의 자양분은 항상 강자에게 이익이 되도록 사용되는 것이다.

섬에는 집이 단 한 채밖에 없다. 하지만 크고 쾌적하고 편안한 집이다. 그 집은 섬과 마찬가지로 베른 병원 소유이며, 관리원[4]이 그의 가족과 하인들과 함께 살고 있다. 그는 섬에 사육 마릿수가 많은 가금 사육장 하나와 새 사육장 하나, 그리고 양어장들을 보유하고 있다. 섬은 작지만 토질과 풍광에 있어 너무나 다양하여, 온갖 종류의 경치를 제공하고 온갖 종류의 농사가 가능하다. 밭들, 포도밭들, 숲들, 과수원들, 그리고 호수의 물이 싱그러움을 유지시켜주는 온갖 종류의 관목들로 둘러싸여 있고 작은 숲들이 그늘을 드리우고 있는 비옥한 목초지들이 있다. 나무들을 두 줄로 심은 높은 대지(臺地)가 섬 가장자리를 따라 길게 뻗어 있고, 대지의 중앙에는 예쁜 정자를 세워놓아 포도 수확기 동안에는 일요일마다 인접한 호숫가의 주민들이 그곳에 모여들어 춤을 춘다.

내가 모티에에서의 투석형(投石刑)으로부터 피신했던 곳이 바로 그 섬이다.[5] 섬에 머무는 것이 아주 매력적으로 느껴졌고, 내 기분에 아주 잘 맞는 생활을 하고 있었기 때문에, 여생을 그곳에

---

3 현재 작은 섬은 큰 섬에 연결되었고, 남쪽으로는 연안까지 좁은 둑을 쌓아 연결되었으며 호수의 수면도 낮아졌다.
4 L'hôpital des Bourgeois de Berne 소유인 이 섬의 포도밭 관리를 담당한 공무원을 말한다.

서 마칠 결심을 했던 나에게는 사람들이 내가 그 계획을 실행하
도록 내버려두지 않을지도 모른다는 걱정 말고는 다른 걱정이 없
었다. 왜냐하면 그런 계획은 영국으로 나를 데려가려는 계획과
는—이미 내가 그 첫 실행을 감지하고 있었던—일치하지 않는 것
이었기 때문이다.[6] 나를 불안하게 만드는 예감 속에서, 나는 사
람들이 나의 안식처를 영원한 감옥으로 만들기를, 나를 평생토
록 그곳에 가두기를, 거기에서 빠져나갈 수 있는 모든 힘과 희망
을 나에게서 빼앗아감과 동시에 호수 밖 육지와의 모든 소통을
나에게 금지시킴으로써 내가 세상에서 일어나고 있는 일을 전혀
모르게 되어 세상의 존재를 잊어버리고 사람들 역시 나의 존재를
잊어버릴 수 있게 되기를 바랐었다.

　사람들은 내가 그 섬에서 거의 두 달밖에 보내지 못하게 했지
만,[7] 나는 그곳에서 한순간도 권태로워하지 않은 채 2년, 2세기,

5　1765년 9월 6일과 7일 밤에 스위스 발드트라베르(Val-de Travers) 지역의 모티에에 있
는 루소의 집에 돌들이 날아들었다. 루소는 상처를 입지 않았지만, 정신적 불안이 다시
고조되어 9월 8일에 모티에를 떠나게 되었다. 《사회계약론(*Du Contrat Social ou Principes
du droit politique*)》(1762)과 《에밀》(1762)을 출판한 후 루소에게 체포령이 내렸고 종교인
들과 철학자들의 혐오와 야유의 대상이 되었는데, 특히 볼테르가 익명으로 발표했던
〈시민의 감정(Le Sentiment des Citoyens)〉(1764)이라는 글로 루소를 공격한 후, 모티에의
목사 몽몰랭(Montmollin)의 선동을 받고 모티에 사람들의 루소에 대한 반감이 폭발하
여 이런 사건이 발생했다.
6　드 부플레르(de Boufflers) 부인, 드 베르들랭(de Verdelin) 부인이 루소를 영국으로 피
신시키려고 노력했다. 결국 루소는 철학자 흄(David Hume, 1711~1776)의 초청을 받아
들여 1766년에 영국으로 갔다.
7　루소는 생피에르 섬에서 1765년 9월 12일부터 10월 25일까지 6주간 머물렀다.

아니 영원히라도 살았을 것이다. 비록 그곳에는 내 아내와 관리원, 그의 가족과 하인들 말고는 어울릴 사람이 없었지만 말이다. 사실 그들은 모두 매우 선량한 사람들이었지만 그 이상은 아니었다. 하지만 그것이야말로 바로 나에게 필요했던 것이다. 나는 그 두 달을 인생에서 가장 행복했던 시기로, 너무나 행복해서 단 한 순간도 나의 영혼에 다른 상태에 대한 바람이 생겨나게 하지 않고 나를 충족시켰던 시기로 생각한다.

그 행복은 대체 어떤 것이었고, 어떻게 향유되었던가? 내가 그곳에서 영위했던 삶을 묘사하여, 거기에 근거해서 이 세기의 모든 사람들이 그것을 추측해볼 수 있도록 이야기하고자 한다. 소중한 무위안일이야말로 그런 행복의 향유 중에도 최고이자 가장 중요한 것이었으며, 나는 그 감미로움을 최대한 음미하기를 원했었다. 그리고 실제로 내가 그곳에 머무는 동안 했던 일이라고는, 무위에 빠져 있는 사람에게는 필연적이고도 감미로운 바로 그 일뿐이었다.

내가 스스로를 얽어매 놓았던 그 고립된 체류지에 ―누군가의 도움 없이, 또한 눈에 띄지 않고서 빠져나가기란 불가능했고, 역락이나 서신 왕래도 나를 둘러싸고 있는 사람들의 협력이 있어야만 가능했던―그대로 머무르기만 한다면 사람들도 더 이상 바랄 것 없어 하리라는 기대, 정말이지 그런 기대는 내가 그곳에서 그 이전에 살아왔던 나날들보다도 더 조용하게 삶을 끝낼 수 있으리라는 희망을 가지도록 해주었다. 그래서 아주 여유 있게 신변을 정리할 시간이 있으리라는 생각으로, 나는 아무런 정리도 하지 않은 채 그곳에서의 생활을 시작했다.

혼자 맨몸으로 갑자기 그곳에 옮겨졌던 나는 가정부, 책들, 그리고 자질구레한 일용품을 연이어서 그곳으로 오도록 했는데, 상자들과 여행용 트렁크들을 도착한 상태 그대로 놔둔 채로, 또한 내가 여생을 마칠 생각이었던 거처에서 마치 다음 날이면 떠나야 할 여인숙에 살듯이 지내면서, 그중 아무것도 풀어놓지 않는 것을 기쁨으로 여겼었다. 모든 것들이 있는 그대로 아주 쾌조의 상태였기 때문에, 더 잘되게 만들려는 것 자체가 뭔가를 망쳐버리는 것과도 같았다. 나의 가장 큰 즐거움 중 하나는 책들을 여전히 상자에 넣어둔 채 방치하는 것과, 필기도구를 전혀 가지고 있지 않다는 것이었다. 못마땅한 편지들이 와서 회답하기 위해 부득이하게 펜을 들 수밖에 없을 때면, 나는 투덜거리면서 관리원의 필기도구를 빌리고는 했다. 그러고는 다시는 그것을 빌릴 필요가 없기를 헛되이 바라면서 서둘러 돌려주고는 했다. 그런 형편없는 서류들과 그 모든 고본 더미 대신에, 꽃들과 마른 풀로 방을 가득 채웠다. 왜냐하면 그 당시에 나는 식물학에 대한 최초의 열정에 빠져 있었기 때문이다. 식물학에 대한 취미는 디베르누아 박사[8]가 불러일으켰던 것인데 곧 나의 열정이 되어버렸었

---

8 루소는 모티에에 있을 때 의학박사 디베르누아(Jean-Antoine d'Ivernois, 1703~1765)와 교분이 있었는데, 그는 루소에게 《자연의 체계(Systema naturae)》(1735)를 쓴 스웨덴 식물학자 린네(Carl von Linne, 1707~1778)에 대해 알려주었다.

다. 나는 힘이 드는 일은 더 이상 원치 않았기 때문에, 마음에 들면서도 게으름뱅이라도 감수할 정도의 수고만을 끼치는 즐거운 일이 필요했었다. 나는 《생피에르 섬의 식물지》를 쓰려고, 그 섬의 모든 식물을 단 하나도 빠뜨리지 않고 나의 여생을 보내기에 충분할 정도로 상세하게 묘사하려고 시도했었다. 어떤 독일인은 레몬 껍질에 관해 책 한 권을 썼다고 한다. 나는 초원의 잔디 한 포기 한 포기에 대해, 숲의 이끼 하나하나에 대해, 바위를 뒤덮고 있는 지의(地衣) 하나하나에 대해 책 한 권씩을 쓸 수도 있었을 것이다. 나는 풀 한 포기, 미미한 식물 하나라도 놓치지 않고서 상세히 묘사하려고 했었다. 그 멋진 계획에 따라, 매일 아침 모두 함께 식사한 후 나는 손에 돋보기를 들고 팔 아래에 《자연의 체계》를 끼고서 섬의 한 지역을 탐방하러 가고는 했다. 그렇게 하기 위해서 나는 섬을 자그마한 정사각형 구역들로 나누었으며, 계절마다 한 곳씩 차례로 두루 돌아다닐 생각이었다. 식물의 구조와 조직, 그리고 생식기관의 작용에 대한―그 체계는 당시 나에게는 전혀 새로운 것이었다―각각의 관찰에서 내가 느꼈던 황홀감과 도취감보다 더 야릇한 것은 없었다. 그전에는 전혀 아는 바가 없었던 식물의 속성에 대한 구분을 공통된 종류에 따라 확인해나감에 따라 나는 매혹되었고, 더 희귀한 것들이 나타나기를 기대하게 되었다. 처음으로 관찰했던 꿀풀과(科) 식물의 기다란 두 갈래 수술, 쐐기풀과 쐐기풀속 식물들의 수술이 지닌 탄성, 봉선화 씨와 회양목 꽃봉오리의 파열, 생식기관의 수많은 미세한 작용들은 나를 기쁨으로 넘치게 했다. 나는 라퐁텐이 사람들에게 《하박국서》를 읽었는지 물어보고는 했듯이,[9] 꿀풀과 식물의 뿔 모양 돌기를 본 적이 있는지 물어보며 다니고는 했다.

두세 시간 후면 나는 풍성한 수확물을 가지고 돌아오고는 했는데, 비가 올 경우에 그것은 점심 식사 후의 심심풀이거리가 되어주고는 했다. 오전 중 나머지 시간에는 테레즈, 관리원과 그의 아내와 함께 수확하는 일꾼들을 보러 가고는 했는데, 가서는 대개 함께 일을 했다. 그래서 나를 보러 온 베른 사람들은 내가 커다란 나무 위에 앉아 허리에 매어 단 자루에 과일들을 가득 채워 넣고는 끈에 묶어 땅바닥으로 내려뜨리는 모습을 종종 볼 수 있었다. 오전 중에 했던 운동, 또한 그것과 떼려야 뗄 수 없는 좋은 기분은 점심시간의 휴식을 아주 유쾌하게 만들어주고는 했다. 그렇지만 휴식이 너무 길어지고 좋은 날씨가 나를 이끌 때면 나는 그렇게 오랫동안 기다릴 수가 없었다. 그래서 사람들이 아직 식탁에 앉아 있는데도 나는 거기서 빠져나와 혼자 배에 몸을 싣고, 물결이 잔잔할 때는 호수 한가운데로 저어 가고는 했다. 그러고는 호수 한복판에 이르러 배 안에서 다리를 길게 쭉 뻗고 누워서 시

---

9 루소가 착각한 것으로, 구약 정경(正經)의 하나인 하박국서가 아니라 구약 외경(外經)의 하나인 바루크서이다. 라신(Jean Racine, 1639~1699)의 아들이 쓴 《장 라신의 인생 회고록(Mémoire sur la Vie de Jean Racine)》에, 자기 아버지가 준 성경을 읽은 라퐁텐(Jean de la Fontaine, 1621~1695)이 바루크서에 반해 누구에게나 바루크서를 읽었느냐고 질문했었다는 언급이 있다.

선은 하늘을 향한 채, 물결에 따라 천천히 배가 떠가는 대로 몸을 맡기고는 했다. 때로는 여러 시간 잡다하지만 감미로운 수많은 몽상들에 빠지기도 했는데, 그것들은 확실하게 한정되거나 일정한 대상에 대한 것은 아니었지만, 나에게 있어서는 사람들이 삶의 기쁨들이라고 부르는 것 중 내가 가장 달콤하다고 생각했었던 모든 것보다도 백배나 더 나은 것이었다. 종종 해가 떨어지는 것을 보고 돌아가야 할 시간임을 알게 되면, 섬에서 너무나 멀리 떨어져 있다는 것을 발견하고는 어둠이 완전히 내리기 전에 도착하기 위해 온 힘을 다해 노를 저어야만 했다. 어떤 때는 호수 한복판까지 나가는 대신에 섬의 푸르른 연안을 따라 배를 저어가는 것을 즐기고는 했는데, 그 맑은 물과 시원한 녹음에 이끌려 종종 거기에서 수영을 하기도 했다. 하지만 내가 가장 빈번하게 다닌 뱃길 중 하나는 큰 섬에서 작은 섬으로 가는 길이었다. 작은 섬에서 내려 때로는 호랑버들, 털갈매나무, 여뀌, 온갖 종류의 관목 한가운데에서 매우 한정된 곳을 산책하거나, 때로는 잔디, 백리향, 꽃들, 심지어는 잠두와 필시 누군가가 예전에 씨를 뿌렸을 성싶은 토끼풀로 뒤덮인 모래질의 작은 언덕 꼭대기에 자리를 잡고 앉아서 점심 식사 이후의 시간을 보냈다. 그 작은 언덕은 토끼들을 키우기에 아주 적합한 장소로, 토끼들이 아무것도 두려워하지 않고, 또한 아무것도 해치지 않으며 평화롭게 번식할 만했다. 내가 그런 아이디어를 관리원에게 주자 그는 뇌샤텔에서 암토끼들과 수토끼들을 들여왔다. 그의 아내와 여자형제 한 명, 그리고 테레

III

즈와 나는 보란 듯이 작은 섬으로 가서 그것들을 풀어놓았다. 토끼들은 내가 섬을 떠나기 전에 번식을 시작했는데, 겨울의 혹독한 추위를 견뎌내기만 했다면 틀림없이 그곳에서 번창했을 것이다. 그 자그마한 군체를 설립하는 일은 일종의 축제였다. 아르고 원정대의 키잡이도, 일행과 토끼들을 큰 섬에서 작은 섬으로 의기양양하게 이끌고 가는 나보다 더 자신을 자랑스럽게 여기진 않았을 것이다. 관리원의 아내는 극도로 물을 꺼려했고 배만 타면 항상 기분이 좋지 않았는데, 내가 젓는 배에는 안심하고 탔으며 호수를 건너는 동안 전혀 무서워하지 않았다는 사실에 나는 뿌듯함을 느끼며 주목했다.

호수가 잔잔하지 않아 배를 탈 수 없을 때면 나는 오후 동안 섬을 두루 돌아다니면서 여기저기에서 식물을 채집하거나, 가장 경치가 좋고 한적한 곳에 앉아 나 좋을 대로 마음껏 몽상을 하거나, 때로는 대지(臺地)나 작은 언덕 위에 앉아 호수와 그 기슭의 멋지고 매혹적인 경치를—한쪽 기슭은 인접해 있는 산들로 둘러싸였고, 다른 기슭은 비옥하고 풍요로운 평원으로 확장되는데, 시선이 닿는 곳보다 더 멀리 푸르스름한 산들에 이르기까지 그 전망이 펼쳐져 있는—둘러보고는 했다.

저녁이 가까워져오면, 나는 섬의 정상에서 내려와 호숫가 모래밭에 숨겨진 안식처로 가서 즐거운 마음으로 앉아 있었다. 그곳에서는 물결의 소리와 수면의 출렁임이 나의 감각을 안정시켜주고 나의 영혼으로부터 모든 다른 동요를 쫓아내버려 감미로운 몽상 속으로 빠져들도록 했으며, 그런 몽상에 빠져 있다 보면 종종 나도 모르는 사이 불시에 밤이 찾아오고는 했다. 호수의 밀물과 썰물, 연속적이면서도 간간이 더 커지는 그 소리는 쉴 새 없이 나의 귀와 눈을 자극함으로써 몽상이 내 안에서 꺼버린 내면의 움직임을 대신해주었으며, 나로 하여금 생각하는 수고로움 없이 즐겁게 나의 존재를 느낄 수 있도록 만들기에 충분했다. 가끔 이 세상 사물의 무상함에 대한 희미하고 짧은 성찰이 떠오르고는 했으며, 호수의 수면은 나에게 그 무상함의 이미지를 제공해주었다. 하지만 그런 가벼운 인상들은 곧 호수의 연속적 움직임이 지닌 단조로움 속으로 사라지고는 했다. 그런 단조로움은 나를 달래주었고, 내 영혼의 아무런 적극적인 협력 없이도 나를 몰두하게 만드는 바람에 시간과 정해진 신호에 재촉을 받고서도 그로부터 쉽사리 벗어날 수가 없을 정도였다.

저녁 식사 후, 날씨가 좋은 밤이면 우리는 다시 모두 함께 대지(臺地)로 산책을 가서 호수의 공기와 신선한 기운을 들이키고는 했다. 정자에서 쉬면서 웃고 이야기를 나누고 현대의 어물쩍 얼버무린 노래보다 훨씬 나은 옛 노래를 부르고, 그러고는 마침내 각자가 보낸 하루에 만족해하면서, 또 다음 날도 그와 비슷한 날이 되기를 바라면서 돌아와 잠자리에 들고는 했다.

그 섬에 머무는 동안, 예상치 못한 성가신 방문을 받았던 경우를 제외하고 나는 그렇게 시간을 보냈다. 대체 그곳의 무엇이 그토록 사람의 마음을 끌기에, 15년이 지난 지금까지도 그 사랑스러운 거처를 생각할 때면 매번 욕망의 비약에 의해 다시 그곳으로 옮겨진 듯이 느끼지 않을 수 없을 정도로 나의 마음속에 너무나도 강렬하고 다정하며 지속적인 아쉬움을 불러일으키는지 이제 사람들이 나에게 말해주면 좋겠다.

내가 긴 인생의 부침을 겪으면서 알게 된 것은, 추억이 나를 가장 강하게 끌어당기고 감동시키는 시기는 가장 달콤한 즐거움과 가장 강렬한 기쁨의 시기가 아니라는 것이다. 흥분과 열정의 그런 짧은 순간들은, 비록 강렬할 수는 있을지 몰라도 바로 그 강렬함 때문에 인생이라는 선 가운데에서 아주 듬성듬성한 점들에 불과할 뿐이다. 그 순간들은 너무나 회귀하고 빨리 지나가서 어떤 하나의 상태를 구성할 수가 없다. 하지만 나의 마음이 진정 아쉬워하는 행복은, 곧 사라져버릴 덧없는 순간들로 이루어져 있지 않은 소박하고 항구적인 하나의 상태로, 그 자체에는 강렬한 것이 전혀 없지만, 그것이 지속됨에 따라 매력이 증가하여 마침내 거기에서 비할 바 없는 지복을 발견하게 된다.

지상에서 만물은 끊임없는 흐름 속에 있다. 그 속에서는 아무것도 하나의 변함 없는 정지된 형태를 유지하지 못하며, 외부의 사물들에 집착하는 우리의 감정들도 그것들과 마찬가지로 지나가고 변화한다. 감정들은 언제나 우리를 앞서거나 뒤따라오면서, 더 이상 존재하지 않는 과거를 상기시키거나 종종 전혀 있을 수 없는 미래를 예고한다. 그것들에는 마음을 붙일 만큼 견고한 것이라곤 전혀 없다. 그래서 사람들은 이 세상에서 지나가는 기쁨밖에 가질 수 없는 것이다. 지속성 있는 행복에 대해서는, 나는 과연 누군가가 그것을 맛보았을지 의심스럽다. 우리가 맛보는 가장 강렬한 즐거움들 중에서도, 우리의 마음이 진정으로 '나는 이 순간이 항상 계속되었으면 좋겠다'라고 말할 수 있는 것은 기껏해야 한순간일 뿐이다. 그러니 우리의 마음을 여전히 불안하고 공허한 상태로 놔두며, 또한 우리로 하여금 이전에 있던 뭔가를 애석해하거나 앞으로 올 뭔가를 바라게 만드는 순간적인 상태를 어떻게 행복이라고 부를 수 있겠는가?

그런데 행복이란 것이, 영혼이 온전히 쉴 수 있으며 과거를 회상할 필요도 없고 미래에 신경 쓸 필요도 없이 스스로의 온 존재를 집결시킬 수 있을 정도로 충분히 견고한 토대를 발견할 수 있는 상태라면, 시간이 영혼에게 아무런 의미도 없는 상태라면, 현재가 그 지속성을 드러내지 않고 그것이 연속되고 있다는 흔적도 없이, 또한 우리가 존재한다는 느낌 말고는 그 어떤 결핍이나 향유, 기쁨이나 고통, 욕망이나 두려움의 느낌도 없이 영원히 지속되는 상태라면, 그리고 그런 느낌만이 영혼을 온전히 가득 채울 수 있는 상태라면, 그런 상태에 있는 사람은 그것이 지속되는 한 행복한 사람이라고 불릴 수 있을 것이다. 그런 행복은 삶의 기쁨들 중에서 발견할 수 있듯이 불완전하고 빈약하고 상대적인 행복이 아니라, 영혼이 가득 채워야 할 필요를 느끼는 그 어떤 공허함도 영혼 속에 남겨두지 않는 충분하고 완벽하고 충만한 행복이다. 그런 상태야말로 내가 생피에르 섬에서 물결에 따라 방향이 바뀌는 대로 놓아둔 배 안에 누워서, 물결이 출렁이는 호숫가나 아름다운 강가나 자갈 위로 물이 졸졸 흐르는 시냇가에 앉아서, 나의 고독한 몽상들에 잠기어 처해 있곤 했던 상태이다.

그런 경지에 있는 사람은 무엇을 즐기는 것일까? 자기 외부에 있는 그 무엇이 아니라 오직 자기 자신과 자기 존재일 뿐이다. 그런 상태가 지속되는 한, 사람은 마치 신처럼 스스로 족하다. 모든 다른 감정이 없어져버린 그런 존재감은 그 자체로 만족스럽고 평화로운 소중한 감정이며, 끊임없이 우리를 찾아와 그것으로부터 벗어나게 만들고 그 감미로움을 혼탁하게 만드는 이 세상의 온갖 관능적이고 세속적인 인상을 멀리할 줄 아는 사람에게는, 그런 감정 하나만으로도 자신의 존재가 소중하고 기분 좋은 것이 되기에 충분하다. 하지만 끊임없는 정념에 동요되는 대부분의 사람들은 그런 상태를 거의 모른다. 또한 아주 짧은 동안 불완전하게밖에 맛보지 못했기 때문에, 그것에 대해 어렴풋하고 불명료한 생각밖에 가지고 있지 않아서 그 매력을 느끼지 못한다. 하지만 지금과 같은 세상에서는, 사람들이 그런 감미로운 황홀경을 갈망하여, 항상 되살아나는 그들의 욕구가 의무로 부과하는 활동적인 삶에 대해 혐오감을 느끼게 된다면 좋은 일이라고는 할 수 없을 것이다. 하지만 인간 사회로부터 제명되어버려서 이 세상에서는 더 이상 타인을 위해서든 자신을 위해서든 유용하고 좋은 일을 전혀 할 수 없게 된 불행한 사람은, 모든 인간적 지복이 함께하는 그런 상태에서 운명도 사람들도 그에게서 빼앗아갈 수 없는 보상을 발견할 수 있다.

그런 보상은 모든 영혼이 느낄 수 있는 것도 아니고, 또 모든 상황에서 느낄 수 있는 것도 아님이 사실이다. 마음이 평안해야 하고, 그 어떤 정념도 마음의 평정을 방해하러 와서는 안 된다. 그런 보상을 느끼는 사람의 의향이 있어야만 하고, 또 주변 사물들의 협력도 있어야만 한다. 절대적 안정이나 과도한 흥분은 필요 없으며, 동요도 중단도 없는 단조롭고 절제된 어떤 움직임이 필요하다. 움직임이 없다면 삶은 혼수상태에 불과하다. 만일 움직임이 고르지 않고 지나치게 과격하면, 그것은 우리를 깨워버린다. 우리에게 주변 사물들을 상기시킴으로써, 그것은 몽상의 매력을 깨뜨려버리고, 우리를 우리 자신의 내부로부터 끌어내어 금세 운명과 사람들의 속박하에 다시 가져다놓고, 우리에게 불행한 느낌을 돌려준다. 한편 절대적 침묵은 슬픔을 자아내고 죽음의 이미지를 보여준다. 따라서 유쾌한 상상력의 도움이 필요한데, 그런 도움은 하늘이 그런 상상력을 준 자들에게는 상당히 자연스럽게 찾아온다. 그때 외부에서는 오지 않는 움직임이 우리 내부에서 생겨나게 된다. 사실 안정은 별것이 아니다. 하지만 가볍고 기분 좋은 생각이 영혼의 밑바닥은 뒤흔들지 않고 이를테면 그 표면만을 스치며 동요시킬 때 안정은 더한층 유쾌하게 느껴진다. 자신의 모든 불행을 잊어버린 채 자기 자신을 생각할 수 있으려면 충분한 안정만 얻으면 된다. 이런 종류의 몽상은 조용히 있을 수만 있다면 어디에서든지 맛볼 수 있는 것으로, 바스티유 감옥이나 어떤 사물도 눈에 띄지 않는 컴컴한 지하 독방에서조차 즐겁게 몽상에 잠길 수 있을 거라고 나는 종종 생각했다.

그렇지만 세상의 다른 부분으로부터 자연스럽게 격리되어 떨어져 있는 비옥한 외딴 섬에서는 그런 몽상이 더 잘, 그리고 더 즐겁게 이뤄졌었다는 사실을 고백해야만 하겠다. 거기에서는 사소한 것도 나에게 유쾌한 이미지만을 제공했고 아무것도 슬픈 기억을 상기시키지 않았으며, 몇 명 안 되는 거주자들과의 교제는 정답고 포근하기는 했지만 내가 줄곧 관심을 둘 정도로 흥미로운 것은 아니었다. 그리고 거기에서 나는 마침내 온종일 아무런 방해도 받지 않고 아무런 걱정도 없이 나의 취향에 맞는 일을 하거나 가장 게으른 무위에 빠질 수 있었다. 분명 그것은, 가장 불쾌한 사물들 한가운데에서도 기분 좋은 공상에 몰두할 줄 알기에 현실에서 감각을 자극하는 모든 것을 그런 공상에 도움이 되도록 만들면서 자기 좋을 대로 실컷 그런 공상을 맛볼 줄 아는 몽상가에게는 멋진 기회였다. 길고도 감미로운 몽상에서 빠져나와 푸르른 초목과 꽃들과 새들에 둘러싸여 있는 나 자신을 발견하고, 광대하게 펼쳐진 맑고 투명한 호수의 가장자리를 이루는 로마네스크한 연안들 위로 나의 시선을 이리저리 멀리 옮겨가면서, 나는 그 모든 사랑스러운 대상을 내가 만들어낸 가상의 것들과 동화시키고는 했다. 그리하여 마침내 서서히 나 자신과 나를 둘러싸고 있는 것으로 되돌아오게 되더라도, 나는 내가 만들어낸 가상의 것들과 실재하는 것들의 경계점을 표시할 수가 없었다. 이와 같이, 모든 것이 그 아름다운 거주지에서 내가 영위했던 명상에 잠긴 고독한 생활을 나에게 소중하게 만드는 데 똑같이 기여했었다. 이제 다시는 그런 삶을 살 수 없는 것일까? 그 사랑스러운 섬으로 가서 다시는 나오지 않고, 다시는 그 어떤 육지 사람도 만나지 않고—육지 사람들은 그토록 오랜 세월 동안 나에게 온갖 불행을 안겨주는 것을 즐겼기 때문에, 그들을 보면 그 모든 불행에 대한 기억이 떠오를 터였다—남은 날들을 마칠 수는 없는 것일까? 그렇게 되면 그들은 오래지 않아 영원히 잊힐 것이다. 하지만 분명 그들은 내가 그들을 잊어버리는 것처럼 쉽사리 나를 잊지는 않을 것이다. 그렇지만 그들이 나의 안정을 깨뜨리기 위해 그곳에 오지만 않는다면 나에게 문제될 것이 무엇이란 말인가? 나의 영혼은 소란스러운 사회생활이 야기하는 모든 세속적 열정들로부터 해방되어 그런 분위기 위로 빈번하게 솟아오르게 될 것이고, 나의 영혼이 얼마 안 있어 그 일원이 되기를 희망하는 천상의 영적인 존재들과 미리 교제하게 될 것이다. 나는 안다. 사람들이 예전에 나를 그곳에 내버려두지 않았던 그토록 안락한 안식처를 이제 와서 나에게 돌려주려고 하진 않으리라는 것을 말이다. 하지만 그들은 적어도 내가 날마다 상상의 나래를 펴고 그곳으로 옮겨가서, 몇 시간 동안 아직도 거기에 살고 있는 것과 똑같은 기쁨을 맛보는 일을 막을 수는 없을 것이다. 내가 그곳에서 하게 될 가장 기분 좋은 일은 나 좋을 대로 마음껏 몽상하는 일일 것이다. 그곳에 있다고 몽상함으로써 나는 똑같은 일을 하는 것 아니겠는가? 아니, 나는 그 이상의 일을 하고 있다. 왜냐하면 나는 추상적이고 단조로운 몽상의 매력에, 그런 몽상에 활기를 불어넣는 매혹적인 이미지들을 덧붙이기 때문이다. 그런 이미지들의 대상들은 내가 황홀경에 빠져 있을 때 종종 나의 감각을 벗어나고는 했었다. 그런데 이제는 나의 몽상이 더욱 깊어지면 질수록 나의 몽상은 그것들을 더욱 생생하게 그려낸다. 종종 나는 실제로 그 섬에 있었을 때보다도 더 그것들 한가운데에 있는 듯하고, 더 즐겁게 느낀다. 하지만 불행하게도 상상력이 감퇴되어감에 따라 그런 상태에 이르려면 더 많은 수고가 필요하고, 또 그것이 오래 지속되지도 않는다. 슬프도다! 사람이 육신으로 인해 가장 흐려지는 것이 바로 그 육신을 벗어나기 시작할 때라니!

여섯 번째 산책

우리의 무의식적인 움직임은, 그 원인을 대부분 우리의 마음속에서 발견할 수 있다. 만일 우리가 그것을 거기에서 제대로 찾아낼 줄만 안다면 말이다. 어제 나는 식물채집을 하기 위해 비에브르 강을 따라 장티이 쪽으로 신작로를 걸어가다가, 바리에르 당페르[1]가 가까워오자 오른쪽으로 방향을 바꾸었다. 그러고는 전원으로 나가서 퐁텐블로 도로를 지나 작은 강가를 따라 뻗어 있는 언덕으로 올라갔다. 그 도정은 그 자체로는 아무래도 상관없는, 정말 별 의미 없는 것이었다. 하지만 내가 이전에 이미 여러 번 기계적으로 똑같이 우회했었다는 것을 기억해내고, 마음속에서

---

1   파리를 그 외곽과 구분하는 일종의 통관소였던 곳으로, 현재 파리의 당페르로로슈로 광장(La place Denfert-Rochereau) 터에 위치한다.

그 이유를 찾아보았다. 그러고는 마침내 이유를 밝혀내자 나는 웃음을 참을 수가 없었다.

　바리에르 당페르를 나가면, 대로 한구석에 여름이면 날마다 자리를 잡고서 과일, 차〔茶〕, 그리고 자그마한 빵을 파는 여자가 있다. 그 여자에게는 아주 얌전한 절름발이 아들 하나가 있는데, 목발을 짚고 절뚝거리면서 행인들에게 아주 선뜻 다가와 적선을 구한다. 나는 그 꼬마와 일종의 아는 사이가 되었던 바 있다. 그 아이는 내가 지나갈 때면 매번 빠짐없이 나에게 다가와 짧은 인사를 건네고는 했고, 그러면 나는 항상 약간의 적선을 하고는 했다. 처음에는 그 아이를 만나는 것이 기뻤고 아주 기꺼이 돈을 주었다. 얼마 동안은 줄곧 동일한 기쁜 마음으로 적선을 했으며, 게다가 대개는 그 아이에게 말을 시켜서 내 마음을 흡족케 하는 귀여운 재잘거림을 듣는 기쁨까지도 느꼈었다. 그런데 그 기쁨은 점차로 습관이 되어버리고 오래지 않아 어째서인지 거북함이 느껴지는 일종의 의무로 변해버렸는데, 특히 꼭 들어야만 했던 서두의 장광설 때문에 그러했다. 그런 장광설 중에 그 아이는 나를 꼬박꼬박 루소 씨라고 불렀는데, 나를 잘 알고 있다는 것을 나타내기 위한 행동이었지만, 반대로 그런 행동으로 인해 나는 그 아이에게 내 이름을 가르쳐준 사람들 못지않게 그 아이도 나를 잘 모르고 있다는 것을 충분히 알 수 있었다. 그 이후로 나는 그곳을 썩 내키지 않는 마음으로 지나가게 되었고, 마침내는 그곳이 가까워지면 대개 방향을 바꿔서 우회하는 습관을 무의식적으로

124

가지게 되었던 것이다.

이상이 내가 그 일에 대해 곰곰이 생각함으로써 발견해내었던 사실이다. 왜냐하면 그때까지는 그 모든 것이 생각에 명확히 떠오르지 않았었기 때문이다. 그런 깨달음은 나에게 연이어서 수많은 다른 깨달음을 상기시켜주었는데, 그것들은 내 행동 대부분의 진정한 최초의 동기를 내가 오랫동안 생각했던 것만큼 나 자신이 분명하게 알고 있지 않았음을 충분히 확인시켜주었다. 나는 선행을 하는 것이야말로 인간의 마음이 맛볼 수 있는 가장 참된 행복이라는 사실을 알고 또 그렇게 느끼고 있다. 하지만 그런 행복은 이미 오래전에 나의 능력이 미치지 않는 곳에 놓이게 되었고, 지금 나의 신세와 같은 비참한 처지에서는 단 하나의 정말 선한 행동이라도 내가 선택하여 보람 있게 행한다는 것은 기대할 수 없는 일이다. 나의 운명을 결정하는 사람들의 가장 큰 관심사는 나에게는 모두 거짓되고 기만적인 허상에 불과했고, 덕행의 동기라는 것은 결국 사람들이 나를 함정에 빠뜨려 얽어매기 위해 내미는 미끼에 불과할 따름이다. 나는 그것을 알고 있다. 이제부터 나의 능력으로 할 수 있는 유일한 선행은, 원하지도 않고 알지도 못하는 사이에 악행을 저지를까 우려되므로 행동 자체를 삼가는 것임을 안다.

하지만 더 행복했던 시절도 있었으니, 그때 나는 내 마음의 움직임을 따라 때때로 다른 사람의 마음을 만족시킬 수 있었다. 그리고 그런 기쁨을 맛볼 때마다 나는 그것이 어떤 다른 기쁨보다도 더 달콤하다고 생각했음을 정직하게 증언할 수 있다. 그런 나의 성향은 강렬하고 참되고 순수했으며, 나의 가장 비밀스러운 내면에 있는 그 무엇도 결코 그 사실을 부인하지 않았다. 그렇지만 나는 종종 나 자신의 선행을 무겁게 느꼈는데, 그것이 뒤에 이끌고 오는 의무의 사슬 때문이었다. 그렇게 되면 기쁨은 사라져버리고, 나를 처음에 기쁘게 했던 그 동일한 배려의 연속 속에서 참기 어려운 거북함만을 발견할 뿐이었다. 내 짧은 행운의 시기 동안 많은 사람들이 나에게 도움을 청했었는데, 나는 내가 줄 수 있는 모든 도움을 개중에 어느 누구에게도 거절한 적이 없었다. 하지만 마음을 다 쏟아 진심으로 했던 첫 번째 선행으로부터 나로서는 예상하지 못했던, 그런데 더 이상 그 멍에에서 벗어날 수 없는 일련의 약속들이 생겨나는 것이었다. 나의 첫 번째 도움은, 그것을 받는 사람의 눈에는 뒤따라와야 할 도움에 대한 보증에 불과한 것이었다. 따라서 어떤 불행한 자가 나에게 받은 친절을 기화로 나에게 달라붙게 되자마자 만사가 끝장나고 말았었다. 내가 자유롭게 기꺼이 베풀었던 첫 번째 친절은 그 사람이 그 후에 필요로 할 수 있는 모든 친절에 대한 무한한 권리가 되어버렸고, 나의 무능력조차도 나를 그것으로부터 해방시키기에 충분치 않았다. 이상이 어떻게 해서 아주 기분 좋은 즐거움이었던 것이 그 후에 나에게 짐스러운 의무가 되었는지에 대한 내용이다.

그런 사슬은, 대중에게 알려지지 않은 채 무명으로 살았을 때는 그리 무겁게 생각되지 않았다. 하지만 일단 작품들로 인해 나의 신원이 알려지자—그것은 분명 중대한 실수였으나, 그 뒤 내가 겪게 된 불행으로 대가를 치르고도 남았다—그때부터 나는 모든 곤궁한 자들, 또는 곤궁하다고 자칭하는 자들, 잘 속아 넘어가는 사람을 찾는 모든 협잡꾼들, 나에게 절대적인 신망을 부여하는 척하면서 나를 이런저런 방식으로 좌지우지하려는 모든 자들의 교활한 술책에 있어 총본부가 되었다. 그때 나는 자연의 모든 경향은—친절 그 자체도 예외 없이—사회에서 조심성 없이 무분별하게 베풀어지거나 계속되면, 본성을 바꾸고 종종 그 최초의 방향에 있어서 유익했던 것만큼이나 유해해짐을 알게 되었다. 그토록 많은 가혹한 경험들이 조금씩 조금씩 내 최초의 성향을 변하게 했다. 보다 정확히 말하자면, 그런 경험들은 마침내 내 최초의 성향을 그 진정한 한계 내에 가둠으로써, 선을 행하려는 나의 성향이 타인의 악의를 조장하는 데에만 소용이 될 때는 그 성향을 전보다는 덜 맹목적으로 따르도록 나에게 가르쳐주었다.

하지만 나는 그런 경험들에 대해 전혀 유감스럽게 여기지 않는다. 왜냐하면 그것들은 성찰을 통해서 나 자신에 대해, 그리고 내가 그토록 자주 착각을 품었던 수많은 정황에서 내 행동의 진정한 동기들에 대해 새로운 지식을 제공해주었기 때문이다. 내가 즐겁게 선을 행하려면 자유롭게 강요받지 않고 행동해야만 한다는 것과, 선행의 즐거움이 의무가 되어버리는 것만으로도 그 즐거움은 나에게서 없어지고 만다는 것을 나는 알게 되었다. 그때부터, 의무의 중압감은 가장 기분 좋은 즐거움도 나에게 일종의 짐으로 느껴지게 만들었다. 그러므로 내가 《에밀》에서 말한 것처럼, 생각건대, 만일 내가 터키에 있었다면 여론이 남편으로서의 지위에 따르는 의무를 다하라고 촉구하는 그 시기에 나는 나쁜 남편이었을 것이다.

이상과 같은 이유로, 나는 오랫동안 나 자신의 미덕에 대해 가지고 있던 소신을 많이 바꾸게 되었다. 왜냐하면 자신의 성향을 따라 선을 행하는 즐거움을 맛보는 것은 전혀 미덕이라고 할 수 없기 때문이다. 미덕은 의무가 명령할 때 자신의 성향을 극복하고 명령받은 바를 행하는 것에 있다. 그런데 바로 그것이야말로 내가 이 세상 사람들보다 잘할 수 없었던 일이다. 태생적으로 나는 정이 많고 선량하며 약점이 될 정도로 동정심이 풍부하고, 관대함과 관계된 모든 것으로 인해 영혼의 고양을 느끼는 사람이기에, 인간적이고 친절했고, 어떤 사람이 내 마음에 관심을 불러일으키는 한 내가 좋아서 열정마저 느끼며 기꺼이 도왔었다. 만일 내가 사람들 중에서 최고 권력자였다면 가장 선량하고도 관대했을 것이고, 복수가 가능하다는 사실만으로도 나의 마음속에 있는 일체의 복수욕을 없애버리기에 충분했을 것이다. 나는 심지어 나 자신의 이익에 반(反)해서도 어려움 없이 공정할 수 있었을 것이다. 하지만 나에게 소중했던 사람들의 이익에 반해서는 공정하고자 결심하지 못했을 것이다. 나의 의무와 마음이 대립되었을 때, 내가 그저 행동을 삼가기만 하면 되는 경우가 아닌 한 의무가 승리하는 경우는 드물었다. 그럴 때는 나는 대체로 강했다. 그렇지만 나의 성향에 반대되게 행동한다는 것은 언제나 나에게는 불가능했다. 명령하는 것이 사람이든 의무이든, 심지어는 불가피성이든, 나의 마음이 침묵을 지키면 나의 의지는 귀머거리로 남고, 그러면 나는 복종할 수 없게 된다. 나를 위협하는 불행을 알아차려도 나는 그것을 방지하기 위해 분주히 움직이기보다는 차라리 그것이 발생하도록 내버려둔다. 때로는 나도 처음에는 노력을 한다. 하지만 그런 노력은 나를 피곤하게 만들고, 나는 금세 완전히 지쳐버려서 계속할 수 없게 된다. 상상 가능한 모든 것에 있어, 내가 기꺼이 하지 않는 일은 곧 내가 할 수 없는 일이 되어버린다.

그뿐만이 아니다. 나의 바람과 일치하는 강요라 할지라도, 강요가 조금이라도 지나치게 강하게 작용하면 나의 바람을 소멸시키기에, 또한 그것을 혐오감으로, 반감으로까지 바꿔버리기에 충분하다. 사람들이 나에게 요구하는 선행을―사람들이 요구하지 않았을 때는 나 스스로 행했던―고통스럽게 만드는 것이 바로 그것이다. 전적으로 무상(無償)의 친절은 분명 내가 행하고 싶은 일이다. 하지만 그것을 받는 자가 그런 친절을 계속해달라고 요구할 자격을 스스로 부여하여 그렇게 안 했다가는 그의 미움을 받게 될 때, 처음에 내가 그의 은인이 되어주는 것에서 기쁨을 느꼈다는 이유로 나에게 영원히 자신의 은인이 될 것을 명령할 때, 그때부터는 거북함이 시작되고 기쁨은 사라지고 만다. 그렇게 되면 내가 양보할 때 하는 행동은 나약함과 못난 수줍음 때문이며, 선의는 더 이상 거기에 없다. 나는 마음속으로 그 행동에 대해 나 자신을 칭찬하기는커녕, 마지못해 선행을 한 것에 대해 나 자신의 양심을 나무라게 된다.

나는 은인과 은혜를 입은 자 사이에는 일종의 계약이, 모든 계약들 중에서 가장 신성한 계약이 있다는 것을 안다. 양자가 함께 형성하는 것은 일종의 사회관계로, 인간 일반을 결합시키는 사회관계보다 더 긴밀한 것이다. 그리하여 은혜를 입은 자는 은인에게 감사하기로 암묵적인 약속을 하는 것이라면, 은인도 마찬가지로 자신이 그에게 보여줬던 동일한 선의를—은혜를 입은 자가 그것을 받을 자격이 없어지지 않는 한—계속 유지하고, 자신이 할 수 있을 때마다, 또 요청받을 때마다 매번 선의의 행동을 거듭 베풀어주기로 약속하는 것이다. 그것은 명시된 조건은 아니지만, 그들 사이에 성립된 관계의 자연스러운 결과이다. 사람들이 자신에게 요구하는 무상의 도움을 애초에 거절한 자는, 자신이 거절했던 자에게 그 어떤 불평할 권리도 주지 않는다. 그렇지만 흡사한 경우에 그 동일한 자에게 자기가 이전에 베풀었던 것과 동일한 은혜를 베풀기를 거절하는 자는 자신이 그에게 품게 만들었던 기대를 어긋나게 하는 것이다. 그는 자기가 생기게 만들었던 기대를 배신하고 저버리는 것이 된다. 그러한 거절에서 사람들은 부당하고 앞의 경우보다 더 몰인정한 무엇인가를 느낀다. 하지만 그런 거절은 인간의 마음이 사랑하며 쉽사리 포기할 수 없어 하는 일종의 독립심의 결과이다. 내가 빚을 갚는다면 그것은 이행해야 할 의무이지만, 내가 기부를 한다면 그것은 나 자신에게 주는 기쁨이다. 그런데 자신의 의무를 이행하는 기쁨은 미덕의 습관에서만 생겨난다. 본성에서 즉각적으로 생겨나는 기쁨은 그만큼 높은 곳에 이르지는 못한다.

숱하게 많은 경험을 한 후에, 나는 애초의 마음의 움직임을 따른 결과를 사전에 예견하는 것을 배우게 되었다. 그래서 분별없이 그것을 따를 경우 그 후 참고 견뎌야 할 예속 상태가 두려워서, 내가 하고 싶고 또 할 수도 있었던 선행을 종종 삼갔었다. 내가 항상 그런 걱정을 했던 것은 아니다. 그와는 반대로, 나는 젊은 시절에는 친절한 행동으로 사람들이 나를 따르도록 만들었었다. 그리고 내가 은혜를 베풀었던 사람들이 이익보다는 오히려 더 감사의 마음 때문에 나에게 애정을 느끼고 있다는 것도 종종 느꼈었다. 하지만 나의 불행이 시작되자마자, 다른 모든 것에 있어서처럼 그 점에 있어서도 사정이 일변하고 말았다. 그때부터 나는 처음 세대와는 전혀 다른 새로운 세대 속에 살게 되었고, 다른 사람들에 대한 나 자신의 감정은 내가 그들의 감정에서 발견하게 된 변화 때문에 고통을 겪었다. 내가 그토록 상이한 두 세대 속에서 연달아 만난 그 동일한 사람들이, 말하자면 연달아 그 각각의 세대에 동화되었던 것이다. 처음에는 진실하고 솔직했던 그들은 현재의 그들이 되어버리자 다른 모든 사람들처럼 행동했다. 단지 시대가 달라졌다는 이유만으로 사람들도 변해버리고 만 것이다. 아! 이전에 내가 그들에 대해 가졌던 감정을 생겨나게 했던 것과는 정반대의 것을 지금 그들에게서 발견하게 되는 자들에 대해 어떻게 내가 똑같은 감정을 간직할 수 있겠는가? 나는 그들을 전혀 미워하지 않는다, 왜냐하면 나는 사람을 미워할 줄을 모르기 때문이다. 하지만 그들이 받아 마땅한 경멸을 안 느낄 수가 없고, 또한 그들에게 그 경멸을 나타내는 것을 삼갈 수도 없다.

아마 나도 모르는 사이에 나 자신이 필요 이상으로 변했을 수도 있다. 하지만 나와 비슷한 처지에서 대체 어떤 천성을 가진 사람이 변하지 않고 견뎌낼 수 있을까? 20년 동안의 경험을 통해[2] 자연이 마음속에 넣어준 좋은 성향이 내 운명과 그것을 좌우하는 사람들에 의해 나 또는 타인에게 해롭게 변해버렸다는 것을 확신하게 된 나로서는 사람들이 나에게 권하는 선행을 그들이 나를 위해 파놓은, 그 안에 어떤 불행이 숨겨져 있는 함정으로밖에 간주할 수 없다. 나는 내 선행의 결과가 어떻든지 간에, 나의 좋은 의도라는 장점이 덜해지지는 않으리라는 것을 안다. 그렇다, 선행에는 분명 그런 장점이 항상 존재한다. 그렇지만 선행에는 이제 내적 매력이 없어져버렸고, 그런 활력소가 결핍되자마자 나는 내면에서 무관심과 냉담함을 느낄 뿐이다. 그리고 내가 정말로 유익한 행동을 하는 것이 아니라 속임수를 쓰고 있을 뿐이라고 확신하기에, 나의 자연스러운 상태에서라면 열의와 열성으로 가득 찼을 경우에 있어서도, 이성의 비난과 자존심의 분개가 결합되

---

2 루소는 1757년 디드로와 홀바흐 등 백과전서파 철학자들과의 불화를 상기하고 있다.

어 나에게 혐오와 저항만을 불러일으킬 뿐이다.

영혼을 고양시키고 강하게 만드는 부류의 역경도 있지만 영혼을 약화시키고 죽이는 부류의 역경도 있는데, 내가 바로 그것의 희생자이다. 조금이라도 나의 영혼 속에 나쁜 효모가 있었더라면, 역경은 그것을 과도하게 발효시켜서 나를 미쳐버리게 만들었을 것이다. 하지만 역경은 나를 무능하게 만들어놓았을 뿐이다. 나를 위해서도 남을 위해서도 선을 행할 수 없는 상태에 있으므로 나는 행동을 삼간다. 그리고 어쩔 수 없이 강요당한 것이기에 죄가 없는 이런 상태는, 아무런 비난도 받지 않은 채 타고난 성향에 완전히 나 자신을 맡기는 것에서 일종의 즐거움을 발견하도록 해준다. 분명 나는 너무 도를 지나쳤다. 왜냐하면 선을 행하는 것이 확실히 좋아 보일 때조차도 행동할 기회를 기피해버리기 때문이다. 하지만 사람들이 사물을 있는 그대로 나에게 보여주지 않는 것이 확실하기에, 나는 사람들이 부여한 외관에 의해 사물을 판단하기를 삼간다. 그리고 사람들이 행동의 동기를 어떤 속임수로 가리든지 간에, 그 동기를 알 수 있다는 것만으로도 나는 그들이 위선자라는 것을 확신할 수 있다.

나의 운명은 이미 어린 시절부터 최초의 함정을 파놓았고, 그것이 오랫동안 내가 다른 모든 함정에도 아주 쉽게 빠지도록 만들었던 것 같다. 나는 이 세상에서 가장 남을 잘 믿는 자로 태어났고 40년 동안 그런 신뢰는 결코 단 한 번도 배신당한 적이 없었다. 그러다가 갑자기 다른 종류의 사람들과 사물들 속에 처하게 되면서 나는 수없이 많은 함정에 빠졌었지만 그것들 중 어느 하나도 눈치를 채지 못했었다. 그런 다음 20년 동안의 경험은 나의 운명에 대해 간신히 이해시켜주었다. 사람들이 나에게 말하는 그럴 듯한 논증들 속에는 거짓과 허위만이 있을 뿐이라는 것을 확신하자마자, 나는 재빨리 다른쪽 극단으로 옮겨가게 되었다. 우리가 일단 자신의 천성에서 벗어나게 되면 우리를 제지하는 한계는 더 이상 없기 때문이다. 그때부터 나는 사람들이 싫어졌다. 그리고 이 점에 있어 그들의 의지와 합세한 나의 의지는, 나로 하여금 그들의 모든 술책이 나를 그들로부터 떨어져 있게 하는 것보다도 훨씬 더 멀리 떨어져 있게 만든다.

그들은 헛고생을 하고 있다. 왜냐하면 그들에 대한 그런 내 반감이 결코 혐오로까지는 변하지 않을 것이기 때문이다. 그들이 나를 종속시키기 위해 나에게 의존하고 있다는 것을 생각하면, 그들에게 정말 측은함을 느끼게 된다. 나는 불행하지 않은 반면, 그들 자신이 불행한 것이다. 나 자신을 되돌아볼 때마다 나는 항상 그들을 불쌍히 여기게 된다. 어쩌면 그런 판단에는 오만함이 섞여 있는지도 모른다. 그들을 혐오하기에는 내가 그들보다 너무나 위에 있다고 나는 느낀다. 그들은 나에게 기껏해봐야 경멸이나 느끼게 할 뿐이지, 결코 증오심까지는 일으키지 못한다. 요컨대 나는 나 자신을 너무나 사랑해서 누구든지 간에 증오할 수가 없다. 그렇게 한다는 것은 나의 존재를 위축시키고 압박하는 것이 될 것이다. 그런데 나는 오히려 나의 존재를 전 우주로 확장하고 싶다.

나는 그들을 증오하기보다는 차라리 피하기를 원한다. 그들을 보면 나의 감각이 자극을 받고, 또 수많은 견디기 어려운 시선들이 나에게 고통스럽게 만드는 인상들로 인해 그런 감각을 통해서 나의 마음이 자극을 받게 된다. 하지만 불안은 그것을 야기했던 대상이 사라지자마자 멈춰버린다. 그들이 눈앞에 있으면 나는 전혀 본의 아니게 그들에 대해 걱정하지만, 결코 그들에 대한 기억 때문에 걱정하지는 않는다. 내가 그들을 더 이상 보지 않게 되면, 그들은 나에게 전혀 존재하지 않는 것과도 같다.

그들은 나와 관련이 있는 일에 있어서만 나의 관심을 끌지 않을 뿐이다. 그들 간의 상호관계에 있어서는, 그들은 마치 내가 보게 될 연극 속의 인물처럼 여전히 나의 관심을 불러일으키고 나를 자극할 수 있기 때문이다. 정의가 나의 관심을 끌지 않게 되려면 나의 도덕적 존재가 소멸되어야만 할 것이다. 불의와 악의의 광경은 아직도 나의 피를 분노로 끓어오르게 만든다. 속임수도 가식도 찾아볼 수 없는 미덕의 행위들은 여전히 나를 기쁨으로 몸을 떨게 만들고 아직도 나에게 흐뭇한 눈물을 자아내게 한다. 하지만 그것들을 나 스스로 보고 평가할 필요가 있다. 왜냐하면 내 나름의 살아온 내력이 있으니만큼, 내가 정신이 나가지 않고서야 무엇에 있어서든 사람들의 판단을 그대로 채택하거나 타인의 믿음에 따라 뭔가를 믿지는 않을 것이기 때문이다.

만일 나의 얼굴과 용모가 나의 천성과 마찬가지로 사람들에게 전혀 알려져 있지 않았다면, 나는 아직도 그들 가운데에서 어려움 없이 살고 있을 것이다. 내가 그들에게 완전히 국외자인 한은 그들과의 교제조차 기꺼이 가질 수 있을 것이다. 그들이 나에게 전혀 신경 쓰지 않는다면, 나는 타고난 성향을 거리낌 없이 따라서 여전히 그들을 사랑할 것이다. 나는 그들에게 보편적이고 전적으로 사심 없는 호의를 베풀 것이다. 하지만 결코 특별한 애착도 품지 않고 아무런 의무의 멍에도 지지 않은 채, 그들이 자존심에 자극받고 자신들의 온갖 규칙에 속박당하여 그토록 하기 힘들어 하는 모든 일들을 자유롭게, 나 스스로 그들에게 행할 것이다.

내가 원래 타고났던 것처럼 자유롭고 잘 알려지지 않고 고립된 채로 남았더라면, 나는 선행만을 행했을 것이다. 왜냐하면 나는 마음속에 그 어떤 해로운 정념의 싹도 가지고 있지 않기 때문이다. 만일 내가 신처럼 눈에 보이지 않고 전능했더라면, 나는 신처럼 자비롭고 선했을 것이다. 탁월한 인간을 만드는 것은 바로 힘과 자유이다. 나약함과 예속 상태는 항상 악인들을 만들어왔을 뿐이다. 만일 내가 기게스의 반지[3]를 소유했더라면, 그 반지는 나를 사람들에 대한 예속으로부터 벗어나게 해주고 그들을 나에게 예속시켰을 것이다. 나는 종종 공상에 잠겨 나라면 그 반지를 어떻게 사용했을지 자문해보았다. 왜냐하면 바로 거기에 힘에 대

---

3 플라톤의 《국가》에 나오는 리디아 왕국의 목동 기게스가 가졌던 마법의 반지. 소유자의 마음대로 자신의 모습을 보이지 않게 할 수 있는 신비한 힘이 있어, 기게스는 그것을 이용해 왕궁에 들어가 왕비와 간통하고 왕을 죽이고 스스로 리디아의 왕이 되었다.

한 남용의 유혹이 있기 때문이다. 자신의 욕망을 마음대로 만족시킬 수 있는 자로서 아무에게도 속임을 당할 우려 없이 무엇이든지 할 수 있었더라면, 과연 나는 무엇을 일관성 있게 원할 수 있었을까? 그것은 단 한 가지, 모든 사람의 마음이 만족한 상태에 있는 것을 보는 일이었을 것이다. 공공의 행복을 보는 것만이 나의 마음을 항구불변하게 감동시킬 수 있었을 것이고, 그것에 기여하려는 열렬한 욕망이야말로 나의 가장 변함없는 열정이었을 것이다. 언제나 불공정함 없이 올바르고 언제나 나약함 없이 선량함으로써 나는 맹목적인 불신과 달랠 수 없는 증오로부터도 나 자신을 보호했을 것이다. 사람들을 있는 그대로 보고 그들의 마음속 깊은 곳을 쉽사리 읽음으로써, 나는 그들에게서 나의 전적인 애정을 받아 마땅할 만큼 사랑스러운 것도, 나의 전적인 증오를 받아 마땅할 만큼 가증스러운 것도 거의 발견하지 못했을 것이기 때문이다. 또한 그들이 남에게 해악을 끼치고자 함으로써 스스로에게 끼치게 되는 해악을 나는 분명히 알고 있으므로, 그들의 악의조차도 나로 하여금 그들을 가엾게 여기도록 만들었을 것이기 때문이다. 아마도 나는 즐거운 순간에 때때로 기적을 행하는 치기 어린 행동을 했을 것이다. 그렇지만 나 자신을 위한 사심은 전혀 없이 오로지 내가 타고난 성향만을 철칙으로 삼아, 나는 엄격하게 정의로운 몇몇 행위들보다는 관용적이고 공정한 수많은 행위들을 행했을 것이다. 신의 섭리의 집행자이자 그분의 율법의 분배자로서, 나는 나의 힘에 맞게 《황금전설》[4]과

생메다르 묘지[5]의 기적들보다 더 현명하고 유용한 기적들을 행했을 것이다.

사람들 눈에 보이지 않고 어디든 들어갈 수 있는 능력이 나로 하여금 저항하기 어려웠을 유혹을 자초하도록 만들었을 수도 있었을 것은 단 한 가지 점에 있어서밖에 없다. 그리고 일단 그런 방황의 길에 들어섰더라면 내가 어디론들 이끌려가지 않았겠는가? 그런 능력이 나를 전혀 유혹하지 못했을 것이라든지, 혹은 이성이 그런 치명적 성향으로 향하는 나를 멈추게 해주었을 것이라고 기대한다면 인간 본성과 나 자신을 완전히 잘못 아는 것일 게다. 나는 다른 모든 사항에 있어서는 자신에 대해 확신해도, 그 단 한 가지 점에 있어서는 길을 잃었었다. 자신의 힘으로 인간 이상이 된 자는 인간의 나약함을 넘어선 것이 분명하다. 그렇지 않으면, 힘의 그런 과잉분은 사실상 그를 다른 사람들 이하의 존재로, 그리고 다른 사람들과 동등하게 남았을 경우의 그 자신보다도 더 하찮은 존재로 만드는 데에만 소용이 있을 뿐이다.

모든 것을 참작해보건대, 나는 마법의 반지가 나에게 어떤 어리석은 짓을 하게 만들기 전에 그것을 내던져버리는 편이 더 나으

---

4 *Legenda aurea*, 13세기에 제노바 대주교 자크 드 보라진(Jacques de Voragine)이 저술한 책으로 기독교 성인과 순교자 약 150여 명의 삶, 예수와 동정녀 마리아의 삶에서 일어난 몇몇 사건들을 담고 있다.

5 1727년에서 1732년 사이 파리의 생메다르(Saint-Médard) 성당 묘지에 있는 드 파리스(François de Pâris) 부사제의 묘 주변에서 사람들이 경련을 일으킨 후, 병이 기적적으로 치유되었다고 한다.

리라는 생각이 든다. 만일 사람들이 나를 있는 그대로와는 전혀 다르게 보기를 고집한다면, 또한 나를 보는 것이 그들의 부당함을 자극한다면, 그들 눈에 띄지 않기 위해서는 그들을 피해야만 할 것이지 그들 한가운데에 있으면서 보이지 않게 되어서는 안 될 것이다. 바로 그들이야말로 내 앞에서 몸을 숨기고, 그들의 술책을 나에게 감추고, 햇빛을 피하고, 두더지처럼 땅속에 몸을 파묻어야만 하는 것이다. 나로서는 만일 그들이 그럴 수만 있다면 나를 봐주기를 바란다. 그렇다면 다행이다. 하지만 그것은 그들에게 불가능한 일이다. 왜냐하면 결단코 그들은 나 대신에 자기네들 좋을 대로 미워하기 위해서 자기네들 마음대로 만들어낸, 장자크만을 볼 것이기 때문이다. 그러므로 내가 그들이 나를 보는 방식 때문에 속상해한다면 잘못일 것이다. 나는 그것에 대해 절대 진정한 관심을 가져서는 안 된다. 왜냐하면 그들이 보고 있는 사람은 내가 아니기 때문이다.

이런 모든 성찰로부터 내가 이끌어낸 결론은, 나는 제약, 책무, 의무로만 이뤄진 시민 사회에는 결코 적합하지 않았던 사람이라는 사실과, 또한 나의 독립적인 천성이 다른 사람들과 함께 살고자 하는 이에게는 필수적인 복종을 나에게는 항상 불가능하게 만들었다는 사실이다. 자유롭게 행동하는 한 나는 선량하고, 선한 일만 한다. 하지만 불가피성 때문이든 사람들 때문이든 구속을 느끼자마자 반항적으로 되고, 아니 보다 정확히 말해 말을 안 듣게 되고, 그러고는 무능해진다. 나의 의지와 반대되는 일을 해야만 할 때 나는 무슨 일이 있어도 그것을 행하지 않는다. 그렇다고 해서 나의 의지대로 행하는 것도 아닌데, 왜냐하면 나는 나약하기 때문이다. 나는 행동을 삼간다. 나의 모든 나약함은 행동에 대한 것이고 나의 모든 힘은 소극적이며, 또한 나의 모든 죄는 태만으로 인한 것이지 직접 죄를 저지르는 데서 생기는 경우는 거의 드물기 때문이다. 나는 인간의 자유가 자신이 원하는 것을 하는 데 있다고 생각한 적은 한 번도 없으며, 반대로 자신이 원하지 않는 것을 결코 하지 않는 데 있다고 생각했다. 바로 그런 자유야말로 내가 항상 요구했고 내가 종종 지켰던 자유이며, 또 그로 인해 내가 나의 동시대인들에게 가장 빈축을 샀던 자유이다. 왜냐하면 적극적이고 활동적이고 야심만만하고 다른 사람이 자유로운 것을 싫어하며, 때때로 자신의 의지를 행할 수만 있다면, 아니 보다 정확히 말해 타인의 자유를 지배할 수만 있다면 스스로를 위해서는 전혀 자유를 원하지 않는 그들은, 평생 자기네들 마음에 내키지 않는 일을 하느라 스스로를 괴롭히고, 명령을 하기 위해서라면 그 어떤 비열한 짓도 빠뜨리지 않고 행하기 때문이다. 따라서 그들의 잘못은 나를 쓸모없는 일원으로서 사회에서 쫓아낸 것이 아니라, 나를 해로운 일원으로서 사회에서 추방한 것이었다. 왜냐하면 고백하건대 나는 선을 행한 적이 거의 없기는 하지만 악이라면 나의 생전에 결코 나의 의지 안에 들어온 적도 없었고, 이 세상에서 나보다도 정말로 덜 악을 행한 사람이 있을지 의심스럽기 때문이다.

일곱 번째 산책

나의 긴 몽상들의 모음집이 이제 막 시작되었는데, 이미 거의 다 끝나가고 있는 느낌이다. 다른 소일거리가 그것의 뒤를 이어 나의 마음을 빼앗고, 몽상에 잠길 시간마저도 나에게서 빼앗고 있다. 나는 거기에 완전히 푹 빠져 있으며, 그런 심취가 하도 엉뚱한 것이라서 곰곰이 생각해보면 웃음이 나올 정도이다. 그래도 역시 그것에 열중하지 않을 수가 없다. 지금 처해 있는 상황에서 나는 모든 것에 있어 거리낌 없이 나의 성향을 따르는 것 말고는 어떤 다른 행동방침도 가지고 있지 않기 때문이다. 나의 운명은 나로서는 어쩔 수가 없으며, 내가 가진 것은 단지 선량한 성향뿐이다. 그리고 사람들의 모든 판단은 이제 나에게 아무것도 아니다. 따라서 나의 일시적 기분 이외에는 다른 기준 없이, 그리고 나에게 남은 약간의 힘 말고는 다른 대책도 없이, 사람들 앞에서든 나

혼자서든 내 마음에 드는 모든 것을 내 능력의 한도 내에서 행하기를 지혜 자체가 원한다. 그리하여 나는 마른 풀을 나의 모든 양식으로 삼고, 식물학을 나의 모든 일과로 삼게 되었다. 나는 이미 나이가 들고 나서 스위스에서 디베르누아 박사에게 식물학에 대해 최초의 피상적 지식을 얻었었다. 그 후 여러 여행을 하는 동안에 나는 식물채집을 상당히 즐겨 하여 충분한 지식을 얻을 수 있었다. 그렇지만 예순 살이 지나 파리에 정착하고 나서는, 대규모로 식물채집을 할 기력이 없어지기 시작하였고, 게다가 다른 일과가 필요 없을 정도로 악보 베끼는 일에 전념하게 되었기 때문에, 나는 더 이상 필요 없어진 그 소일거리를 저버리고 말았었다. 그리하여 산책하면서 파리 주변에서 발견하고는 했던 흔한 식물들을 때때로 다시 보게 되는 것으로 만족해하면서, 식물표본을 팔아버리고 책들도 팔아버렸었다. 그리고 그렇게 시간적으로 단절이 있는 동안에 내가 알고 있던 약간의 지식도 기억에 새겨질 때보다 훨씬 더 빨리, 거의 완전히 기억에서 지워져버리고 말았었다.

그런데 갑자기 65세가 넘은 나이에, 내가 가지고 있던 얼마 안 되던 기억력과 전원을 돌아다닐 수 있을 정도로 남아 있던 힘마저 없어지고 안내자도 책들도 정원도 식물표본도 없어진 상태에서, 내가 최초에 몰두했을 때 가졌던 열의보다도 더 많은 열의를 가지고서 나는 다시 그 격정에 사로잡히고 말았다.[1] 그리하여 나는 뮈레[2]의 〈식물계〉를 통째로 외우고, 지상에 알려져 있는 모든 식물을 알고자 하는 신중한 계획에 진지하게 전념하게 되었다. 그런데 식물학 책들을 다시 사들일 수 있는 처지가 아니었으므로, 나는 사람들이 나에게 빌려준 책들을 베껴 쓰기 시작했다. 또한 처음에 만들었던 것보다 더 다채로운 식물표본을 다시 만들어낼 결심을 하고, 거기에 모든 바다식물과 알프스 산맥의 모든 식물과 인도의 모든 나무를 채집해서 넣게 될 날을 기대하면서, 일단은 별봄맞이꽃, 파슬리류, 서양지치, 개쑥갓 같은 것으로 어렵지 않게 시작하고 있다. 나는 키우는 새들의 둥지 위에서도 학자답게 식물을 채집하며, 매번 새로운 풀잎을 발견할 때마다 만족해하면서 '여기 식물이 또 하나 늘어났군' 하고 혼잣말을 한다.

그런 일시적 기분을 따르기로 한 나의 결심을 정당화하려는 것은 아니다. 나는 그런 일시적 기분이 매우 합리적이라고 생각하는데, 내가 처해 있는 입장에서는 나를 기분 좋게 해주는 소일거리에 몰두한다는 것이야말로 위대한 지혜이자 크나큰 미덕이기조차 하다고 확신하기 때문이다. 그것은 나의 마음속에서 그 어떤 복수나 증오의 싹도 움트지 않게 할 수 있는 방법이다. 그리고 나와 같은 운명 속에서도 여전히 어떤 소일거리에 대해 취향을 느끼려면, 확실히 일체의 성마른 격정이 완전히 고갈된 천성

---

1 루소가 최초로 식물채집에 흥미를 가졌던 시기는 1762~1763년이었고, 1777년에 다시 식물학에 관심을 가졌다.
2 Johan Andreas Murray(1740~1791), 스웨덴의 식물학자로 1774년에 자신이 발간한 린네의 책에 덧붙인 서문인 <식물계(*Systema Vegetabilium*)>로 유명하다.

을 가지고 있어야만 한다. 그것은 나의 방식으로 나의 박해자들에게 복수를 하는 것으로, 그들의 뜻에 반해 행복한 것 이상으로 내가 더 혹독하게 그들을 벌할 수는 없을 것이다.

그렇다. 분명 이성은 나에게 나의 마음을 사로잡는, 또한 내가 그것을 따르는 것을 방해하지 않는 모든 성향에 나 자신을 맡기도록 허락해주고, 또 그렇게 하라고 명령하기까지 한다. 하지만 이성은 그런 경향이 어째서 나의 마음을 사로잡는지는 알려주지 않는다. 그리고 이득도 없고 진보도 없이 이뤄지는 그런 헛된 연구에 내가 무슨 매력을 느낄 수 있는지도 알려주지 않고, 이미 노쇠하고 둔중하고 움직임도 용이하지 않고 기억력도 떨어진, 늙고 허튼소리 하는 사람인 나를 무엇이 청년 시절의 훈련과 초등학생의 수업으로 되돌아가게 하는지도 알려주지 않는다. 그렇지만 바로 그것이야말로 내가 그 원인을 알고 싶은 기묘한 일로, 만일 제대로 원인만 밝혀진다면 나 자신에 대한 지식에―그것을 얻기 위해 나의 마지막 여가 활동을 바친―새로운 빛을 던져줄 수 있을 것 같다.

나는 때때로 아주 깊게 생각에 잠겼다. 하지만 즐겁게 한 적은 드물었고, 거의 언제나 억지로 마지못해서 하듯이 했다. 몽상은 나를 기운이 나게 하고 즐겁게 해주는데, 성찰은 나를 피곤하고 슬프게 한다. 사색은 언제나 나에게 괴롭고도 매력 없는 일이었다. 때때로 나의 몽상은 사색으로 끝나기도 하지만, 대개는 나의 사색이 몽상으로 끝나게 된다. 그리고 그런 일탈이 이뤄지는 동안에 나의 영혼은 다른 모든 즐거움을 초월하는 황홀감 속에서, 상상의 나래를 펴고 우주를 떠돌아다니며 활공한다.

그런 황홀감을 완전히 순수한 상태로 맛보고 있는 동안에, 다른 모든 일은 언제나 나에게 따분한 것이었다. 그런데 나도 모를 충동에 의해 일단 문학의 길에 투신하게 되자 나는 정신노동의 피곤함과 불길한 명성의 성가심을 느꼈고, 동시에 기분 좋은 몽상이 활기를 잃고 식어버리는 것을 느꼈다. 그러고는 곧 부득이하게 나의 서글픈 상황에 신경을 써야만 하게 되자, 나는 그 소중한 황홀감을―50년 동안 나에게 재산과 명예를 대신해주었고, 시간 말고는 다른 어떤 것도 소비하지 않고서도 한가로움 속에서 나를 사람들 중 가장 행복한 자로 만들어주었던―아주 드물게밖에는 다시 누릴 수 없게 되고 말았다.

또한 몽상을 하는 중에도 나는 불행에 겁을 먹은 상상력이 마침내 불행 쪽으로 작용해나가지나 않을는지, 또 지속적인 고통의 감정이 점차 나의 심장을 옥죄어서 마침내는 그 무게로 나를 짓눌러버리고 말지나 않을는지 걱정해야만 했다. 그런 상태에서도 나의 타고난 어떤 본능이 나로 하여금 모든 슬픈 생각을 피하도록 하면서 상상력에 침묵을 강요했고, 또 나를 둘러싸고 있는 대상들에 주의력을 집중하게 만들면서 그때까지는 거의 그 전체 속에서만, 전체적으로만 응시했던 자연 광경을 처음으로 상세하게 관찰하도록 만들었다.

수목, 관목, 식물은 대지의 장식이자 의복이다. 눈앞에 돌과 진흙과 모래만을 펼쳐 놓는 벌거벗고 헐벗은 전원 풍경만큼 슬픈 광경은 없다. 그렇지만 자연에 의해 생기를 얻고 물의 흐름과 새의 노랫소리 속에서 혼례복을 다시 입게 되면, 대지는 그 세 가지 계(界)의 조화 속에서 활기와 흥미와 매력으로 가득 찬 광경을, 이 세상에서 인간의 눈과 마음이 절대로 싫증 내지 않는 유일한 광경을 인간에게 제공해준다.

주의 깊은 관찰자가 감수성 예민한 영혼을 가지고 있으면 있을수록, 그는 그러한 조화가 불러일으키는 황홀감에 더욱더 빠져들게 된다. 그렇게 되면 기분 좋고 심오한 몽상이 그의 감각을 사로잡게 되고, 그는 자신이 일체감을 느끼게 된 그 아름다운 체계의 무한성에 감미로운 도취감과 함께 몰입하게 된다. 그러면 모든 개별적 대상은 그에게서 멀어지고, 그는 전체 속에서만 모든 것을 보고 느끼게 된다. 그가 전체적으로 파악하려고 애썼던 우주를 부분적으로 관찰할 수 있으려면, 어떤 특별한 정황이 그의 생각을 억압하고 그의 상상력을 한정해야만 한다.

고뇌로 옥죄인 나의 마음이 그 모든 움직임을 자기 주변에 집결시킴으로써, 내가 점차적으로 빠져들고 있던 낙담 속에서 막 꺼져가던 그 남은 열기를 보존하려 하고 있을 때, 나에게 자연스럽게 일어났던 일이 바로 그런 것이다. 나는 나의 고통을 돋울까 봐 두려워 감히 생각이란 것을 할 엄두조차 못 낸 채 아무 생각 없이 숲과 산을 헤매고 다녔다. 고통의 원인이 되는 대상을 용납하지 않는 나의 상상력은, 나의 감각이 주변 대상의 가볍지만 기분

148

좋은 인상에 몰두하도록 내버려두었다. 나의 눈은 끊임없이 하나의 대상에서 다른 대상으로 옮겨갔으며, 그렇게 엄청난 다양성 속에서 시선을 더 많이 고정시키고 더 오랫동안 멈추게 하는 대상을 발견한다는 것은 불가능했다.

나는 그런 눈요기를 좋아하게 되었다. 그것은 불행에 처해 있는 정신을 쉬게 해주고 즐겁게 해주며, 기분을 풀어주고 고통의 감정을 잠정적으로 멈추게 해준다. 대상들이 지닌 성질은 그런 기분전환에 큰 도움이 되고, 그것을 더 매력적인 것으로 만든다. 그윽한 향기들, 생생한 색채들, 가장 우아한 형태들이 나의 주의를 집중시킬 권리를 얻으려고 서로 경쟁하는 듯이 보인다. 쾌락을 좋아하기만 한다면 아주 기분 좋은 느낌에 빠져들 수 있다. 만일 자극을 받은 모든 사람들에게서 그런 효과가 일어나지 않는다면, 그것은 어떤 사람들의 경우에는 타고난 감수성의 탓이고, 대다수의 사람들의 경우에는 그들의 정신이 다른 생각들에 너무나 사로잡혀 있어서, 그들의 감각을 자극하는 대상들에는 순간적으로밖에 신경을 쓸 수 없기 때문이다.

또 다른 한 가지가 심미안을 가진 사람들의 주의를 식물계로부터 멀어지게 하는 데 기여한다. 그것은 바로 식물에서 약재와 치료제만을 구하는 습관이다. 테오프라스토스[3]는 식물에 대해 그

---

3 Theophrastus(BC 372?~BC 288?), 아리스토텔레스의 제자로 식물학의 창시자인 고대 그리스의 철학자.

와는 다른 태도로 열중했었다. 그 철학자는 고대의 유일한 식물학자로 간주될 수 있는데, 우리에게는 거의 알려져 있지 않다. 그런데 처방전의 대편찬자인 디오스코리데스[4] 같은 사람과 그 주해자들 덕분에, 의학이 식물을—약초로 변해버린—너무나 마음대로 지배하게 되어, 사람들은 식물에게서 전혀 볼 수 없는 것만을, 즉 누구든지 식물이 가지고 있다고 여기고 싶어 하는 소위 말하는 효능만을 보게 되었다. 사람들은 식물조직체가 그 자체로서 관심을 가질 만한 것이라고는 생각하지를 못한다. 구태의연하게 살아가는 사람들은, 식물학에 자기네들이 말하는 것처럼 속성에 대한 연구가 더해지지 않는 한, 즉 자기네들의 말에—대개 그 자체가 다른 사람의 권위에 근거를 두고 있는—따라 믿어야만 하는 많은 것들을 주장해대는 거짓말쟁이들의 권위에 의탁하기 위해서, 거짓말을 전혀 하지 않지만 우리에게 그런 것에 대해서는 아무것도 말해주지 않는 자연에 대한 관찰을 포기하지 않는 한, 식물학은 쓸데없는 연구라고 비웃는다. 다채로운 빛깔의 꽃들로 수놓인 초원에서 걸음을 멈춰 서서, 초원을 빛나게 하는 꽃들을 차례차례 살펴보시라. 그러면 당신의 그런 행동을 본 사람들은 당신을 의사의 조수로 여기고서 아이들의 버짐, 어른들의 옴, 혹은 말들의 비저병(鼻疽病)을 낫게 하는 데 필요한 풀들에 대해 물

---

4 Dioscorides(40?~90?), 《약물에 대하여》라는 중요한 약리학 책을 쓴 그리스의 의사, 약리학자.

어볼 것이다.

그런 불쾌한 편견은 다른 나라들에서는 부분적으로 타파되었는데 특히 영국에서 그렇다. 그것은 린네의 덕택인데, 그는 식물학을 약학의 유파들로부터 어느 정도 구해내서 박물학과 경제적 용도로 되돌려놓았다.

그렇지만 그런 연구가 세상 사람들 사이에 덜 침투되어 있는 프랑스에서는 사람들이 그 문제에 대해 너무나 미개한 상태로 머물러 있어서, 파리의 어떤 한 재사는 런던에서 희귀한 나무들과 식물들로 가득 찬 진기한 정원을 보고서 칭찬을 한답시고 "대단히 멋진 약제사의 정원이로군!" 하고 외쳤을 정도이다. 그렇다면 최초의 약제사는 아담이었다는 말이 된다. 왜냐하면 에덴동산보다 식물들이 더 잘 구비되어 있는 정원을 상상하기란 쉽지 않기 때문이다.

그런 의학적 관념은 확실히 식물학 연구를 기분 좋은 것으로 만들기에는 별로 적합하지가 않다. 그러한 관념은 풀밭의 다채로운 빛깔과 꽃의 화사함을 바래게 하고, 작은 숲의 신선함을 말라버리게 하고, 푸르른 초목과 녹음을 따분하고 몹시 불쾌한 것으로 만들어버린다. 매력적이고 우아한 그 모든 구조들을 유발(乳鉢)에 넣고 빻을 생각만 하는 자에게는 그런 모든 것들은 거의 관심을 불러일으키지 못한다. 하지만 사람들은 연인에게 줄 꽃장식을 관장제로 사용되는 풀들 사이에서 찾으러 가지는 않을 것이다.

그러한 모든 약학은 나의 전원에 대한 이미지를 조금도 훼손시키지 못했었다. 탕약과 고약보다 더 그 이미지와 거리가 먼 것도 없었다. 밭, 과수원, 숲, 그리고 그곳들에 사는 수많은 생물을 가까이에서 바라보며, 종종 나는 식물계가 자연이 인간과 동물에게 준 식료품점이라고 생각했다. 하지만 나는 거기에서 약재와 치료제를 구할 생각은 결코 한 번도 해본 적이 없었다. 나는 자연의 다양한 산물들 속에서 그런 용도를 나에게 알려주는 것은 아무것도 보지 못한다. 만일 자연이 우리에게 그런 용도를 권장했더라면, 먹을 수 있는 것들에 대해 알려주었듯이 그런 선택의 가능성을 우리에게 알려주었을 것이다. 인간의 쇠약함에 대한 생각으로 내가 열병, 요로결석, 통풍, 간질을 염두에 두게 된다면, 작은 숲을 두루 돌아다니면서 내가 느끼는 즐거움이 그런 생각 때문에 망쳐지고 말 것 같은 느낌조차 든다. 하지만 나는 사람들이 식물에게 부여하는 중요한 효능을 두고 논쟁을 하지는 않을 것이다. 다만 나는 만일 그런 효능이 실재적인 것이라고 가정한다면, 환자가 계속해서 아픈 것은 순전히 환자의 사심(邪心) 때문이라고만 말할 것이다. 왜냐하면 사람들이 걸리는 그토록 많은 병들 중에서, 스무 종의 약초들이 근본적으로 낫게 해주는 병은 단 하나도 없기 때문이다.

모든 것을 항상 우리의 물질적인 이익과 연관시키고, 도처에서 이득과 치료제를 찾게 하고, 늘 건강하게 지내기만 한다면 모든 자연을 무관심하게 바라보도록 만드는 그러한 사고방식을 나는 결코 한 번도 가져본 적이 없다. 그 점에 있어서 나는 다른 사람들과는 정반대라고 느낀다. 왜냐하면 나의 욕구에 대한 자각과 관계있는 모든 것은 나의 생각을 음울하게 만들고 손상시키며, 오로지 육체적인 이익을 완전히 잊어버릴 때에만 나는 정신적인 즐거움에서 진정한 매력을 발견할 수 있었기 때문이다. 그렇기 때문에 비록 내가 의학을 믿는다 해도, 그리고 그 치료제가 마음에 드는 것이라고 해도, 나는 결코 그런 것에서 순수하고 사심 없는 명상이 안겨주는 희열을 발견하는 일은 없을 것이다. 또한 내가 나의 영혼이 육체의 굴레에 집착한다고 느끼는 한은, 나의 영혼이 고양되어 자연 위를 활공하는 일은 없을 것이다. 나는 의학에 대해 한 번도 크게 신뢰한 적이 없지만 내가 존경하고 사랑했던, 그래서 나의 몸을 전적으로 관리하도록 맡겼던 의사들에 대해서는 큰 신뢰를 가졌었다. 하지만 15년간의 경험은 나에게 큰 희생을 치르도록 하면서 가르침을 주었다. 이제 나는 오로지 자연의 법칙만을 따르게 되었고 자연에 의해 본래의 건강을 회복했다. 의사들이 나에게 다른 불만을 전혀 품고 있지 않다면, 대체 누가 그들의 증오에 놀라겠는가? 나야말로 그들의 기술이 공허하고 그들의 치료가 무용하다는 산 증거이다.

그렇다. 개인적인 그 무엇도, 나의 육체적인 이익과 관계있는 그 무엇도 나의 영혼을 진정 사로잡을 수 없다. 나 자신을 망각할 때야말로 나는 최고로 기분 좋게 사색하고 몽상한다. 말하자면 존재들의 체계 속에 융합되고 자연 전체와 일체가 되는 이루 형언할 수 없는 황홀을, 법열을 느낀다. 사람들이 나의 형제와도 같왔던 동안에 나는 지상에서의 행복이라는 계획을 세웠었다. 그런 계획은 항상 전체와 관련이 되어 있었기 때문에 나는 공공의 행복이 있어야만 행복할 수 있었고, 개인의 행복이란 관념은 사람들이 나의 불행 속에서만 그들의 행복을 찾는다는 사실을 깨닫게 되기 전까지는 나의 마음에 와 닿지를 않았다. 그래서 그들을 미워하지 않으려면 그들을 피하지 않으면 안 되었다. 따라서 자연으로, 만물 공동의 어머니에게로 피함으로써 그 품속에서 그 자녀들의 공격을 면하고자 했다. 나는 고독한 자가 되었고, 그들의 말을 빌리자면 비사교적이고 인간을 혐오하는 자가 되었다. 왜냐하면 가장 가혹한 고독이라 할지라도 나에게는 배신과 증오만을 자양분으로 삼는 악인들의 사회보다 나아보였기 때문이다.

하지만 본의 아니게 나의 불행에 대해 생각하게 될까 봐 걱정되어 억지로 생각하기를 삼가느라고, 또 결국에는 그토록 많은 번뇌로 인해 손상될 수도 있을 기분 좋지만 활기 없는 상상력의 잔재를 부득이하게 억누르느라고, 그리고 치욕과 모욕으로 나를 괴롭히는 사람들에 대한 분노가 마침내 나를 성마르게 만들까 봐 염려되어 어쩔 수 없이 그들을 잊으려 노력하느라고, 나는 온전하게 나 자신에게 집중할 수가 없다. 왜냐하면 외향적인 나의 영혼이 내 의지를 벗어나 스스로의 감정과 존재를 다른 존재들을 향해 확장시켜 나가려고 애쓰기 때문이다. 그리고 나는 더 이상 예전처럼 자연이라는 그 광활한 대양(大洋) 속에 무모하게 뛰어들 수 없는데, 왜냐하면 나의 쇠하고 느슨해진 기능이 내가 열렬하게 집착할 수 있을 정도로 충분히 내 능력이 미치는 범위 안에 있고, 충분히 일정하고, 충분히 안정된 대상을 이제는 더 이상 발견하지 못하기 때문이며, 또한 내가 더 이상 예전처럼 황홀경의 혼돈 속에서 헤엄칠 수 있을 정도로 충분한 활기를 느끼지 못하기 때문이다. 내 관념은 이제는 거의 감각에 불과할 뿐이고, 내 지적 능력의 범위는 나를 직접적으로 둘러싸고 있는 대상들을 넘어서지 못한다.

사람들을 피하고 고독을 찾으면서, 더 이상 상상도 못하고 생각은 훨씬 덜 하면서, 그렇지만 활기 없고 우울한 무기력으로부터 나를 벗어나게 해주는 활발한 기질은 타고났기에 나는 나를 둘러싸고 있는 모든 것에 관심을 가지기 시작했고, 매우 자연스러운 본능에 따라 가장 기분 좋은 대상들을 선호하게 되었다. 광물계는 그 자체로는 사랑스럽고 매력 있는 것이 아무것도 없다. 대지의 품안에 감춰져 있는 그 자원은 사람들의 탐욕을 돋우지 않기 위해 그들의 시선으로부터 멀리 떨어져 있는 것처럼 보인다. 그 자원은 언젠가는 진정한 자원의—인간에게 더 가까이 있는데도 인간이 타락함에 따라 싫증을 내게 되는—보충물로 사용되기 위해 그곳에 상비되어 있다. 그래서 인간은 가난을 구제하기 위해 산업을 필요로 하고, 수고를 하고 노동을 해야만 하는 것이다. 인간은 대지의 가장 깊숙한 곳을 파고, 그 중심부로 내려가서 죽음을 무릅쓰고 건강을 희생시켜가면서, 그가 그것을 향유할 줄 알았을 때는 대지가 스스로 제공해주었던 진정한 재화 대신에 가상의 재화를 찾는다. 그는 자신이 더 이상 볼 자격이 없어진 태양과 빛을 피한다. 그는 스스로를 산 채로 땅속에 묻는데, 더 이상 햇빛을 받으며 살 자격이 없으니 그렇게 하는 게 잘하는 것이다. 그렇게 되면 채석장, 구렁, 제철소, 노(爐), 그리고 모루, 망치, 연기와 불의 기기(機器)가 정겨운 농사일의 이미지를 뒤잇게 된다. 광산의 악취 풍기는 독기(毒氣) 속에서 쇠약해져가는 불행한 자들의 창백한 얼굴들, 시커먼 대장장이들, 흉측한 애꾸눈 거인들은, 대지의 내부에서 광산 기기가 대지 표면의 푸르른 초목과 꽃들, 푸른 하늘, 사랑에 빠진 양치기들과 건장한 농부들의 모습을 대신해 놓은 광경이다.

고백하건대, 모래와 돌을 주워 모아 주머니와 서재를 가득 채우고서 박물학자인 척하는 것은 쉬운 일이다. 하지만 그런 종류의 수집에 열중하고 또 그렇게 하는 것만으로 만족해하는 자들은 일반적으로 거기서 과시의 기쁨만을 찾을 뿐인 무식한 부자들이다. 광물 연구에서 이득을 얻으려면 화학자와 물리학자가 되어야만 한다. 비용이 많이 들고 고된 실험들을 해야만 하고, 실험실에서 일해야만 하며, 석탄, 도가니, 노, 증류기 가운데 숨 막힐 듯한 연기와 증기 속에서, 늘 죽음을 무릅쓰고 종종 건강을 희생시켜가며 많은 돈과 시간을 소비해야만 한다. 이 모든 서글프고도 피곤한 작업의 결과로 얻어지는 것은 일반적으로 자부심에 비해 훨씬 적은 지식이다. 그러니 가장 범용한 화학자라 할지라도, 아마도 우연에 의해 어떤 하찮은 인공 화합물이라도 발견하게 된다면 자신이 자연의 모든 위대한 활동을 깊이 통찰했다고 믿지 않을 자가 어디 있겠는가?

동물계는 그보다는 우리에게 더 가까이 있고, 분명 연구될 만한 가치가 훨씬 더 많다. 하지만 결국 그 연구도 역시 그 나름의 어려움과 걱정거리, 거부감과 노고가 있지 않겠는가? 특히 놀이에 있어서든 일에 있어서든 그 누구의 도움도 기대할 수 없는 고독한 자에게는 말이다. 공중의 새, 물속의 물고기, 바람보다도 더 가볍고 인간보다 더 강하며 또한 나의 연구에 스스로를 내맡기러 오지는 않을, 그렇다고 억지로 연구 대상으로 삼기 위해 뒤를 쫓아갈 수도 없는 네발짐승을 어떻게 관찰하고 해부하고 연구하고, 또 알 수 있겠는가? 그러므로 나는 달팽이, 벌레, 파리를 자원으로 삼게 될 것이고, 숨이 차도록 나비를 뒤쫓거나, 가엾은 곤충에 핀을 꽂고, 생쥐를 잡을 수 있을 때나 우연히 죽은 짐승의 시체를 발견하게 되면 그것을 해부하면서 일생을 보내게 될 것이다. 동물들에 대한 연구는 해부 없이는 아무것도 아니다. 왜냐하면 그것들을 분류하는 것과 속(屬)과 종(種)을 구분하는 것을 배우는 것은 바로 해부를 통해서이기 때문이다. 동물들을 그것들의 습성과 특징에 의해 연구하려면 새 사육장, 양어장, 동물원이 있어야만 할 것이고, 어떤 식으로든 그것들을 나의 주변에 모여 있게 만들어야만 할 것이다. 나는 그것들을 갇힌 상태로 잡아두고 싶지도 않고 그렇게 할 재력도 없으며, 그것들이 자유로운 상태에 있을 때 따라다니며 행동거지를 지켜보는 데 필요한 민첩함도 없다. 따라서 죽은 것들을 연구해야만 하고, 시체를 베고 뼈를 발라내고 꿈틀거리는 내장을 한껏 뒤지며 조사해야만 할 것이다! 해부학 강의실이야말로 얼마나 끔찍한 장소인가! 악취를 풍기는 시체, 윤곽이 선명하지 않은 납빛 살, 피, 역겨운 창자, 소름끼치는 해골, 고약한 악취가 나는 체기(體氣)라니! 그곳은 맹세코 장자크가 자신의 소일거리를 찾으러 갈 곳은 아니다.

빛나는 꽃이여, 다채로운 빛깔의 풀밭이여, 시원한 녹음이여, 시냇물이여, 작은 숲이여, 푸르른 초목이여, 어서 와서 그 모든 끔찍한 것들로 더러워진 나의 상상력을 정화시켜다오. 감정의 모든 커다란 동요에 대해서는 일체 무관심한 나의 영혼은, 이제는 감지될 수 있는 대상에 의해서만 영향을 받을 뿐이다. 나는 이제 감각만을 가졌을 뿐이고, 그것에 의해서만 이 세상에서 고통과 기쁨을 느낄 수 있다. 나를 둘러싸고 있는 아름다운 대상들에 매혹된 나는 그것들을 지켜보고 응시하고 비교하고, 마침내 그것들을 분류하는 것을 배우게 되었다. 그러자 갑자기 나는 식물학자가 되었다. 단지 자연을 사랑할 새로운 이유를 끊임없이 발견해내기 위해 그것을 연구하고 싶어 하는 자가 식물학자가 되는데 필요한 만큼만 말이다.

나는 전혀 뭔가를 배우려고 애쓰지 않는다. 그러기에는 너무 늦었기 때문이다. 게다가 나는 많은 지식이 인생의 행복에 기여하는 것을 한 번도 본 적이 없다. 하지만 나는 쉽사리 맛볼 수 있고 나의 불행을 잠시 달래줄 기분 좋고 단순한 소일거리를 나 자신에게 제공하려고 애를 쓴다. 비용을 지불할 필요도 없고 수고할 필요도 없이 무사태평하게 풀에서 풀로, 식물에서 식물로 옮겨 다니며 그것들을 살펴보고, 다양한 특징들을 비교하고, 서로 간의 유사성과 차이점을 기록한다. 그리고 마침내 식물조직체를 관찰하는데, 그 살아 있는 기계들의 움직임과 작용의 추이를 지켜보고 때때로 그것들의 일반적 법칙들과 다양한 구조들의 이유와 목적을 성공적으로 찾아내며, 그런 모든 것을 나로 하여금 향유할 수 있도록 해주는 자에 대한 감사 넘치는 경탄의 매력에 빠져들게 된다.

식물들은 하늘의 별들처럼, 인간을 기쁨과 호기심이란 매력으로 자연에 대한 연구로 이끌기 위해 땅 위에 풍부하게 뿌려졌던 것 같다. 하지만 별들은 우리에게서 먼 곳에 놓여 있다. 그것들에 도달해서 우리의 손이 미치는 곳으로 가까이 가져오려면 예비 지식들, 기구들과 기계들, 아주 기다란 사다리들이 필요하다. 반면에 식물들은 본래부터 우리 손이 미치는 곳에 있다. 그것들은 우리의 발밑에서, 말하자면 우리의 수중에서 돋아난다. 그리고 그것들의 핵심 부분의 미소(微小)함은 가끔 육안으로 볼 수 없긴 하지만, 그것들을 볼 수 있게 해주는 기구들은 천문 기계들에 비해 훨씬 사용하기가 쉽다. 식물학은 한가하고 게으른 은둔자에게 어울리는 연구이다. 핀 하나와 돋보기 한 개가 그가 식물들을 관찰하는 데 필요한 모든 기구이다. 그는 산책을 하면서 자유롭게 하나의 대상에서 다른 대상으로 옮겨 다니고, 흥미와 호기심을 가지고서 각각의 꽃을 조사한다. 그러다가 그것들의 구조의 법칙들을 알아차리기 시작하게 되자마자, 그는 쉽게 얻었지만 몹시 수고해서 얻은 것만큼이나 강렬한 기쁨을 그것들을 관찰하며 맛보게 된다. 그런 한가한 일과에는 열정이 완전히 가라앉아 평정 속에 있을 때만 느낄 수 있는, 그럴 때면 그 자체만으로도 삶을 행복하고 기분 좋게 만들기에 충분한 매력이 있다. 하지만 공간을 가득 채우기 위해서든 책을 쓰기 위해서든 욕심이나 허영심의 동기가 거기에 섞이게 되자마자, 단지 가르치기 위해서만 배우려고 하게 되자마자, 저자나 교수가 되기 위해서만 식물채집을 하게 되자마자 그 모든 즐거운 매력은 곧바로 사라져버리고, 식물들에게서 열정의 도구들만을 보게 될 뿐이다. 식물에 대한 연구에서 더 이상 아무런 진정한 기쁨도 발견하지 못하고, 더 이상 알고 싶어 하지는 않으면서도 알고 있다는 사실은 내비치고 싶어 하고, 숲 속에 있으면서도 세상의 무대 위에서 사람들의 찬탄받는 데 마음을 쓰느라 여념이 없어지게 된다. 혹은 자연 속에서 식물을 관찰하는 대신에 기껏해야 서재나 정원의 식물학으로 만족해하면서, 체계와 분류법에만 신경을 쓰게 될 뿐이다. 하지만 그런 것은 영원한 논쟁거리에 불과할 뿐 어떤 식물 하나라도 더 알게 해주지 못하고, 박물학과 식물계에 대해 그 어떤 참된 규명도 해주지 못한다. 거기에서, 명성에 대한 경쟁이 다른 분야의 학자들 사이에서만큼 혹은 그 이상으로 식물학 저자들 사이에 불러일으키는 증오와 질투가 생겨난다. 그들은 이 사랑스러운 연구를 왜

곡시키면서 도시와 학회 한가운데로 옮겨다놓는데, 그곳에서 이 연구는 이국적인 식물이 호기심 많은 자의 정원에서 퇴화하는 것과 마찬가지로 퇴화되고 만다.

　그것과는 매우 다른 마음가짐이 나에게 이 연구를, 내가 더 이상 가지고 있지 않은 모든 열정의 공백을 채워주는 일종의 열정으로 만들어놓았다. 나는 사람들에 대한 기억과 악인들의 공격을 가능한 한 피하기 위해서 바위와 산에 오르고, 작은 골짜기와 숲에 들어간다. 숲속 나무 그늘 아래 있으면, 사람들에게 잊힌 듯하고, 마치 나에게 더 이상 적들이 없는 것처럼 자유롭고 평온한 기분이 든다. 잎이 우거진 나무들의 잔가지들이 나의 기억으로부터 적들을 멀리 내쫓아주기 때문에 그들의 공격으로부터 나를 보호해주는 것처럼 생각되는 것이다. 그리하여, 어리석은 생각이지만 내가 그들을 전혀 생각하지 않으면 그들도 나를 전혀 생각하지 않을 것이라고 상상한다. 나는 그런 착각에서 대단히 큰 즐거움을 발견하기 때문에, 만일 나의 상황과 나약함과 필요성이 허용한다면 그런 착각에 완전히 빠져들게 될 것이다. 내가 영위하는 고독이 깊으면 깊을수록, 어떤 대상이 그 고독의 공허를 가득 채워줄 필요는 더욱더 커진다. 그리고 나의 상상력이 거부하거나 나의 기억력이 밀쳐내는 것들은, 인간에게 능욕당하지 않은 대지가 여기저기 나의 눈앞에 펼쳐놓는 자연적인 산물들로 대체된다. 오지로 새로운 식물을 찾으러 가는 기쁨에는 박해자들을 피하는 기쁨이 포함된다. 그래서 사람들의 발자취를 찾아볼 수 없는 곳에 당도하면, 나는 그들의 증오가 나를 더 이상 뒤쫓아오지 않는 안식처에 있는 것처럼 더욱 편하게 안도의 숨을 쉰다.

나는 언젠가 클레르 재판관 소유의 산[5]인 라 로바일라 근처에서 했던 식물채집을 평생토록 기억할 것이다. 나는 혼자였는데, 산의 울퉁불퉁 기복이 심한 곳으로 들어갔었다. 그러고는 나무들과 바위들을 지나, 생전에 그보다 더 야생의 광경은 본 적이 없을 정도로 아주 꼭꼭 숨겨져 있는 고립지대에 당도했다. 거대한 너도밤나무들과 검은 전나무들이 뒤섞여 있었고 그중에 몇 그루는 노령으로 쓰러져 서로 얽히고설켜 있었는데, 뚫고 들어갈 수 없는 울타리처럼 고립지대를 둘러싸고 있었다. 그 거무튀튀한 울타리가 남겨놓은 몇몇 틈새들 너머로는 수직으로 깎아지른 듯한 바위들과, 납작 엎드려서야 내려다볼 엄두가 났던 끔찍한 절벽들만이 있을 뿐이었다. 수리부엉이, 올빼미, 흰꼬리수리 울음소리가 산골짜기들에서 들려왔고, 드물긴 했지만 친숙한 몇몇 작은 새들이 그 외진 곳에 대한 두려움을 완화시켜주었다. 그곳에서 나는 칠각엽십자화(七角葉十字花), 시클라멘, 니두스 아비스, 커다란 라세르피티움, 그리고 그 밖의 몇몇 다른 식물들을 발견했는데, 그것들은 나를 매혹시켰고 오랫동안 즐겁게 해주었다. 하지만 대상들의 강렬한 인상에 나도 모르게 압도당한 바람에 나

---

5 스위스 뇌샤텔 지방에서는 높은 지대에 있는 농장을 프랑스어로 'montagne(산)'라고도 지칭한다.

는 식물학도 식물도 잊어버리고 석송(石松)과 이끼 위에 앉아, 박해자들이 나를 찾아내지 못할 세상 누구도 모르는 피난처에 있는 것이라고 생각하면서 더욱 편하게 몽상을 하기 시작했다. 그런 몽상에 곧 치솟는 자부심 같은 것이 뒤섞였다. 나는 나 자신을 무인도를 발견한 대여행가들에 견주었고, 흐뭇해하면서 내가 이곳까지 뚫고 들어온 최초의 인간이 틀림없을 거라고 생각했다. 나 스스로를 거의 제2의 콜럼버스처럼 여겼던 것이다. 그런 생각에 빠져 으스대고 있는 사이에, 별로 멀지 않은 곳에서 뭔가 덜거덕대며 부딪치는 소리가 들려오는 것을 분명히 들은 것 같았다. 내가 귀를 기울이자 똑같은 소리가 반복되더니 더 빈번하게 들려오는 것이었다. 깜짝 놀라기도 하고 호기심도 발동해서, 나는 자리에서 일어나 소리가 들려오는 쪽의 가시덤불숲을 뚫고 나갔다. 그러자 내가 인간들 중 최초로 발을 들여놨다고 생각했던 바로 그곳으로부터 20보 떨어진 협곡에 양말 공장이 언뜻 보였다.

내가 그것을 발견했을 때 느꼈던 당황스럽고도 모순된 마음의 동요는 어떻게 표현할 길이 없다. 맨 처음 치솟은 느낌은, 완전히 나혼자 있다고 생각한 곳에서 실은 사람들 사이에 있었다는 것을 알게 된 기쁨의 감정이었다. 하지만 그런 느낌은 번개보다도 더 순식간에 지나갔고, 곧 그것보다 더 지속적인 고통스러운 감정에 자리를 내주고 말았다. 알프스 산맥의 숨겨진 장소에서조차 나를 악착스럽게 괴롭히려는 사람들의 잔인한 손길은 피할 수 없는 것 같아서였다. 왜냐하면, 몽몰랭 목사[6]가 그 우두머리 역할을 했지만 그 최초의 동기는 더 오래전으로부터 발원하는 그 음모에 가담하지 않았던 사람은 아마 그 공장에서 두 명도 안 될 거라는 확신이 들었기 때문이다. 나는 서둘러서 그런 서글픈 생각을 떨쳐내버렸다. 그러고는 마침내 나의 유치한 허영심과, 또 그로 인해 내가 벌을 받게 된 희극적인 방식에 대해 마음속으로 웃고 말았다.

하지만 정말이지, 누군들 절벽에서 공장을 발견하리라고 예상이나 할 수 있었겠는가! 야생의 자연과 인간 산업의 이런 혼합을 보여주는 곳은 이 세상에 오로지 스위스밖에 없다. 스위스 전체는 말하자면 하나의 커다란 도시에 불과하다고 할 수 있다. 파리의 생탕투안 거리보다 더 넓고 긴 그 거리들 여기저기에 숲들이 산재해 있는가 하면 산들이 가로막혀 있고, 그 흩어져 있는 고립된 집들은 영국식 정원[7]들을 통해서만 서로 연결되어 있는 하나의 커다란 도시 말이다. 이 점과 관련해서 나는 또 다른 식물채집 일화를 기억해냈다. 그보다 얼마 전에 산꼭대기에서 일곱 개의 호수가 내려다보이는 샤스롱 산에 뒤 페이루, 데쉐르니, 퓌리 대령, 클레르 재판관과 함께 갔었을 때의 일이다. 사람들이 우리에게 그 산에는 집이 단 한 채밖에 없다고 말해줬었는데, 만일 그

---

6 루소를 배척하는 설교를 한 모티에의 목사. 그의 설교가 루소가 집에 돌팔매 공격을 받고 생피에르 섬으로 피신한 직접적 원인이 되었다. 〈다섯 번째 산책〉 각주 참고.
7 프랑스 베르사유 궁전의 정원처럼 기하학적으로 손질된 정원과는 달리, 당시 유행하던 자연스러우면서 야생적인 느낌이 나도록 정돈된 정원이다. 루소가 생을 마감하게 되는 에르므농빌(Ermenonville)의 정원이 그 대표적인 예라고 할 수 있다.

곳에 사는 사람이 출판업자이며[8] 그 고장에서 사업을 아주 잘해 나가고 있다는 설명을 덧붙이지 않았더라면 우리는 분명 그의 직업을 짐작도 못했을 것이다. 내 생각에는 이런 종류의 단 한 가지 사실이 여행자들의 모든 서술보다도 스위스를 더 잘 알게 해줄 듯하다.

　그와 같은, 혹은 유사한 성격의 또 다른 일화가 판이하게 다른 한 국민에 대해 알게 해준다. 그르노블에 체류하고 있던 동안에, 나는 그 고장의 변호사인 보비에 씨와 함께 종종 교외에서 간단한 식물채집을 하고는 했다. 그가 식물학을 좋아하거나 그것에 대해 아는 바가 있어서가 아니라, 나의 호위병 역할을 하면서 가능한 한 나에게서 한 발자국도 떨어져 있지 않는 것을 자신의 의무로 삼았기 때문이다. 어느 날 우리는 이제르 강을 따라 낙상홍 나무가 많이 있는 곳에서 산책을 하고 있었다. 나는 그 관목들에 익은 열매가 달려 있는 것을 보고서 호기심으로 맛을 보았는데, 약간 시었지만 아주 맛이 좋아서 갈증을 풀기 위해 그 열매들을 먹기 시작했다. 보비에 씨는 나를 따라하지도 않고 나에게 아무 말도 하지 않은 채 그냥 내 옆에 서 있기만 했다. 그런데 그의 친구들 중 한 사람이 갑자기 나타나서, 열매들을 먹고 있는 나를 보고 이렇게 말했다.

8　프랑스어로 서적상(書籍商)을 의미하는 'libraire'는 19세기 초까지만 해도 출판과 판매를 함께하는 출판업자를 지칭했다.

"아니 선생님, 거기서 대체 뭐하시는 겁니까? 그 열매에 독이 있다는 걸 모르십니까?"

"이 열매에 독이 있다고요?" 나는 깜짝 놀라서 소리쳤다.

"그렇고말고요." 그가 말을 이었다. "그건 누구든 너무나 잘 알고 있는 사실이지요. 그래서 이 고장에서는 아무도 그걸 맛볼 생각을 하지 않습니다."

나는 보비에 씨를 쳐다보며 그에게 말했다. "그런데 왜 저에게 알려주지 않으셨습니까?"

"아, 선생님, 저는 감히 무람없이 그럴 수 없었습니다." 그가 정중한 말투로 대답했다.

나는 그 도피네 지방 사람의 겸손에 웃음을 터뜨렸다. 하지만 나의 간식을 중단하지는 않았다. 그때 나는 지금도 그렇게 생각하고 있듯이 맛이 좋은 자연의 산물은 무엇이든 몸에 해로울 수가 없다고, 또는 적어도 과식할 때에만 해롭다고 확신하고 있었다. 그렇기는 하지만 고백하건대 그날 내내 건강에 약간 신경이 쓰이긴 했다. 하지만 약간의 불안만 느꼈을 뿐 무사히 잘 보냈다. 저녁 식사를 아주 잘했고, 잠은 더 잘 잤고, 아침에 완전히 건강한 상태로 일어났다. 그 다음 날 그르노블에서 모든 사람들이 나에게 말해준 바에 따르면 극소량으로도 독이 퍼진다는 그 무시무시한 낙상홍 열매를 열다섯 알 내지 스무 알이나 삼켰었는데도 말이다. 이 뜻밖의 사건은 나에게 매우 재미있게 느껴져서, 그 일을 기억할 때마다 보비에 변호사의 그 유난스러운 조심성에 대해 웃음을 짓지 않을 수가 없다.

식물학을 위한 나의 모든 행정(行程), 나에게 깊은 감동을 준 대상이 있던 장소들의 다양한 인상들, 그곳들이 나에게 불러일으킨 생각들, 그곳들과 연관된 사소한 사건들, 그 모든 것은 그런 장소들에서 채집된 식물들을 보면 되살아나는 인상들을 나에게 남겨주었다. 이제 나는 그 아름다운 풍경들, 그 숲들, 그 호수들, 그 작은 숲들, 그 바위들, 그 산들을—그것들을 볼 때면 항상 내 마음이 감동을 받았던—다시는 볼 수 없을 것이다. 그러나 더 이상 그 아름다운 고장들을 이리저리 돌아다닐 수 없게 된 지금, 나는 식물 표본을 펴보기만 하면 된다. 그러면 그것은 순식간에 나를 그곳들로 데려가준다. 거기에서 내가 채집했던 식물들의 단편들은 나에게 그 모든 멋진 광경을 떠오르게 해주기에 충분하다. 이 식물표본은 나에게는 식물채집 일지로서, 나에게 새로운 매력으로 그것들을 다시 시작하도록 만들어주고, 또한 내 눈앞에 그것들을 다시 한 번 생생하게 묘사해주는 입체경(立體鏡) 효과를 만들어낸다.

내가 식물학에 애착을 느끼도록 만드는 것은 일련의 부수적인 생각들이다. 식물학은 나의 상상력을 가장 기분 좋게 만들어주는 모든 생각들을 집결시켜주고, 또 그것들을 상상력에 상기시켜준다. 풀밭, 물, 숲, 고독, 특히 평화, 그리고 그런 모든 것들 가운데서 발견하는 안정은 식물학에 의해서 끊임없이 나의 기억에 되살아나게 된다. 식물학은 나에게 사람들의 박해, 그들의 증오,

경멸, 모욕, 그리고 나의 그들에 대한 다정하고 진심에서 우러나온 애정에 대해 그들이 되돌려준 모든 악행을 잊게 해준다. 식물학은 내가 예전에 함께 살았던 이들처럼 순박하고 선량한 사람들 가운데에 있는 평화로운 거처들로 나를 데려가준다. 식물학은 나에게 나의 청춘기와 순수한 기쁨들을 기억나게 해주고, 다시 한 번 그것들을 향유하도록 해준다. 그것은 인간이 일찍이 겪어본 적이 없을 정도로 비극적인 운명에 처해 있는 나를 여전히 아주 자주 행복하게 해준다.

여덟 번째 산책

지난 삶의 모든 상황에서 내 영혼의 성향에 대해 깊이 생각해보면서, 내 운명의 갖가지 다양한 계략과, 내 영혼의 성향이 나에게 느끼게 했던 불행이나 행복이라는 통상적 감정 사이에 거의 아무런 관계도 없다는 사실을 발견하고 나는 매우 놀랐다. 짤막짤막했던 내 행운의 몇몇 기간들은 그 어떤 기분 좋은 추억도, 내 영혼의 성향이 나에게 느끼게 했던 것 같은 친밀하고 지속적인 방식으로 남겨준 바 없었다. 그와는 반대로, 내 삶이 온갖 비참한 상태에 있을 때에도 나는 애정 어린 흐뭇하고 감미로운 감정으로 한결같이 충만해 있는 기분이었다. 그런 감정은 비탄에 빠진 내 마음의 상처에 치유시키는 향유를 부어줌으로써 고통을 쾌감으로 바꾸어놓는 듯했었고, 그리하여 그런 감정과 동시에 느꼈던 고통에 대한 기억은 제거된 채 그런 감정에 대한 기분 좋은 기억만 나에게 떠오른다. 내 생각에는, 이를테면 내 운명으로 인해 심장 주변으로 옥죄어진 나의 감정이 바깥쪽으로 발산되면서 사람들이 존중하는 모든 대상들로—그 자체로는 존중받을 만한 가치가 거의 없지만, 사람들이 행복하다고 여기는 자들의 유일한 관심거리인—향하지 않았을 때 나는 더한층 존재의 즐거움을 맛보았었고, 정말로 더 제대로 살았던 것 같다.

내 주위의 만물이 질서정연한 상태에 있고 나를 둘러싸고 있는 모든 것과 또 내가 그 안에서 살아야만 하는 영역에 대해 만족했을 때에는, 나는 그 영역을 애정으로 충만하게 만들었었다. 그럴 때면 외향적인 나의 영혼은 다른 사물들로 확장되어나갔고, 수많은 종류의 기호(嗜好)로 인해, 또 내 마음을 사로잡는 애착들로 인해 끊임없이 나 자신으로부터 멀리 이끌려, 말하자면 자제심을 잃고 말았었다. 나와는 무관했던 것에 완전히 몰두하여 마음의 지속적인 동요 속에서 인간만사의 모든 부침을 겪었다. 그런 파란만장한 삶은 나에게 내면의 평화도, 외적인 휴식도 주지 않았다. 겉으로는 행복해 보였지만 나는 성찰의 시험을 감당할 수 있을 만한, 또 내가 그 안에서 정말로 만족해할 만한 감정을 느끼지 못했었다. 나는 결코 단 한 번도 타인에게도 나 자신에게도 만족했던 적이 없었다. 사교계의 소란스러움은 나를 어리둥절하게 만들었고, 고독은 나를 권태롭게 만들었다. 나는 끊임없이 장소를 바꿀 필요를 느꼈었지만 그 어느 곳에서도 편치 않았다. 그렇지만 나는 어디를 가든지 환대와 환영을 받았고, 잘

대접받았으며 아첨을 받았었다. 나에게는 적도, 악의를 가진 사람도, 시샘하는 사람도 없었다. 사람들은 단지 나에게 친절을 베풀려고 했을 뿐이기에, 나 자신도 종종 여러 사람들에게 친절을 베푸는 것을 기쁨으로 여겼었다. 재산도 직업도 후원자도 없고, 충분히 발휘되고 잘 알려진 뛰어난 재능도 없었으나, 나는 그런 모든 것과 연결된 특혜들을 누렸었으며 어떤 신분에서든 나보다 더 나아 보이는 운명을 가진 사람을 본 적이 없었다. 그러니 내가 행복해지는 데에 무엇이 부족했었겠는가? 나는 모르겠다. 하지만 내가 행복하지 않았었다는 것은 안다.

그렇다면 오늘날 내가 인간들 중 가장 불행한 자가 되는 데에는 무엇이 부족하다는 말인가? 사람들이 나를 그렇게 만들기 위해 할 수 있는 노력은 다했기에, 아무것도 부족하지 않다. 그런데 비록 이런 가엾은 처지에 놓여 있긴 해도, 나는 그들 중 가장 운이 좋은 자와 존재도 운명도 바꾸지 않을 것이다. 모든 행운을 누리고 있는 그런 자들 중 누군가가 되느니 차라리 나의 모든 불운 속에서 나 자신이 되는 것이 더 좋다. 외톨이가 되어버린 나는 나 자신의 자양분만으로 정신을 함양하고 있는 것이 사실이지만, 그 자양분은 고갈되지 않는다. 그리고 이를테면 내가 헛되이 반추하는 것이라 해도, 또 내 고갈된 상상력과 무기력한 생각들이 이제는 더 이상 내 마음에 양식을 공급해주지 않는다 해도, 나는 나 자신으로서 충분하다. 육체기관들로 인해 흐려지고 가로막힌 나의 영혼은 나날이 쇠약해가고, 그 무거운 육체기관들의 무게에 내리눌려 더 이상 예전처럼 늙은 육체 밖으로 돌진할 만큼의 활기가 없다.

역경은 우리에게 바로 그러한 자기반성을 강요한다. 그리고 아마도 바로 그 점 때문에 대부분의 사람들이 역경을 가장 견디기 힘들어하는 것일 게다. 나로서는 후회스러운 잘못들밖에 발견할 수 없기는 해도, 그런 잘못들에 대해 나의 나약함을 탓하며 마음을 달랜다. 왜냐하면 사전에 계획된 악이란 것은 나의 마음에 결코 한 번도 얼씬조차 한 적이 없기 때문이다.

그렇지만 적어도 바보가 아닌 이상, 사람들이 그렇게 만들어 놓은 그토록 끔찍한 나의 처지를 생각하지 않고서, 또한 고통과 절망으로 죽을 지경이 되지 않고서, 어떻게 내가 한순간이라도 나의 처지에 대해 숙고할 수 있겠는가? 하지만 나는 전혀 그러지 않는다. 인간들 중 가장 감수성이 예민한 나지만, 자신의 처지를 숙고해보면서도 그로 인해 마음이 동요되지는 않는다. 싸우려고도 하지 않고 분발하려고도 하지 않은 채, 아마 다른 어떤 사람도 공포를 느끼지 않고서는 볼 수 없을 상태에 있는 나 자신을 나는 거의 무관심하게 바라본다.

어떻게 해서 나는 이렇게 되었을까? 왜냐하면 내가 전혀 알아채지 못한 채 오래전부터 얽혀 있던 음모에 대해 최초로 의혹을 느꼈을 때는, 나는 이런 평온한 마음가짐과는 전혀 거리가 멀었기 때문이다. 그 새로운 발견은 나를 뒤흔들어 놓았었다. 치욕과 배신이 불시에 나를 습격했었다. 그 어떤 정직한 영혼이 그런 종류의 고통에 준비가 되어 있겠는가? 그런 고통을 예견하려면 그런 고통을 받아 마땅한 자라야 할 것이다. 나는 사람들이 내 발 밑에 파놓은 모든 함정에 빠졌었다. 분노, 격분, 흥분이 나를 엄습했었다. 어찌할 바를 몰랐었고, 머릿속은 혼란에 빠졌었다. 그리고 나는 사람들이 계속 나를 빠뜨려 놓으려고 했던 그 무시무시한 암흑 속에서 나를 인도해줄 불빛도, 나를 끄떡없이 떠받쳐 주면서 절망에 저항하게 해줄 받침대도 발판도 더 이상 발견할 수 없었다.

이런 끔찍한 상태에서 어떻게 행복하고 평온하게 살 수 있겠는가? 그럼에도 불구하고 나는 여전히 그런 상태에 있으며 오히려 그 어느 때보다도 더 깊이 빠져 있다. 그리고 그런 상태에서도 평정과 평화를 되찾았고, 행복하고 평온하게 살고 있다. 또 그런 상태에서도 내가 꽃과 식물의 수술과 치기 어린 짓들에 몰두하면서 평화롭게 지내고 나의 박해자들에 대해서는 전혀 생각조차 안 하고 있는 데 반해, 그들이 그들 스스로에게 끊임없이 헛되이 안겨주고 있는 엄청난 고통을 생각하면 웃음이 나온다.

이런 이행(移行)은 어떻게 일어났던 것일까? 자연스럽게, 나도 모르는 사이에, 그리고 고통 없이 일어났다. 최초의 습격은 끔찍했다. 스스로 사랑과 존경을 받을 만하다고 느꼈던 나, 그럴 만한 자격이 있다고 믿었기 때문에 존경받고 사랑받고 있다고 믿었던 나는 갑자기 일찍이 한 번도 존재한 적이 없는 흉측한 괴물로 둔갑해 있는 나 자신을 발견하게 되었다. 모든 세대가 설명도 의문도 주저함도 없이 전부 그런 기묘한 세평 속으로 돌진하는 것을, 그렇지만 나 자신은 결코 그런 기이한 격변의 원인을 알아내지 못한 채로 보게 되었다. 나는 맹렬하게 몸부림쳤지만, 더욱더 나의 몸을 얽어매게 되었을 뿐이었다. 나는 나의 박해자들로 하여금 해명하도록 만들고 싶었지만, 그들은 전혀 그럴 의향이 없었다. 오랫동안 헛되이 마음고생을 한 후 나는 정말 편하게 한숨 돌릴 필요가 있었다. 그래도 나는 여전히 기대했었다. 나는 마음속으로 이렇게 중얼거렸었다. 그토록 어리석은 맹목과 그렇게 부조리한 편견이 전 인류의 마음을 사로잡을 수는 없을 것이다. 그런 착란을 공유하지 않는 양식 있는 사람들이 있을 것이다. 음흉함과 음흉한 자들을 미워하는 정의로운 영혼의 소유자들이 있을 것이다. 찾아보자, 아마도 결국 한 사람은 발견할 수 있을 것이다. 만일 내가 그를 발견한다면, 그들은 아연실색할 것이다. 나는 찾아봤지만 허사였고, 그런 사람을 전혀 발견할 수 없었다. 동맹은 전 세계적이고 예외 없고 돌이킬 수 없이 영원한 것이라서, 나는 결코 그 비밀을 간파해내지 못한 채 이런 끔찍한 추방 상태에서 생을 마치게 될 것이 확실하다.

오랜 번뇌 후, 나는 바로 이런 한탄스러운 상태에서도 결국은 나의 몫인 것이 틀림없어 보였던 절망 대신에 평정, 평온, 평화, 심지어 행복조차 되찾게 되었다. 왜냐하면 삶의 매일매일이 그 전날을 즐겁게 상기시켜주기 때문이며, 또한 나는 다음 날이 전날과 다르기를 전혀 원하지 않기 때문이다.

이런 차이는 어디에서 기인하는 것일까? 단 한 가지로부터이다. 내가 불평 없이 필연성의 멍에를 지는 것을 배웠기 때문이다. 내가 수많은 것들에 붙어 있으려고 애썼지만 그 모든 붙잡을 곳들이 나에게서 잇달아 멀어져버렸고, 외톨이가 되어버린 내가 마침내 평정을 되찾았기 때문이다. 사방에서 압박을 받는 상태로도 나는 균형을 유지하고 있는데, 왜냐하면 더 이상 그 무엇에도 애착을 느끼지 않으면서 나 자신만을 의지하기 때문이다.

내가 세론에 열렬히 항의하고 있었을 때, 나는 여전히 세론의 멍에를 지고 있으면서도 그 사실을 알아차리지 못했다. 사람들은 자신이 높이 평가하는 사람들로부터 높이 평가받고 싶어 하기 마련이고, 그래서 내가 사람들을, 또는 적어도 몇몇 사람들을 좋게 평가할 수 있었던 동안에는 그들이 나에 대해 하는 판단에 무관심할 수가 없었다. 종종 나는 대중의 판단이 공정하다고 생각했었다. 하지만 나는 그 공정함조차 우연의 결과라는 것을, 또 사람들이 소신의 근거로 삼는 기준이 그들의 정념으로부터 또는 그 정념의 산물인 편견으로부터 얻어졌을 뿐이라는 것을, 그리고 그들이 올바르게 판단할 때조차도 그 올바른 판단이란 것이 종종 잘못된 원칙으로부터 생겨난다는 것을—그들이 성공한 사람의 장점을 공정한 정신에 의해서 존경하는 것이 아니라, 그 동일인을 다른 점들에 있어서 자기네들 마음대로 중상(中傷)하면서도 공정한 체하고자 존경하는 척할 때처럼—알지 못했다.

하지만 오랜 헛된 탐색 후에, 나는 그들 모두가 예외 없이 어떤 사악한 정신이나 고안해낼 수 있을 정도로 가장 불공정하고도 부조리한 체계 속에 머물러 있다는 것을 알게 되었다. 나에 관한 한 모든 사람의 머리에서는 이성이, 마음에서는 공정함이 추방되고 만 것을 발견했을 때, 광란에 빠진 한 세대가 결코 누구에게도 악을 행하거나 행하고 싶어 한 적도 해를 끼친 적도 없는 불행한 사람에 대한 지도자들의 맹목적인 분노에 온전히 사로잡혀 있는 것을 내가 보게 되었을 때, 헛되이 단 한 사람을 찾아다닌 후에 마침내 등불을 끄고서 이젠 더 이상 아무도 없다고 외쳐야만 했을 때,[1] 그때 나는 이 지상에서 혼자인 나 자신을 보기 시작했고, 내게 동시대인들이란 충동에 의해서만 움직이고 운동의 법칙에 의해서만 그 행동을 계산할 수 있는 기계적인 존재들에 불과함을 깨달았다. 내가 그들의 영혼 속에서 어떤 의도나 열정을 추측할 수 있었다 할지라도, 그것은 결코 나에 대한 그들의 행동을 내가 이해할 수 있는 방식으로 설명해줄 수는 없었을 것이다. 그렇게 해서 그들의 내적 성향은 나에게는 더 이상 중요하지 않은 것이 되었다. 나는 그들에게서, 나에 대해서는 일체의 도덕성을 상실한 채로 이렇게저렇게 움직이는 대중만을 볼 뿐이었다.

우리에게 일어나는 모든 불행에 있어서, 우리는 결과보다는 의도에 더 신경을 쓴다. 지붕에서 떨어진 기왓장이 우리에게 더 큰

---

[1] 루소는 여기서, 대낮에도 등을 들고 다니며 인간다운 인간을 찾았다는 고대 그리스 견유학파(犬儒學派)의 대표적 철학자 디오게네스를 상기시키는 듯하다.

상처를 입힐 수 있을 테지만, 악의 어린 손에 의해 고의적으로 던져진 돌만큼 우리의 마음을 상하게 하지는 않는다. 때때로 공격은 과녁을 빗나가는 수도 있지만, 그 의도는 결코 타격에 실패하는 법이 없다. 운명의 타격을 받았을 때 우리가 가장 덜 느끼는 것이 육체적 고통이다. 불행한 자들은 자신의 불행을 누구의 탓으로 돌려야 할지 모를 때 운명을 탓하게 되는데, 그들은 운명을 의인화하고 운명에 눈과 지성을 부여해 그것이 자신을 고의로 괴롭힌다고 생각한다. 그렇게 해서 돈을 잃고 분한 생각이 든 도박꾼은 누구에게 화를 내야 할지 모른 채 화내기 시작한다. 그는 운명이 자신에게 고의적으로 심한 증오심을 품고 자기를 괴롭히고 있다고 상상한다. 그렇게 자신의 분노에 자양분을 찾아내고, 자기가 만들어낸 적에 대해 몹시 흥분하고 격앙된다. 현명한 사람은 자신에게 일어난 모든 불행 속에서 맹목적 필연성의 공격만을 발견할 뿐이며, 그런 무분별한 마음의 동요를 전혀 느끼지 않는다. 그는 자신의 고통 속에서 비명소리는 낼망정 격정에 사로잡히거나 분노하지 않는다. 그는 자신이 그 희생자가 된 불행으로 인해 육체적 타격만 느낄 뿐이고, 그가 받는 공격이 아무리 그의 인격에 상처를 입히려 해도 그의 마음에까지는 도달하지 못한다.

그런 경지에 이르렀다는 것만으로도 대단한 일이다. 하지만 거기서 멈추면 그것만으로는 부족하다. 그것은 분명 화(禍)는 잘라냈지만 화근은 놔둔 셈이 된다. 그 화근은 우리와는 무관한 존재 속에 있는 것이 아니라 우리 자신 안에 있기 때문이다. 우리는 그것을 완전히 뽑아내기 위해 노력해야만 한다. 이상이 바로 내가 제정신을 차리기 시작하자마자 철저하게 느꼈던 바이다. 내가 나에게 일어나는 일에 대해 해보려고 애썼던 모든 설명들 속에서 나의 이성은 나에게 부조리함만을 보여주었기 때문에, 나로서는 알 수도 없고 설명할 수도 없는 그 모든 것의 원인과 수단과 방법은 나에게 실재하지 않는 것들과도 같음을 깨닫게 되었다. 나는 내 운명의 모든 세세한 부분들을 내가 그 방향도 의도도 도덕적 원인도 추정해서는 안 되는 순수한 필연성의 수많은 현실태(現實態)들로 여겨야만 하고, 이치를 따지거나 거역하려고 해봤자 소용이 없으니 그것에 복종해야만 한다. 이 지상에서 내가 아직 해야만 할 일은 나 자신을 순전히 수동적인 존재로 여기는 것뿐이기에, 운명을 감당하기 위해 내게 남아 있는 힘을 쓸데없이 그것에 저항하는 데에 결코 사용해서는 안 된다. 이상이 내가 나 자신에게 했던 말이다. 나의 이성과 심정은 그것에 동의했다. 하지만 나는 나의 심정이 여전히 투덜거리고 있는 것을 느낄 수 있었다. 그 투덜거림은 대체 어디에서 기인했던 것일까? 나는 그것을 찾았고, 발견해냈다. 그것은 처음에는 사람들에 대해 분개했다가 그다음에는 이성에 대항하게 된 자존심으로부터 기인하는 것이었다.

이런 발견은 사람들이 생각할 수 있으리만치 그렇게 쉽사리 이뤄질 수 있는 것은 아니었다. 왜냐하면 무고하게 박해받은 사람은 보잘것없는 자신에 대한 자부심을 오랫동안 정의에 대한 순수한 사랑으로 여기게 되기 때문이다. 그렇지만 진정한 원천을 일단 잘 알고 나면, 그것을 고갈시키든지 적어도 그 방향을 돌려놓기란 쉬운 일이다. 자신감은 자존심이 강한 영혼의 최대 원동력이다. 착각이 풍부한 자존심은 스스로를 그런 자신감으로 위장하고 그것으로 여겨지도록 한다. 하지만 마침내 그런 기만이 발각되어 자존심이 더 이상 숨어 있을 수 없게 되면 그때부터 그것은 더 이상 두려워할 존재가 아니게 되고, 비록 질식시켜버리기는 어렵겠지만 적어도 쉽게 제압할 수는 있게 된다.

나는 결코 자존심이 강했던 적이 없었다. 그러나 사교계에 있을 때 그런 인위적인 열정이 나의 마음속에서 고조되었었는데, 특히 내가 저작자였을 때 그러했었다. 아마도 다른 사람들보다는 약했을 테지만, 여하튼 나는 자존심이 굉장히 강했었다. 하지만 내가 얻게 되었던 끔찍한 교훈들은 나의 자존심을 곧 그 최초의 한계 속에 가두어버렸다. 처음에 나의 자존심은 그 부당함에 반항했었지만, 결국에는 개의치 않게 되었기 때문이다. 나의 자존심은 나의 영혼 속에 틀어박힌 채로 자신을 까다롭게 만드는 외부와의 관계를 끊고 비교나 편애를 포기하고서, 내가 나 자신에게는 좋은 사람이었다는 것으로 만족해했다. 그때 나의 자존심은 다시 나 자신에 대한 사랑이 되었고, 자연의 질서 속으로 다시 돌아왔으며, 나를 세론의 멍에로부터 해방시켜주었다.

그때부터 나는 영혼의 평화를 되찾았고 지복(至福)도 거의 되찾았다. 어떤 상황에 처해 있든지 간에, 사람들이 끊임없이 불행한 것은 오로지 자존심 때문이다. 자존심이 침묵하고 이성이 말을 하게 되면, 마침내 이성은 우리 마음대로 피할 수 없는 모든 불행에 대해 우리를 위로해준다. 이성은 그 모든 불행이 즉각적으로 우리에게 영향을 미치는 것이 아닌 한 그것을 소멸시켜버리기까지 한다. 그것에 대해 신경 쓰기를 멈추면 그것이 가하는 가장 비통한 타격들도 피할 수 있는 것이 확실하기 때문이다. 모든 불행은 그것을 생각하지 않는 자에게는 아무것도 아니다. 모욕, 복수, 불공평, 능욕, 부당함이란 자신이 견뎌내는 불행들 속에서 불행 자체만을 볼 뿐 그 의도를 보지 않는 자에게는 아무것도 아니고, 스스로에 대한 평가에 있어 자신의 위치가 다른 사람들이 자기네들 좋을 대로 그에게 부여하는 위치에 의존하지 않는 자에게는 아무것도 아니다. 사람들이 나를 보는 방식이 어떠하든지 그들은 나의 존재를 바꿀 수 없을 것이다. 그들의 힘과 모든 음험한 술책에도 불구하고 나는 그들이 무엇을 하든, 그들의 방해를 무릅쓰고 현재의 나로 계속 있을 것이다. 나에 대한 그들의 태도가 나의 실제 상황에 영향을 미치는 것은 사실이다. 그들이 나와 자기네 사이에 가로놓은 장벽은 노쇠함과 궁핍함에 처해 있는 나에게 모든 생계와 원조 수단을 빼앗고 있다. 그 장벽은 나에게 돈조차도 소용없는 것으로 만들고 있는데, 돈은 나에게 필요한 도움을 줄 수 없기 때문이다. 그들과 나 사이에는 이제 더 이상 교류도, 상호간의 원조도, 서신 교환도 없다. 그들 한가운데서 외톨이인 나에게 의지할 수 있는 사람이라고는 나 자신밖에 없지만, 그런 의지물이란 나의 연배와 처지에서는 매우 힘없는 것이다. 그런 불행들은 큰 것이지만, 내가 그 때문에 화를 내지 않고서도 견뎌 낼 수 있게 된 이후로는 그것들은 나에 대해 일체의 힘을 상실하고 말았다. 정말로 결핍이 느껴지는 상황들은 드물다. 그런데 예측과 상상력은 그것들을 증가시키고, 바로 그런 감정의 지속으로 인해 사람들은 불안해하고 또 자신을 불행하게 만든다. 나로서는 내일 고통받게 되리라는 것을 알아봤자 소용이 없으며, 오늘 고통받지 않는 것만으로도 충분히 마음 편할 수 있다. 나는 내가 예상하는 불행 때문에는 전혀 가슴 아파하지 않는다. 단지 내가 현재 느끼는 불행 때문에 마음이 상할 뿐이다. 그리고 그 사실은 내가 예상하는 불행을 전혀 대수롭지 않은 것으로 만들어버린다. 나는 혼자 병들어서 침대에 방치된 채, 아무도 걱정해주지 않는 상태에서 가난과 추위와 배고픔으로 죽어갈 수도 있다. 하지만 나 자신조차 그것에 대해 걱정하지 않은들 무슨 상관이고, 나의 운명이 어떠하든 남들만큼이나 전혀 신경 쓰지 않은들 무슨 상관이란 말인가? 특히 내 나이에 삶과 죽음, 질병과 건강, 부와 빈곤, 명예와 치욕을 똑같이 담담하게 바라보는 것을 배웠다는 것이 과연 무의미할까? 다른 모든 노인들은 모든 것에 대해 불안해한다. 하지만 나는 아무것에 대해서도 불안해하지 않는다. 비록 무슨 일이 생길지라도 모든 것이 나에게는 상관없으며, 그런 초연함은 내 지혜의 산물이 아니라 나의 적들이 만들어낸 성과이다. 그러니 그런 특혜를 그들이 나에게 행하는 악행들에 대한 보상으로 여기는 것을 배우자. 그들은 나를 역경에 무감각하게 만듦으로써, 그 타격에 내가 피해를 입지 않도록 해주는 것보다 더 많은 선을 나에게 행했던 것이다. 만일 내가 그런 역경을 겪지 않았더라면 계속해서 그것을 두려워할 수도 있을 테지만, 그것을 극복하고 있기 때문에 나는 더 이상 두려워하지 않는다.

이런 마음가짐은, 삶의 난관 속에서도 나를 가장 완벽한 행운 속에서 살고 있는 것만큼이나 거의 전적으로 천성적인 무심함에 빠져들게 한다. 눈앞의 사물들로 인해 가장 고통스러운 불안을 상기하게 되는 아주 짧은 순간들은 제외하고 말이다. 나머지 모든 시간에는, 나를 끌어당기는 감정의 성향에 이끌린 채 내 마음은 자신에게 적합한 감정들로 여전히 스스로를 살찌운다. 그러면 그런 감정들을 만들어내서 나와 공유하는 상상의 존재들과 나는, 마치 그런 존재들이 정말로 존재하기라도 하듯 그런 감정들을 함께 즐긴다. 그런 상상의 존재들은 그것들을 만들어낸 나를 위해 존재하며, 나는 그것들이 나를 배신하거나 저버릴까 봐 두려워하지 않는다. 그 존재들은 나의 불행 자체가 계속되는 한 지속될 것이고, 나에게 그 불행을 잊게 해주기에 충분할 것이다.

모든 것이 나를, 본래 내가 누리도록 태어났던 행복하고도 기분 좋은 삶으로 다시 데려다준다. 내가 기꺼이 내 정신과 감각을 내맡기는 교훈적이면서도 마음에 들기까지하는 대상들에 몰두하거나, 혹은 내 마음대로 창조해낸 상상의 산물들과 함께 ─그것들과의 교류는 내 마음의 감정들을 북돋운다─ 혹은 나 혼자서, 나 자신에 만족하면서 내가 받아 마땅하다고 느끼는 행복으로 이미 충만한 채 나는 하루 생활의 대부분을 보낸다. 그 모든 것에 있어서 전적으로 작용하는 것은 나 자신에 대한 사랑이며, 자존심은 조금도 개입되지 않는다. 하지만 여전히 사람들 한가운데서 그들의 음흉한 호의와 조롱하는 과장된 찬사, 짐짓 상냥한 악의의 희생자로서 보내게 되는 서글픈 순간들에는 그렇지 못하다. 내가 어떤 방식으로 처신하든지 간에 그때는 자존심이 개입된다. 그런 조잡한 겉치레를 통해 그들의 마음속에서 보게 되는 증오와 적의는 나의 마음을 고통으로 미어지게 만든다. 그리고 그처럼 어리석게 속임을 당했다는 생각은 고통에 매우 유치한 원통함을 덧붙이기까지 하는데, 그런 원통함은 내가 그것의 모든 우둔함을 절실히 느끼면서도 제압할 수 없는 어리석은 자존심의 결실이다. 그런 모욕적이고 조롱하는 시선들에 익숙해지기 위해 내가 했던 노력은 엄청나다. 그런 잔인한 조롱들에 나 자신을 단련시키려는 단 하나의 목표를 가지고서, 나는 공공 산책로들과 사람들 왕래가 가장 많은 장소들을 매우 자주 지나다녔다. 하지만 나는 그것에 성공할 수 없었을 뿐만이 아니라 진척시킨 것도 전혀 없었다. 고통스럽고 헛된 모든 노력을 한 뒤의 나는 이전과 아주 똑같이 쉽게 동요되며 상심하고 분개할 뿐이었다.

무슨 일을 하든지 감각에 의해 지배를 받는 나는 한 번도 그것이 주는 인상에 저항해볼 수가 없었다. 대상이 나의 감각에 작용하는 한 나의 마음은 계속 그것에 영향을 받는다. 하지만 그런 일시적인 감정은 그것을 야기하는 감각이 있는 동안에만 계속될 뿐이다. 증오에 찬 사람을 눈앞에 보게 되면 나는 격하게 영향을 받지만, 그가 사라지자마자 곧 그런 인상도 사라지고 만다. 더 이상 그를 보지 않게 되는 순간 나는 더 이상 그를 생각하지 않기 때문이다. 내가 그가 나에 대해 신경을 쓰리라는 것을 알아봤자 소용이 없으며, 나는 그에 대해 신경을 쓸 수 없을 것이다. 내가 현재 느끼지 않는 고통은 절대로 나에게 영향을 미칠 수 없으며, 내가 전혀 보지 못하는 박해자는 나에게 존재하지 않는 것과 마찬가지이다. 나는 이런 태도가 나의 운명을 좌우하는 자들에게 유리하다는 것을 안다. 그러니 그들이 마음대로 그것을 좌지우지해 보기를! 나로서는 그들의 공격으로부터 나 자신을 보호하기 위해 억지로 그들에 대해 생각을 해야 하느니, 차라리 그들이 아무런 방해도 받지 않고 나를 괴롭힐 수 있는 것이 더 낫다.

나의 감각이 마음에 행하는 그런 작용은 나의 생활에 있어 유일한 고통이다. 아무도 만나지 않는 날에는 나는 더 이상 나의 운명에 대해 생각하지 않는다. 더 이상 그것을 느끼지도 않고, 더 이상 괴로워하지도 않으며, 기분전환이나 방해물 없이 행복하고 만족해한다. 하지만 나는 어떤 현저한 타격은 거의 피하지를 못한다. 전혀 생각하지도 않고 있을 때 얼핏 보게 된 어떤 몸짓과 험악한 눈길, 듣게 된 어떤 가시 돋친 말, 우연히 마주치게 된 악의를 가진 어떤 자는 나의 마음을 뒤흔들어 놓기에 충분하다. 그런 경우에 내가 할 수 있는 일이라고는 아주 재빨리 잊어버리고 피하는 것이 전부이다. 내 마음의 동요는 그것을 야기했던 대상이 사라지게 되면 함께 사라져버리고, 나는 혼자가 되자마자 다시 평정을 되찾는다. 혹시라도 뭔가가 나를 불안하게 한다면, 그것은 바로 내가 도중에 어떤 새로운 고통의 원인과 마주치게 되지나 않을까 하는 두려움이다. 바로 거기에 나의 유일한 고통이 있는데, 그 고통은 나의 행복을 변질시키기에 충분하다. 나는 파리 한 가운데에 살고 있다.[2] 집을 나서면서 나는 전원과 고독을 열렬히 열망한다. 그런데 그런 것을 찾으려면 너무나 멀리 가야만 하기 때문에, 마음 놓고 숨을 쉴 수 있기도 전에 나는 도중에 마음을 옥죄어오는 수많은 대상들을 발견하게 된다. 그리하여 내가 찾으러 가는 안식처에 당도하기도 전에 하루의 반나절이 번뇌 속에 지나가버린다. 사람들이 내가 가려던 곳에 끝내 도착하도록 내버려둔다면 그나마 운이 좋은 셈이다. 악인들의 행렬로부터 벗어나는 순간이야말로 그지없이 감미롭다. 나무 아래, 푸르른 초목 한가운데에 있는 나 자신을 발견하게 되자마자 내가 지상낙원에 있는 것같이 생각되고, 내가 이 세상에서 가장 행복한 자라면 느낄 수 있을 만큼의 생생한 내적인 기쁨을 맛보게 된다.

오늘날 나에게 그토록 감미롭게 느껴지는 이 동일한 고독한 산책이, 내 짧은 행운의 시기들 동안에는 무미건조하고 권태롭게 느껴졌었다는 것을 나는 분명히 기억한다. 전원에 있는 누군가의

---

2 이 당시 루소는 〈두 번째 산책〉에서 언급되었던 파리 우안의 서민적 지구 플라트리에르 거리(현재의 장 자크 루소 거리)에 살고 있었다.

집에 있었을 때 나는 운동을 하고 신선한 공기를 마실 필요가 있어 혼자 종종 밖에 나가고는 했는데, 마치 도둑처럼 집에서 빠져나와 정원이나 들판으로 산책하러 가고는 했다. 하지만 거기에서 내가 오늘날 맛보고 있는 행복한 평정을 발견하기는커녕, 살롱[3]에서 나의 관심을 사로잡았던 헛된 생각들로 인한 동요를 그곳까지 가져갔었다. 살롱에 두고 온 사람들에 대한 기억이 고독 속으로 나를 뒤쫓아왔고, 자존심의 증기와 사교계의 소란스러움이 내 눈에 작은 숲들의 싱그러움을 뿌옇게 흐려놓으며 은신처의 평화를 깨뜨려버리고는 했다. 숲 속 깊은 곳으로 도피해도 소용이 없었는데, 성가신 무리가 사방에서 나를 뒤쫓아와서 온 자연을 나의 눈에 보이지 않게 가려버리고는 했기 때문이다. 나는 사회적 열정과 그것이 수반하는 일련의 유감스러운 것들로부터 멀어진 후에야 자연을 그 모든 매력과 함께 다시 발견하게 되었다.

그런 최초의 본의 아닌 감정의 동요를 억누르는 것이 불가능함을 확신하고서, 나는 그것을 억누르기 위한 일체의 노력을 멈춰버리고 말았다. 타격을 받을 때마다 나는 피가 끓어오르고 분노와 상상력이 감각을 사로잡도록 내버려둔다. 내 모든 노력으로도

---

3 프랑스어로 '응접실'이라는 뜻으로, 17세기 프랑스에서 귀족이나 부르주아의 부인이 응접실을 개방하고, 취미나 기호를 같이하는 사람들을 초대하여 문학·예술·학문 전반에 대해 자유롭게 이야기를 즐김으로써 사교문화가 발달하였는데, 독특한 생활·정신·관습을 만들어냄으로써 이후 2세기 동안 프랑스의 사회와 문화에 지대한 영향을 주었다. 출입층은 귀족, 부르주아 계층, 그리고 지식인이 대부분이었고, 18세기의 살롱은 재능 있는 자와 야심 많은 자들을 위한 우아한 사회적 미팅 장소로 자리 잡았다.

멈출 수 없고 중단시킬 수도 없는 그런 최초의 폭발을 그냥 내버려둔다. 다만 그 폭발이 어떤 결과를 초래하기 전에 그 여파를 막으려고 애쓸 뿐이다. 번득이는 눈, 달아오른 얼굴, 사지의 떨림, 숨 막힐 것 같은 심장의 고동, 이 모든 것은 오로지 육체와 관계 있는 것으로 이성적 사유는 그것에 대해 어찌해볼 도리가 없다. 그렇지만 일단 성질을 폭발시킨 후 사람들은 조금씩 지각을 되찾아가면서 자기 자신의 주인이 될 수가 있다. 그것이야말로 내가 오랫동안 애를 써봤지만 성공하지 못했던 바인데, 그래도 결국에는 더 나아지게 되었다. 나는 헛된 저항에 힘을 소모하기를 멈추고, 나의 이성이 작용하도록 내버려둠으로써 승리의 순간을 기다린다. 왜냐하면 이성은 자신의 소리에 내가 귀를 기울일 수 있을 때에만 비로소 내게 말을 하기 때문이다. 그런데 대체 내가 무슨 말을 하고 있는가! 나의 이성이라 했나? 그런 승리의 영예를 나의 이성에게 돌린다면 더욱 큰 잘못일 것이다. 왜냐하면 이성은 그 승리에 전혀 관계가 없기 때문이다. 모든 것은 일종의 격렬한 바람이 뒤흔들어놓는 변덕스러운 기질로부터 똑같이 생겨나는데, 그 변덕스러운 기질은 바람이 더 이상 불지 않게 되는 순간 평정을 되찾게 된다. 나를 흥분하게 만드는 것도 바로 나의 격렬한 천성이며, 나의 마음을 가라앉게 하는 것도 바로 나의 무사 안일한 천성이다. 나는 현재의 모든 충동에 몸을 맡기며, 모든 충격은 내게 강렬하지만 짧은 감정의 동요를 안겨준다. 충격이 더 이상 없게 되자마자 그 동요는 멈춰버리고, 나의 내면에 파급된 그 무엇도 지속되지 못한다. 천성적으로 그렇게 타고난 사람에게는, 운명이 안겨주는 온갖 사건도 사람들의 온갖 간계도 거의 영향력을 미치지 못한다. 내게 지속적인 고통을 주려면 그 인상이 매 순간 재생되어야만 할 것이다. 왜냐하면 아무리 짧은 시간적 간격이라도 시간적 간격만 있다면 나를 나 자신으로 돌아오게 하기에 충분하기 때문이다. 사람들이 나의 감각에 작용할 수 있는 동안에는 나는 그들이 바라는 바대로 된다. 하지만 틈이 생기자마자 그 순간 나는 자연이 바랐던 바대로 되돌아간다. 그것이야말로 사람들이 무슨 짓을 한다 해도 변함없는 가장 항구적인 나의 상태이며, 바로 그 상태에서 나는 운명의 장난에도 불구하고 내가 그것을 위해 태어났다고 느끼는 행복을 맛보게 되는 것이다. 나는 이런 상태를 나의 몽상들 중 하나에서 묘사한 바 있다.[4] 이 상태가 너무나 마음에 들기 때문에 나는 그것이 지속되는 것 외에 달리 바라는 바가 없으며, 그것이 깨지게 될까 봐 염려할 뿐이다. 사람들이 내게 행한 악행은 내게 전혀 상처를 입히지 못했다. 다만 그들이 아직도 내게 행할 수 있는 악행에 대한 두려움만이 나를 불안하게 할 수 있다. 하지만 이제는 그들이 어떤 영속적인 감정으로 나를 동요시킬 수 있는 새로운 영향력을 더 이상 가지고 있지 않다는 것이 확실하기 때문에, 나는 그들의 모든 음모를 비웃으며 그들에게 아랑곳하지 않고 나 자신을 즐기고 있다.

---

4 〈다섯 번째 산책〉을 상기시킨다.

아홉 번째 산책

행복이란 이 세상에서는 인간을 위해 만들어진 것처럼 보이지 않는 어떤 항구불변의 상태이다. 지상에서는 모든 것이 끊임없는 흐름 속에 있는데, 그 흐름은 어떤 것도 변함없는 형태를 지니도록 허용하지 않는다. 우리 주위에 있는 모든 것이 변한다. 우리 자신도 변하며, 그래서 아무도 오늘 사랑하는 것을 내일도 사랑하리라고 확신할 수 없다. 따라서 현세를 위한 우리의 모든 행복 계획은 공상에 불과하다. 정신적 만족이 찾아오면 그것을 만끽하자. 우리의 실수로 그것을 쫓아버리지 않도록 조심하자. 하지만 그것을 묶어놓을 계획일랑 세우지 말자. 왜냐하면 그런 계획은 완전히 미친 짓이니까. 나는 행복한 사람을 거의 만나본 적이 없다. 아마 전혀 만나본 적이 없을 것이다. 하지만 만족해하는 사람들은 종종 만나본 적이 있는데, 나에게 인상적이었던 모든 대상들 중에서도 그런 사람이야말로 나에게 가장 큰 만족감을 주었다. 나는 그것이 나의 내적 감정에 미치는 감각이 지닌 힘의 자연스러운 영향력이라고 생각한다. 행복에는 외적인 표시가 전혀 없다. 그것을 알아보려면 행복한 사람의 마음을 읽어내야만 할 것이다. 하지만 만족감은 눈에서, 태도에서, 어조에서, 걸음걸이에서 읽히며 그것을 알아채는 사람에게로 전염되는 것처럼 보인다. 축제일에 민중 전체가 환희에 빠져 있는 모습이나, 인생의 암운(暗雲)을 순식간이지만 강렬하게 관통하는 기쁨의 뻗쳐나가는 빛줄기에 모든 이의 마음이 환하게 밝아지는 것을 보는 일보다 더 감미로운 즐거움이 있을까?

사흘 전에 P씨[1]가 몹시 신이 나서 찾아와 달랑베르 씨가 쓴 조프랭 부인 추도사를[2] 보여주었다. 그것을 나에게 읽어주기 전에 P씨는 그 작품의 우스꽝스러운 신어법(新語法)과 그 작품에 가득하다는 웃음을 자아내는 말장난들에 대해 한참 동안 크게 웃어댔다. 그는 계속 웃으면서 글을 읽기 시작했고, 나는 그를 진정시킬 만큼 진지한 표정으로 귀를 기울였다. 내가 전혀 자신을 따라 웃지 않는 것을 보고서는 그도 결국 웃음을 멈추었다. 그 작품에

---

1 피에르 프레보(Pierre Prévost, 1751~1839)를 지칭. 제네바 출신으로 제네바와 파리에서 교사 생활을 했던 그는 루소의 말년인 1777~1778년에 친교가 있었다고 한다.
2 백과전서파 철학자이자 수학자인 달랑베르(Jean Le Rond d'Alembert, 1717~1783)가 18세기 후반 유럽 제일의 살롱으로 명성이 자자했던 문학 살롱의 여주인 마리 테레즈 로데 조프랭(Marie-Thérèse Rodet Geoffrin, 1699~1777)이 사망하자 쓴 추도사.

서 제일 길고 세심하게 쓰인 부분은, 조프랭 부인이 아이들을 만나고 아이들에게 이야기를 하게끔 한 데에서 느꼈던 기쁨을 주제로 해서 전개되고 있었다. 저자는 그런 성향으로부터 선량한 천성의 증거를 정당하게 이끌어내고 있었다. 그런데 그는 거기서 멈추지 않고 부인과 동일한 취향을 갖고 있지 않은 사람은 모두 나쁜 천성과 악의를 가졌다고 단호하게 비난하고 있었으며, 교수대나 차형(車刑)장으로 끌려가는 자들에게 그 점에 관해 물어본다면 그들 모두 아이들을 사랑하지 않았음을 인정할 거라고 말할 정도였다. 그런 주장들은 그 문맥상의 위치에 있어 야릇한 인상을 주고 있었다. 그 모든 주장이 진실이라고 해도, 과연 거기에서 그것을 말할 상황이었던가? 존경할 만한 여인에 대한 추도사를 형벌과 범죄자의 이미지들로 훼손시켰어야만 했던가? 나는 그런 비열한 가식의 동기를 쉽사리 알 수 있었다. 그래서 P씨가 읽기를 마쳤을 때 나는 그 추도사에서 좋게 생각되었던 점을 지적하면서, 저자가 그것을 쓰면서 마음속에 우정보다는 증오를 더 많이 품고 있었다고 덧붙여 말했다.

그 다음 날, 날씨가 춥기는 했지만 상당히 화창했으므로 나는 에콜 밀리테르(프랑스 육군사관학교)까지 산책을 가서 그곳에서 만개한 이끼들을 찾아볼 생각이었다. 가는 길에 나는 그 전날의 방문에 대해, 또한 달랑베르 씨의 작품에 대해—내 생각에 그 삽화(插話)적으로 덧붙인 부분이 결코 무심코 넣은 것이 아닌—곰곰이 생각해보았다. 하필 나에게, 사람들이 모든 것을 숨기려고

만 하는 나에게 구태여 그 소책자를 가져온 그 부자연스러움만으로도 그렇게 한 목적이 무엇인지 나는 충분히 알 수 있었다. 나는 나의 아이들을 '레 장팡 트루베'³에 위탁한 바 있었다. 그것만으로도 나를 자식을 버린 악독한 아비로 둔갑시키기에 충분했었고, 그때부터 사람들은 그런 생각을 확대시키고 부풀리면서 차츰차츰 내가 아이들을 싫어한다는 확고한 결론을 끄집어냈었다. 이런 일련의 사고 단계를 따라가다 보니, 인간의 계교가 얼마나 능란하게 사물을 흰 것에서 검은 것으로 바꿔놓을 수 있는지 놀라게 될 따름이었다. 왜냐하면 귀여운 어린애들이 함께 장난치며 노는 모습을 보는 것을 나보다 더 좋아하는 사람이 있으리라고는 생각하지 않기 때문이다. 나는 종종 길거리와 산책로에서 걸음을 멈추고 아이들의 장난과 소소한 귀여운 놀이들을 관심 있게 지켜보는데, 나의 그런 관심을 공유하는 사람을 아무도 보지 못했다. P씨가 왔던 바로 그날만 해도 그가 방문하기 한 시간 전에 나는 집 주인 수수와의 아이들 중 가장 어린 아이 둘의 방문을 받았었는데, 그중에 더 나이 많은 아이는 일곱 살 정도였다. 아이들은 와서 나를 아주 기꺼이 포옹했었다. 그래서 나도 그들을 아주 다정하게 쓰다듬어주었으며, 현격한 나이 차이에도 불구하고 그 아이들은 진심으로 나와 함께 있기를 좋아하는 것처럼 보였

3 les Enfants-Trouvés, '발견된 아이들'이란 뜻으로, 파리에 있던 고아원 이름. 정식 명칭은 L'hôpital des Enfants-Trouvés de Paris. 루소는 테레즈와의 사이에서 낳은 다섯 아이를 모두 이곳에 위탁했고, 후일 아이들을 찾으려 시도하나 결국 못 찾고 포기했다.

다. 나의 늙은 얼굴이 그 아이들에게 혐오감을 불러일으키지 않는 것에 나는 기뻐서 어쩔 줄 몰랐다. 특히 둘 중에 더 어린 아이가 또다시 아주 기꺼이 나에게로 오는 것처럼 보이자 둘보다도 더 어린아이처럼 된 나는 더 어린 그 아이에게 더욱 애착을 느끼게 되어, 그 아이가 내 자식이었더라면 느꼈을 만큼의 서운한 마음으로 그 아이가 떠나는 모습을 지켜보았었다.

내가 내 아이들을 '레 장팡 트루베'에 위탁한 것에 대한 비난이 표현이 좀 과장되면서, 자식을 버린 악독한 아비이며 아이들을 싫어한다는 비난으로 쉽사리 변질되었음을 나는 알고 있다. 하지만 나로 하여금 그러한 행보를 결심하게 만들었던 것은 다름아니라 아이들에게 닥칠 수도 있을, 모든 다른 방법으로는 거의 피할 수 없을 천배는 더 나쁜 운명에 대한 두려움이었다는 것은 확실하다. 내가 그 아이들이 어떤 사람이 되는지에 대해 좀 더 무관심했더라면, 손수 그들을 키울 수 있는 상태가 아니었던 나로서는 그 아이들을 망쳐놓았을 그들의 모친과 그들을 괴물로 만들어놓았을 그녀의 가족이 그 아이들을 양육하도록 내버려두었어야만 했을 것이다. 그 생각만 하면 나는 아직도 오싹해진다. 마호메트가 세이드를 가지고 했던 짓[4]은, 사람들이 나의 아이들을 가지고 나에게 했었을 수도 있는 짓에 비하면 아무것도 아니다.

---

4 1736년에 쓰였고 1741년에 초연된 볼테르의 비극《광신 혹은 예언자 마호메트(*Le fanatisme ou Mahomet le prophète*)》에서 마호메트의 말을 맹목적으로 집행하여 친부를 죽이게 되는 세이드(Séide)를 상기시킨다.

그 후에 사람들이 아이들 일로 나에게 파놓은 함정들은, 그런 계획이 세워져 있었다는 사실을 나에게 충분히 입증해주었다. 사실 그 당시에는 그런 잔혹한 음모를 나는 전혀 예상도 못했었다. 다만 나의 아이들에게 가장 위험성 없는 교육이 '레 장팡 트루베'의 교육이라는 것을 알고 있었고 그래서 거기에 아이들을 위탁했던 것이다. 만일 지금 그 일을 해야 한다면 나는 훨씬 더 주저함 없이 다시 그렇게 할 것이다. 하지만 습관이 조금만 본성을 도왔더라도, 나는 내가 그들에게 그 누구보다도 더 다정다감한 아버지가 되었으리란 것을 잘 알고 있다.

만일 내가 인간의 마음에 대한 지식에 있어 다소의 진보라도 이루었다면, 그런 지식을 나에게 가져다주었던 것은 바로 내가 아이들을 만나거나 주의 깊게 바라보며 느끼고는 했던 기쁨이다. 그 동일한 기쁨이 나의 젊은 시절에는 그러한 지식에 일종의 장애물이었는데, 왜냐하면 아이들과 아주 즐겁고도 기꺼이 노느라고 아이들을 연구해볼 생각은 전혀 하지 못했었기 때문이다. 하지만 늙어가면서 나의 노쇠한 얼굴이 아이들을 불안하게 만든다는 것을 알아차리게 되자 나는 그들을 괴롭히기를 삼가게 되었고, 그들의 즐거움을 방해하느니 차라리 나의 기쁨을 포기하는 편이 더 좋았다. 그래서 그들의 놀이들과 모든 소소한 귀여운 술책들을 지켜보는 것으로 만족해하면서, 나는 나의 희생에 대한 보상을 그런 관찰이 나에게 얻게 해준 지식, 본성의 최초의 진정한 충동에 대한—우리의 모든 현학자들은 전혀 아는 바가 없는

—지식 속에서 발견하게 되었다. 나는 기꺼운 마음으로 하지 않았다면 도저히 불가능했으리만치 그런 연구에 너무나도 정성을 다해 전념했으며, 그 증거를 나의 저서들 속에 기록해놓은 바 있다. 그러므로 《엘로이즈》[5]와 《에밀》이 아이들을 사랑하지 않았던 남자의 작품이었다는 것은 분명 이 세상에서 가장 믿기 어려운 일일 것이다.

나는 임기응변의 재치도 능란한 말주변도 결코 가져본 적이 없었다. 하지만 불행이 찾아온 이후로, 나의 혀와 머리는 점점 더 어찌할 바를 모르게 되었다. 생각도 적당한 단어도 좀처럼 떠오르지 않는데, 아이들에게 하는 말보다 더 나은 분별력과 더 정확한 표현의 선택을 요구하는 것은 없다. 그런 당혹감을 나의 마음속에서 더욱 증가시키는 것은, 특별히 아이들을 위해 저술을 한 바 있기 때문에 고견(高見)만을 말할 것이라고 여겨지는 남자의 입에서 나오는 모든 말에 듣는 이들이 기울이는 주의, 그들이 부여하는 중요성과 여러 해석들이다. 그런 극심한 곤혹스러움과 스스로 느끼는 부적격함이 나를 불안하게 만들고 당황스럽게 한다. 그래서 나로서는, 내가 재잘거리게 만들어야만 하는 어린애 앞에서보다는 아시아의 군주 앞에서 마음이 훨씬 더 편할 것 같다.

지금은 또 다른 어려움이 나로 하여금 아이들로부터 더 멀리

---

5 루소의 서간체 소설 《신(新)엘로이즈(La Novelle Héloïse)》(1761)를 말한다.

떨어져 있게 한다. 불행이 찾아온 이후로 나는 아이들을 만나게 되면 여전히 그전과 같이 기쁘기는 하지만, 더 이상 그전과 같은 친밀감을 그들에게 느끼지 못한다. 아이들은 노인을 좋아하지 않는다. 쇠약한 자연의 모습은 그들의 눈에 보기 흉하고, 그들의 혐오를 알아차리게 되면 나는 몹시 가슴이 아프다. 그래서 나로서는 그들에게 난처함이나 혐오감을 주기보다 그들을 쓰다듬는 것을 삼가는 편이 더 좋다. 그런데 정말로 애정 깊은 영혼에만 작용하는 이런 동기는 우리의 남녀 현학자들에게는 무가치한 것이다. 조프랭 부인은 자신이 아이들에게서 기쁨을 느끼는 이상 아이들이 그녀에게서 기쁨을 느끼는지는 별로 신경을 쓰지 않았었다. 하지만 그런 기쁨은 나에게는 무가치한 것보다도 더 나쁜 것으로, 공유되지 않는 기쁨이란 무의미하다. 그리고 나는 이제는 더 이상 어린아이의 마음이 나의 마음과 함께 환하게 밝아지는 것을 보고는 했던 처지에도, 나이에도 있지 않다. 만일 그런 일이 또 다시 나에게 일어날 수 있다면, 이전보다 더 희귀해진 그런 기쁨은 나에게 더욱 강렬하게 느껴질 수밖에 없을 것이다. 그런데 그날 아침에 나는 수수아의 아이들을 쓰다듬으면서 느꼈던 애정을 통해 그런 기쁨을 충분히 경험할 수 있었다. 왜냐하면 나로서는 그 아이들을 데리고 온 하녀가 별로 부담스럽게 느껴지지 않았고 그녀 앞에서 내가 하는 말에 신경 쓸 필요를 덜 느꼈을 뿐만 아니라, 아이들이 나에게 다가왔을 때의 명랑한 표정이 그들에게서 전혀 사라지지를 않았고 그 아이들이 나에게 기분 상해 하거나 싫증을 내는 것처럼 보이지도 않았기 때문이다.

오! 비록 아직 아이 옷을 입은 어린아이의 마음에 불과하다 할 지라도 마음에서 우러나온 순수한 호의를 느낄 수 있는 몇몇 순 간을 가져볼 수 있다면, 누군가의 눈 속에서 나와 함께 있다는 데 대한 기쁨과 만족을 발견할 수 있다면, 나의 마음에서 흘러나오 는 짧지만 기분 좋은 감정은 얼마나 많은 불행과 고통을 보상해 줄 것인가! 아! 그렇다면 나는 이제 사람들 가운데에서는 찾아 볼 수 없는 나를 향한 호의의 시선을 어쩔 수 없이 동물들 가운 데서 찾을 필요가 없을 것이다. 나는 그런 경우에 대해 정말로 몇 안 되는, 하지만 나의 기억 속에 여전히 소중하게 남아 있는 예들 에 비춰 그렇게 판단할 수 있다. 여기 그 한 예가 있으니 내가 전혀 다른 처지에 있었더라면 거의 잊어버렸을 것으로, 그것이 나에게 준 인상은 나의 비참함을 묘사해준다. 2년 전에 나는 누벨 프랑 스[6] 쪽으로 산책하러 갔다가 더 멀리 발걸음을 옮긴 적이 있었는 데, 왼쪽으로 접어들면서 몽마르트르 언덕 주위를 돌 생각으로 클리냥쿠르 마을을 가로질러 갔다. 멍하니 몽상에 잠겨 주변은 바라보지도 않고 걷고 있었는데, 갑자기 뭔가가 내 무릎을 붙잡 는 것이 느껴졌다. 쳐다보니 대여섯 살 정도 되는 꼬마 아이가 나 의 무릎을 있는 힘껏 껴안고 있었는데, 나를 너무나 허물없고 다

---

6 Nouvelle-France, 오늘날 파리의 포부르 푸아소니에르(faubourg Poissonnière) 또는 카르티에 푸아소니에르(quartier Poissonnière)라고 불리는 지역의 옛 이름.

정한 표정으로 쳐다보고 있어서 나는 마음속 깊이 감격하며 생각했다. '나의 아이들이 나를 이렇게 대했을 테지.' 나는 그 아이를 품안에 안고는 일종의 홍분 상태에서 여러 차례 뽀뽀를 해주었다. 그러고는 가던 길을 계속 갔다. 걸어가는 동안 뭔가 아쉬운 느낌이 들었고, 마음에 생겨난 어떤 욕구가 내게 가던 길을 되돌아가도록 만들었다. 나는 그 아이를 너무 급작스럽게 떠나온 것을 후회했다. 뚜렷한 이유 없는 그 아이의 행동에서 나는 소홀히 넘겨서는 안 될 일종의 영감을 발견했다고 생각했다. 마침내 유혹에 굴복하여 나는 발길을 돌렸다. 그 아이에게 급히 서둘러 가서 다시 한 번 안아주고는, 마침 그곳을 지나가던 낭테르 빵 장수에게 조그만 빵들을 살 수 있도록 그 아이에게 돈을 주었다. 그러고는 그 아이가 재잘거리도록 말을 시키기 시작했다. 아이에게 아버지는 어디에 계시느냐고 묻자, 아이는 큰 통들에 테를 메우고 있는 제 아버지를 가리켰다. 나는 아이를 놔두고 그에게 말을 하러 가려는 참이었는데, 그때 사람들이 줄곧 나를 뒤쫓도록 하고 있는 첩자들 중 하나로 보이는 안색이 나쁜 남자가 선수를 치는 게 보였다. 그 남자가 아이의 아버지에게 귀엣말을 소곤거리고 있는 동안에, 통 제조공의 시선은 전혀 우호적이지 않은 표정을 띠고 주의 깊게 나에게 고정되어 있었다. 그런 모습은 당장에 나의 심장을 옥죄어왔다. 그리하여 나는 가던 길을 되돌아왔을 때보다 더 재빠르게, 하지만 나의 기분을 온통 바꿔놓은 그때보다 덜 유쾌한 마음의 동요 속에서 아버지와 아이를 떠나왔다.

그렇지만 이후로 나는 그때 느꼈던 기분이 꽤 자주 되살아나는 것을 느꼈고, 그 아이를 다시 볼 수 있을까 하는 기대감 속에 여러 번 다시 클리냥쿠르를 지나갔다. 하지만 그 아이도, 그 아이의 아버지도 다시는 볼 수 없었다. 그리하여 그 우연한 만남으로부터 나에게 남은 것이라고는, 아직까지도 때때로 마음속까지 스며들지만 결국에는 항상 고통스러운 반응에 삼켜지며 끝나버리는 모든 감정들처럼, 즐거움과 슬픔이 늘 뒤섞여 있는 꽤 선명한 추억뿐이다.

모든 것에는 보상이 따른다. 내가 느끼는 기쁨이 드물어지고 짧아지긴 했지만, 그것을 느낄 때면 그것이 나에게 더욱 익숙했던 때보다도 더 생생히 음미하게 된다. 나는 말하자면 잦은 회상을 통해 그것을 되풀이하여 음미하는데, 비록 드물기는 해도 그 기쁨이 아주 순수할 때면 내가 행운에 처해 있었을 때보다도 물론 더 행복해진다. 극도의 빈곤 속에서는 사람들은 극히 적은 것으로도 자신을 부자라고 생각한다. 1에퀴를 발견한 거지는 황금 돈주머니를 발견한 부자보다 더 기뻐한다. 만일 사람들이 내가 내 박해자들의 감시를 피해 몰래 맛보는 그런 종류의 가장 사소한 기쁨이 나의 영혼 속에 만들어내는 인상을 알게 된다면 나를 비웃을 것이다. 그런 기쁨 중 하나를 4~5년 전에 맛보았는데, 회상할 때마다 그것을 너무나 잘 만끽했었다는 만족감에 나는 매우 흡족해하고는 한다.

어느 일요일, 나와 아내는 포르트 마이요에 점심 식사를 하러 갔었다. 식사 후 우리는 불로뉴 숲을 지나 라 뮈에트까지 갔다. 거기에서 그늘진 풀밭에 앉아 해가 떨어지기를 기다리고 있었는데, 해가 저물면 아주 느긋하게 파시를 지나서 되돌아갈 생각이었다. 그런데 수녀로 보이는 여선생의 인솔하에 스무 명쯤의 소녀들이 몰려오더니, 우리 곁 상당히 가까이에서 일부는 앉고 또 다른 일부는 장난을 치는 것이었다. 소녀들이 놀고 있는 동안에 우블리[7] 과자 장수가 북을 치며 룰렛을 메고 손님을 찾으면서 지나갔다. 보아하니 소녀들은 그 과자를 굉장히 먹고 싶어 했는데, 개중에 동전 몇 닢을 가진 듯한 두서너 명이 여선생님에게 제비뽑기를 할 수 있게 해달라고 요청하고 있었다. 여선생님이 주저하며 뭐라고 말하고 있는 사이에 나는 과자 장수를 불러서 '이 꼬마 아가씨들에게 각자 차례대로 뽑기를 하도록 해주시오, 내가 모두 지불할 테니'라고 말했다. 그 말은 소녀들 일행 전체에게 기쁨을 퍼뜨렸으며, 내가 그렇게 하느라고 지갑을 모두 털었다 해도 그 기쁨만으로 보상이 되고도 남을 법했다.

나는 소녀들이 약간 어수선하게 몰려드는 것을 보고 여선생님의 허락을 얻어서 모두 한쪽으로 정렬시킨 후, 한 명씩 차례로 뽑기를 한 후에 다른 쪽으로 가도록 했다. 꽝은 전혀 없었고 당첨이 안 된 소녀들에게도 최소한 과자 한 개씩은 돌아가 결코 한 명도

---

7 oublie. 중세시대부터 있던 얇고 둥근 모양의 발효제를 쓰지 않은 과자. 20세기 초까지도 우블리를 파는 장수(oublieur)들이 뚜껑에 룰렛이 달린 둥근 용기에 우블리를 담아 가지고 다니며 제비뽑기를 시키고 뽑히는 숫자에 따라 과자를 주었다고 한다.

불만스러워할 수 없었지만, 그런 축제 기분을 더욱 북돋우기 위해서 나는 몰래 과자 장수에게 보통 때 하던 것과는 반대로 가능한 한 당첨이 많이 되도록 재주를 부려주면 내가 계산해주겠다고 말했다. 그런 선견지명 덕분에, 거의 백 개에 가까운 과자가 분배되었지만 소녀들은 각자 단 한 번씩밖에 뽑기를 하지 않았다. 왜냐하면 그 점에 있어서는 내가 엄격해서, 남용을 조장하거나 불만족을 초래할 수 있는 편애를 드러내는 것을 원치 않았기 때문이다. 아내가 많이 뽑은 소녀들더러 친구들에게 나누어주도록 넌지시 말하자, 그 덕분에 분배는 거의 같아졌고 모두들 더 즐거워하게 되었다.

나는 수녀에게도 뽑으라고 청했다. 그녀가 그런 나의 청을 경멸하듯 거절할까 봐 걱정이 되었다. 하지만 그녀는 흔쾌히 받아들여, 기숙생들과 똑같이 뽑기를 해서 허물없이 자신의 몫을 취했다. 그런 행동에 나는 그녀에게 무한한 감사함을 느꼈다. 나는 그녀의 행동에서, 거짓으로 꾸민 공손함보다 훨씬 더 낫다고 생각되는 매우 마음에 드는 일종의 예의를 발견했다. 이런 모든 일이 일어나는 동안에 말다툼이 생겨서, 소녀들이 나에게 판단을 해달라고 왔다. 차례로 각자의 입장을 변론하던 그 소녀들 중에 예쁜 소녀는 한 명도 없었지만, 개중에 몇몇 소녀들의 상냥함이 못생긴 용모를 잊게 해준다는 사실을 나는 알게 되었다.

마침내 우리는 서로에게 매우 흡족해하면서 헤어졌다. 그날 오후는 나의 인생에서 가장 만족스럽게 회상되는 오후들 중 하나였다. 게다가 그 축제 기분에 돈이 많이 든 것도 아니었다. 나는 기껏해야 30솔[8]의 돈으로 100에퀴 이상의 만족을 얻었던 것이다. 그처럼 진정한 기쁨은 비용으로 측정되는 것이 아니며, 또한 즐거움은 금화보다도 동전과 더 인연이 있는 것이 사실이다. 나는 그 소녀들 무리를 다시 만날 수 있기를 바라면서 동일한 장소를 같은 시간에 여러 번 다시 가봤지만, 그런 만남은 더 이상 일어나지 않았다.

이 일은 나에게 거의 비슷한 종류의 또 다른 즐거움을 기억나게 해준다. 훨씬 더 오래전에 겪었던 일로 기억하는데, 내가 부자들과 문인들 사이에 끼어 그들의 한심한 오락거리를 가끔 함께 공유할 정도로 전락했던 불행한 시절에 있었던 일이다. 나는 라 슈브레트[9]의 성주(城主) 세례명 축일에 거기 있었다. 성주의 모든 가족이 그날을 축하하기 위해 모였고 온갖 요란스러운 오락거리가 동원되었다. 놀이, 공연, 향연, 불꽃놀이, 모든 것이 아낌없이 풍요로웠다. 숨도 제대로 쉴 틈이 없었는데, 그래서 즐거웠다기보다는 정신이 없었다. 오찬 후에 우리들은 바람을 쐬러 큰길로 나갔다. 그곳에는 일종의 장이 서 있었고 사람들이 춤을 추고 있었다. 신사들은 농민 처녀들과 춤을 추었지만 숙녀들은 위엄을 지켰다. 향료가 든 빵과자가 팔리고 있었는데, 일행 중 한 청년이 그

---

8 sol, 프랑스의 옛 화폐단위였던 수(sou)의 고어.
9 la Chevrette, 프랑스의 몽모랑시(Montmorency)에 있는 데피네(d'Épinay) 부인의 성이름.

것을 사서 군중 한 가운데로 하나씩 차례로 던질 생각을 해냈다. 우리 일행은 모든 농민들이 그것을 가지려고 달려들어 서로 치고받고 넘어지는 광경을 보면서 너무나 즐거워졌고 모두들 저마다 그 청년과 똑같은 즐거움을 느끼고 싶어 했다. 그리하여 향료가 든 빵과자들이 사방팔방으로 날아다니게 되었고, 젊은 남녀들은 뛰어다니고 엎치락덮치락하면서 서로를 다치게 했다. 그 광경이 모두에게는 퍽 즐겁게 보이는 듯했다. 나는 내심 그들만큼 즐기고 있지 않았지만, 못난 수줍음 때문에 다른 사람들처럼 했다. 하지만 곧 나는 내 지갑을 비워 사람들을 엎치락덮치락 눌리고 깔리게 만드는 것이 싫어져서, 그곳에 일행을 놔둔 채로 혼자서 시장을 산책했다. 여러 다양한 대상들이 오랫동안 나를 즐겁게 해주었다. 그중에서도 특히 눈에 띄었던 것은 광주리에 아직 열두 알 정도 남아 있는 보잘것없는 사과들을 빨리 팔아치우고 싶어 할 성싶은 한 소녀 주위에 있는 대여섯 명의 사부아 지방 소년들이었다. 소년들 입장에서도 그것들을 사고 싶었겠지만, 그들이 가진 돈을 전부 합해봐야 동전 두세 닢밖에 없어서 사과를 모두 사기에는 턱없이 부족했다. 그 광주리는 그들에게 헤스페리데스의 정원이고, 소녀는 그곳을 지키고 있는 용인 셈이었다. 그런 희극은 나를 한참을 재미나게 했는데, 마침내 나는 사과 값을 소녀에게 치르고서 사과들을 소년들에게 나눠주는 것으로써 결말을 냈다. 나는 그때 사람의 마음을 즐겁게 해줄 수 있는 가장 기분 좋은 광경들 중 하나를 목격했으니, 그것은 나이의 순진무구

함과 결부된 즐거움이 나의 주변으로 온통 퍼져나가는 것을 보게 된 것이었다. 왜냐하면 그곳에 있던 구경꾼들도 그 즐거움을 함께 보고 공유했기 때문이다. 그토록 싼 값으로 그런 즐거움을 공유했던 나는 게다가 그 즐거움이 내가 만들어낸 성과임을 느끼는 즐거움까지 얻을 수 있었다.

나는 그런 즐거움과 그 바로 직전에 내가 떠나왔던 즐거움을 비교해봄으로써 건전한 취미와 자연스러운 기쁨, 그리고 부유함이 만들어낸 취미와 기쁨 ―조롱의 기쁨이거나 혹은 경멸이 만들어낸 편협한 취미에 불과한 ―사이의 차이를 만족감을 가지고 느꼈었다. 빈곤으로 비천해진 사람들의 무리가, 발에 짓밟히고 진흙에 뒤덮인 빵과자 몇 조각을 탐욕스레 서로 빼앗기 위해서 난폭하게 엎치락덮치락하고, 서로 숨 막히게 하고 다치게 하는 것을 보면서 사람들은 대체 어떤 종류의 기쁨을 느낄 수 있다는 말인가?

나는 그런 유의 경우들에 있어 맛보았던 즐거움의 종류에 대해 곰곰이 잘 생각해보고서, 그런 즐거움이 친절을 베푼다는 감정보다는 사람들의 만족한 얼굴을 보는 기쁨 속에 있다는 것을 발견했다. 그런 만족한 얼굴을 보는 것에서 나는 어떤 매력인가를―비록 나의 마음속까지 스며들기는 하지만 단지 감각적인 것에 불과한 것처럼 보이는―느낀다. 만일 내가 안겨준 만족을 눈으로 볼 수 없다면, 내가 만족을 주었다고 확신은 하더라도 즐거움은 반감하고 말 것이다. 그것은 나에게조차 이해관계를 떠난 기쁨으로, 내가 거기에 참여할 수 있는지 여부에는 전혀 좌우되지 않는 기쁨이다. 왜냐하면 민중 축제에서 쾌활한 얼굴들을 보는 기쁨은 항상 강렬하게 나의 마음을 사로잡았기 때문이다. 그렇지만 프랑스에서는 그러한 기대가 종종 어긋났었다. 프랑스 국민은 스스로 아주 쾌활하다고 자처하지만 놀이에 있어서는 그 쾌활함을 거의 보여주지 않는다. 오래전에 나는 종종 술집에 가서 서민들이 춤추는 모습을 보고는 했다. 하지만 그들의 춤은 너무나 침울하고 몸가짐은 너무나 느릿하고 부자연스러워서, 즐겁기보다는 오히려 몹시 슬퍼져서 그곳을 나오고는 했다. 그러나 제네바와 스위스에서는, 웃음이 쾌활한 장난기로 끊임없이 발산되지는 않지만 축제에서는 모두들 만족감과 쾌활함이 넘쳐흐르고, 가난한 자도 흉한 모습을 전혀 보이지 않고 부자도 역시 무례함을 보이지 않는다. 거기에서는 행복, 우애, 화목이 사람들의 마음을 밝아지게 만들고, 종종 순수한 기쁨의 도가니 속에서 모르는 사람들이 서로에게 다가가 서로 얼싸안고 그날의 기쁨을 함께 즐기자고 권한다. 나 자신이 그런 즐거운 축제를 즐기기 위해서는 거기에 참가할 필요가 없으며, 보는 것만으로도 충분하다. 그것을 바라보며 나는 즐거움을 함께 나눈다. 그리고 그렇게 많은 즐거운 얼굴들 중에 나보다 더 즐거운 마음을 가진 사람은 단 한 명도 없다고 확신한다.

비록 감각적 기쁨에 불과하다 할지라도, 그것은 확실히 도덕적 동기를 가지고 있다. 그 증거는, 내가 악인들 얼굴에 나타난 기뽐과 즐거움의 기색이 그들의 악의가 충족된 표시일 뿐임을 알고 있을 때에는 그 동일한 모습이 나를 즐겁게 해주거나 기분 좋게 해주기는커녕 고통과 분노로 내 마음을 몹시 아프게 할 수 있다는 점이다. 순수한 기쁨은, 그 기색이 내 마음을 즐겁게 해주는 유일한 기쁨이다. 빈정거리는 잔인한 즐거움의 기색은, 비록 그런 즐거움이 나와는 전혀 관계가 없다 할지라도 내 마음을 몹시 아프게 하고 슬프게 한다. 그 두 기색은 너무나 상이한 원인에서 기인하기에, 분명 정확하게 똑같을 수는 없을 것이다. 그렇지만 그것들은 똑같이 즐거움의 기색이며, 그것들 사이에 감지될 수 있는 차이는 그것들이 나의 마음속에 불러일으키는 감정적 동요의 차이와는 절대로 비례하지는 않는다.

　나는 고통과 아픔의 기색을 훨씬 더 잘 감지하는데, 그런 기색이 상기시키는 감정보다 아마도 훨씬 더 강렬한 감정에 스스로 뒤흔들리지 않고서는 그것을 보고 있을 수 없을 정도이다. 감각을 강화시키는 상상력은 나를 고통받고 있는 존재와 동일시하도록 만들고, 종종 그 사람 자신이 느끼는 것 이상의 번뇌를 안겨주기도 한다. 불만족스러운 얼굴은 나로서는 여전히 견디기 힘든 정경인데, 특히 그 불만족이 나와 관련이 있다고 생각할 만한 이유가 있을 때 그러하다. 내가 예전에 멋모르고 어리석게 들어갔던 저택들에서, 하인들은 항상 내게 그 주인들의 환대에 대한 대가를 아주 값비싸게 치르도록 했는데, 그 저택들에서 얼굴을 찌푸리고 시중을 드는 시종들의 불평 어린 뚱한 표정이 내게서 얼마나 많은 돈을 빼앗아갔는지 모를 정도이다. 감지될 수 있는 대상들, 특히 기쁨이나 고통, 호의나 반감의 기색을 지닌 대상들에 의해 항상 지나치게 영향을 받는 나는 그런 외적인 인상들에 이끌리게 되는데, 도망치는 것 말고는 결코 그로부터 피할 도리가 달리 없다. 모르는 사람의 어떤 기색, 어떤 몸짓, 어떤 모르는 사람의 눈길만으로도 나의 기쁨을 깨뜨리거나 나의 아픔을 가라앉히기에 충분하다. 나는 혼자 있을 때에만 나 자신일 수 있고, 그 이외의 경우에는 나를 둘러싸고 있는 모든 사람들의 농락물이다.

예전에 세상 모든 사람들의 시선에서 호의만을, 혹은 최악의 경우라 해도 모르는 사람들의 눈길에서 무관심 정도나 발견하였던 때는 나도 세상 속에서 즐겁게 살았었다. 그런데 오늘날에는 사람들이 민중에게 나의 천성을 은폐하려는 것 못지않게 나의 얼굴을 민중에게 알려주려고 애를 쓰고 있기 때문에, 거리에 발을 내딛을 때마다 가슴을 미어지게 하는 대상들에 둘러싸여 있는 나 자신을 발견하게 된다. 나는 서둘러서 큰 걸음으로 전원에 당도한다. 그러고는 푸르른 초목을 보게 되자마자 비로소 숨을 쉬기 시작한다. 내가 고독을 사랑한다고 해서 놀랄 필요가 있을까? 나는 사람들의 얼굴에서 적의만을 볼 뿐인데, 자연은 항상 나에게 웃음 짓고 있다.

하지만 고백하건대, 나는 여전히 사람들 가운데서 사는 것에 기쁨을 느낀다. 그들이 나의 얼굴을 모르는 사람들인 한에서만 말이다. 그런데 그것은 나에게 거의 남아 있지 않은 기쁨이다. 몇

년 전까지만 해도 나는 마을들을 지나가면서 아침에 농부들이 도리깨를 수선하거나 여자들이 문간에 아이들과 함께 있는 광경을 즐겨 구경했었다. 그런 풍경에는 나의 마음을 감동시키는 형용할 수 없는 뭔가가 있었다. 때때로 나도 모르게 걸음을 멈춰 서서 선량한 사람들이 하는 소소한 일들을 지켜보다가, 무심코 한숨을 짓고는 했다. 과연 누군가가 내가 그런 자그마한 기쁨에 민감한 것을 알아차리고는 나에게서 그것을 빼앗고자 했는지는 모르겠다. 하지만 내가 지나갈 때 사람들의 표정에서 알아차릴 수 있는 변화와 그들이 나를 쳐다보는 태도로 봐서, 누군가가 나에게서 익명성을 빼앗으려고 굉장히 신경을 썼다는 것을 알아차릴 수밖에 없다. 그것과 똑같은 일이 앵발리드[10]에서 훨씬 더 눈에 띄는 방식으로 일어났다. 그 멋진 건물은 늘 나에게 관심을 불러 일으켰다. 나는 그곳에서 라케다이몬[11]의 노인들처럼 다음과 같이 말할 수 있는 선량한 노인들의 무리를 만날 때마다 연민과 존경심을 느끼지 않을 수 없다.

우리들은 예전에
용감무쌍하고 대담한 젊은이들이었다네.[12]

---

10 Les Invalides, 1670년 루이 14세가 상이군인들과 퇴역군인들을 수용하기 위해 짓기 시작해서 1676년 완공. 파리의 에펠탑 뒤쪽에 있으며 군사박물관, 생루이 데쟁발리드(Saint Louis des Invalides) 성당 등 여러 건물이 모여 있는 복합 건물로, 나폴레옹 1세의 유해가 그 성당 지하에 안치되어 있다.

11 Lakedaimon, 고대 그리스의 도시국가 스파르타의 정식 명칭.

내가 좋아하는 산책로 중 한 곳은 에콜 밀리테르 주변이었다. 그곳 여기저기에서 상이군인들을 마주치는 것은 즐거운 일이었다. 그들은 전통적인 군대식 정중함을 잃지 않고 있어서 지나가면서 나에게 경례를 붙이고는 했다. 내가 마음으로 그들에게 백배로 답례했던 그런 경례는 나를 기분 좋게 해주었고 그들을 만남으로써 내가 느끼게 되는 기쁨을 더 크게 해주었다. 나는 나를 감동시키는 것에 대해 아무것도 숨기지 못하기 때문에 종종 상이군인들에 대해, 그리고 그들을 만나는 것이 나에게 어떤 영향을 미치는지에 대해 이야기하고는 했다. 그 이상의 것은 필요하지 않았다. 그런데 얼마의 시간이 지난 후 나는 내가 그들에게 더 이상 무명인(無名人)이 아니라는 것을, 아니 보다 정확히 말해 내가 그들에게 이전보다 훨씬 더 미지의 사람이 되어버렸다는 것을 알아차리게 되었다. 왜냐하면 그들은 대중이 나를 보는 것과 똑같은 눈으로 나를 보았기 때문이다. 더 이상 정중함도 경례도 없었다. 이전에 그들이 나에게 보였던 예의바름은 혐오스러운 표정, 사나운 눈초리로 바뀌고 말았다. 그들 직업의 전통적인 솔직함이 그들에게 다른 사람들처럼 냉소와 배신의 가면으로 자신들의 적의를 감추도록 내버려두지 않기 때문에, 그들은 나에게 매우 공공연하게 가장 지독한 증오를 드러내 보인다. 그런데 나에게 자신들의 분노를 가장 덜 숨기는 자들을 존경할 수밖에 없다

---

12 《플루타르코스 영웅전》의 〈리쿠르구스(Lycurgus)전〉에서 인용.

는 것이 바로 나의 엄청난 비참함이다.

그 이후로 나는 앵발리드 쪽으로 산책하는 것이 전만큼 즐겁지가 않다. 그렇지만 그들에 대한 나의 감정이 나에 대한 그들의 감정에 좌우되는 것은 아니기에, 조국의 옛 수호자들을 보게 될 때마다 여전히 존경심과 관심을 느끼지 않을 수 없다. 하지만 그들에게 공정하게 대함에도 불구하고 이토록 부적절하게 보상받고 있는 나 자신의 모습을 본다는 것은 참으로 견디기 힘든 일이다. 그들 사이에 일반적으로 알려진 것을[13] 모르는 누군가를, 혹은 나의 얼굴을 몰라서 나에게 아무런 반감도 드러내 보이지 않는 누군가를 우연히 만나게 되면, 그 유일한 사람의 정중한 경례는 나에게 다른 사람들의 험상궂은 태도를 보상해준다. 나는 그들을 잊어버리고 그 사람에게만 신경을 쓰며, 그 사람이 나의 영혼과 같이 증오가 스며들지 못할 영혼을 가지고 있다고 상상해본다. 나는 작년에 그런 기쁨을 느꼈는데, 백조의 섬[14]으로 산책하러 가기 위해 강을 건널 때였다. 늙은 상이군인이 배를 탄 채로 강을 함께 건널 사람을 기다리고 있었다. 나는 그 배에 올라탄 후 뱃사공에게 출발하라고 했다. 물살이 세었기 때문에 도강하는 데 시간이 오래 걸렸다. 나는 여느 때와 마찬가지로 가혹한 응수를

<hr />

13 루소가 자신에 대해 '음모'를 꾸민다고 생각한 주동자들이 퍼트린 내용을 말한다.

14 l'île aux Cygnes, 현재 파리 제7구에 있으며 18세기 말 샹드마르스(Champ de Mars)에 통합된 섬 l'île des Cygnes의 오기(誤記)로 추정. 1827년 만들어졌고 현재 파리 제15구에 있는 동명의 인공 섬과는 별개의 것이다.

받거나 매정한 퇴짜를 맞을까 봐 두려워서 상이군인에게 말을 건
넬 엄두를 거의 못 내고 있었다. 하지만 그의 정중한 태도가 나를
안심시켰고 우리는 이야기를 하게 되었다. 그는 양식이 있고 품
행이 바른 사람처럼 보였다. 그의 솔직하고 친절한 말투에 나는
놀라기도 했고 기쁘기도 했다. 나는 그렇게 큰 호의에 익숙해 있
지 않았던 것이다. 그러나 그가 아주 최근에 지방에서 도착했다
는 사실을 알게 되자 나의 놀라움은 그만 사라지고 말았다. 사람
들이 아직 그에게 나의 얼굴을 일러주지 않았고 예의 지시를 내
리지도 않았다는 것을 알게 된 것이다. 나는 그런 익명성을 이용
해서 한 남자와 몇 분간 대화를 나눈 셈이었다. 그리고 거기에서
내가 발견했던 즐거움을 통해, 나는 가장 평범한 기쁨이라도 드
물게밖에 맛볼 수 없게 되면 얼마나 그 가치가 증가하는지를 깨
달았다. 배에서 내리려 할 때 그는 뱃삯으로 동전 두 닢을 준비하
고 있었다. 나는 뱃삯을 내면서 그에게 동전들을 넣어두라고 했
는데, 그러면서도 혹시 그를 화나게 할까 봐 걱정스러웠다. 하지
만 전혀 그런 일은 없었다. 반대로 그는 나의 친절에 고마워하는
것 같았고, 특히 그가 나보다 더 늙었기에 배에서 내리는 그를 내
가 부축해주었을 때 또 한 번 친절에 고마워하는 것 같았다. 내가
그것으로 인해 기뻐서 눈물을 흘릴 정도로 어린아이와도 같았
다면 누가 믿겠는가? 나는 담뱃값으로 그의 손에 24솔짜리 동전
한 닢을 몹시 쥐어주고 싶었지만, 도저히 그렇게 할 엄두를 못 냈
다. 나를 제지했던 바로 그 수줍음은 종종 나로 하여금 선행을—

실행했다면 내가 기쁨으로 충만했을 테지만, 나 자신의 어리석음만 탓하면서 좀체 행하지 못했던—하지 못하게 막았다. 이번에는 나는 그 늙은 상이군인과 헤어진 후, 성실한 행동에 그 고결함을 타락시키고 그 사심 없음을 훼손하는 금전적인 보상을 덧붙였더라면, 나는 말하자면 나 자신의 원칙에 반대되는 행동을 하는 셈이 되었을 거라고 생각하면서 곧 마음을 달랬다. 금전적인 것이 필요한 사람들은 서둘러 도와주어야만 하겠지만, 일상적인 교제에 있어서는 그 어떤 금전적이고 상업적인 것도 감히 그토록 순수한 원천에 접근하여 그것을 오염시키거나 변질시키지 못하도록, 자연스러운 호의와 예의바름이 저마다 작용하도록 놔두자. 네덜란드에서는 사람들이 시간을 알려주거나 길을 가르쳐주고 돈을 받는다고 한다. 인간의 가장 초보적인 의무를 가지고서 그렇게 부당 이익을 취하는 국민은 참으로 경멸할 만하다.

나는 숙식을 제공해주고서 돈을 받는 곳은 오로지 유럽밖에 없다는 것을 알게 되었다. 아시아에서는 어디서든 사람들이 무료로 재워준다. 거기서는 모든 편의를 충분히 얻을 수 없다는 것을 나는 알고 있다. 하지만 '나는 사람이며, 사람의 집에서 접대를 받고 있다. 나에게 거처를 제공해주는 것은 바로 순수한 인정이다'라고 말할 수 있다는 것이 과연 하찮은 일일까? 마음이 육체보다도 더 만족스럽게 대우받을 때면, 사소한 결핍은 어려움 없이 견딜 수 있게 된다.

열 번째 산책

오늘은 예수 수난성지주일(受難聖枝主日)로, 내가 드 바랑 부인을 처음으로 만난 지 정확히 50년이 되는 날이다.[1] 금세기와 함께 태어난 그녀는 당시에 스물여덟 살이었다. 나는 채 열일곱 살도 되지 않은 나이였는데, 생겨나고는 있었지만 아직 내가 모르고 있던 나의 기질이 천성적으로 생기에 넘쳐 있던 한 사람의 마음에 새로운 열기를 불어넣었다. 그녀가 활기차면서도 유순하고 겸손하며 얼굴도 제법 잘생긴 한 청년에게 호의를 품었다 해도 놀랄 일이 아니었다면, 재기와 우아함이 넘치는 매력적인 한 여인이 감사한 마음과 아울러 내가 그것과 구분을 못했던 그보다 더 다

---

1 루소는 《고백록》에서 열세 살 연상의 드 바랑 부인을 1728년 3월 21일 일요일, 예수 수난성지주일에 만났다고 했다.

정한 감정들을 나에게 불러일으켰었다는 사실은 훨씬 덜 놀랄 일이었다. 하지만 그보다 더 예사롭지 않은 일은 그 만남의 첫 순간이 평생 동안 나를 좌우했으며, 또한 필연적인 이어짐을 통해 이후의 내 운명을 만들어냈다는 것이다. 나의 영혼은 ─그때까지만 해도 나의 신체기관들이 그것의 가장 정교한 기능들을 제대로 발달시키지 못했던─ 아직 아무런 정해진 형태도 없었다. 나의 영혼은 일종의 초조함 속에서 자신에게 일정한 형태를 부여해줄 순간을 기다리고 있었는데, 그런 순간이 그녀와의 만남으로 가속화되기는 했지만 그렇게 빨리는 찾아오지 않았다. 그리고 교육이 나에게 부여해주었던 순박한 생활태도 때문에, 나는 사랑과 순수함이 함께 마음속에 깃드는 감미롭지만 순식간에 지나가는 상태가 나에게는 오랫동안 지속되는 것을 볼 수 있었다. 그녀는 나를 멀리 보냈었다.[2] 하지만 모든 것이 나를 그녀에게로 데려가고 있었기에, 나는 그녀에게로 되돌아가야만 했다. 그러한 귀환은 나의 운명을 결정지었으며, 그녀를 차지하기 훨씬 전에도 나는 그녀 안에서만, 그녀를 위해서만 살고 있었다. 아! 그녀가 나의 마음을 충족시켜주었던 것처럼 나도 그녀의 마음을 충족시켜주었더라면! 우리는 함께 얼마나 평화롭고도 감미로운 나날들을 보낼 수 있었을까! 우리는 그런 나날들을 보내기는 했지만, 그

---

2 드 바랑 부인은 개신교 집안에서 태어난 루소를 구교로 개종시키기 위하여 1728년에 이탈리아의 토리노로 보내 로마 가톨릭 세례를 받게 했다.

것은 짧고도 순식간에 지나가버리고 말았다. 그런 나날들 다음에 어떤 운명이 뒤따라왔던가! 나는 아무런 방해도 없이 순수하고도 온전하게 나 자신이었던, 또한 내가 정말로 살았었다고 말할 수 있는 내 삶의 유일하고도 짧았던 그 시절을 기쁨과 감동으로 회상하지 않는 날이 단 하루도 없다. 나는 베스파시아누스 황제 치하에서 해임당해 전원으로 가서 조용히 여생을 보냈던 그 근위대 사령관[3]과 거의 마찬가지로 '나는 지상에서 70년을 보냈지만, 살았다고 할 수 있는 것은 7년에 불과하다'라고 말할 수 있다. 그 짧지만 소중한 기간이 없었더라면, 아마도 나는 나 자신에 대해 영원히 확신을 가지지 못하게 되었을 것이다. 왜냐하면 그 후의 여생 내내 나약하여 저항도 못한 채 다른 사람들의 정념에 너무나도 동요되고 흔들리고 괴롭힘을 당하는 바람에 그토록 파란만장한 삶 속에서 거의 수동적으로 되어버린 나는 나 자신의 행동 속에서조차 나의 것을 분간해내기 힘들게 되었기 때문이다. 그 정도로 가혹한 숙명이 나를 줄곧 짓눌러왔다. 하지만 그 몇 년 안 되는 기간 동안 친절함과 상냥함이 넘치는 한 여인에게 사랑을 받으며 나는 내가 하고 싶었던 일을 했고, 내가 되고 싶었던 사람이 되었다. 또 나의 여가 활동을 이용하고 그녀가 주는 교훈과 본보기의 도움을 받아, 아직 순박하고 미숙했던 나의 영혼에 더욱

3 프랑스어의 préfet du prétoire에 해당되는 라틴어 præfectus prætorio는 고대 후기 로마제국 시기에는 다른 의미로 사용되었지만, 베스파시아누스 황제의 재위기간(69~79)이 포함되는 고대 전기 로마제국 시기에는 '로마 황제의 근위대 사령관'을 의미했다.

알맞은 형태를 ─ 그것이 아직까지도 간직하고 있는 ─ 부여해줄 수 있었다.

고독과 명상에 대한 취향은, 마음을 북돋아주기에 알맞은 넘칠 듯한 다정한 감정들과 함께 나의 마음속에 생겨났었다. 소란스러움과 잡음은 그런 감정들을 억압하고 억누르지만, 평정과 평화는 그것들을 활기차게 하고 고양시킨다.

사랑을 하려면 나는 정신적 안정이 필요하다. 나는 마망[4]에게 전원에서 살 것을 권했었다. 작은 골짜기의 경사지에 고립되어 있는 어떤 집이 우리의 안식처였다.[5] 바로 그곳에서 나는 4~5년이라는 기간 동안 한 세기처럼 느껴지는 세월을, 그리고 현재 나의 처지가 안고 있는 모든 끔찍한 것을 그 매력으로 덮어주는 순수하고도 충만한 행복을 향유했었다. 나는 내 마음에 맞는 여자 친구가 필요했었는데 그런 여자 친구를 가졌었다. 나는 전원을 원했었는데 그것을 얻었었다. 나는 예속상태를 견디지 못했었는데 완전히 자유로웠었다. 아니, 자유로운 것보다 더 나았었다. 왜냐하면 오직 애착을 느끼는 것들에만 순응했던 나는 내가 하고싶은 일만 했었기 때문이다. 나의 모든 시간은 애정 어린 보살핌

─────────────

4 maman, 프랑스어로 '엄마'라는 뜻. 루소는 드 바랑 부인을 이렇게 불렀고, 그녀는 루소를 '아가(petit)'라고 불렀다고 한다.
5 루소는 1736년에서 1739년까지 프랑스의 샹베리(Chambéry) 근처 샤르메트 골짜기에 있는 '레 샤르메트(Les Charmettes)'라는 정원 딸린 집에서 드 바랑 부인과 함께 머물렀다. 현재는 박물관이 되었다.

이나 전원의 일거리로 꽉 채워져 있었다. 나는 그토록 감미로운 상태가 계속되는 것 말고는 달리 원하는 것이 없었다. 나의 유일한 염려는 그 상태가 오래 지속되지 못하는 게 아닐까 하는 두려움이었다. 우리의 상황적 제약에서 생겨난 그런 두려움은 근거가 없는 것은 아니었다. 그때부터 나는 그런 불안을 해소하기 위한 기분전환과, 그런 불안이 실현되는 것을 미연에 방지할 대책을 동시에 갖추는 것에 대해 생각했었다. 나는 재능의 비축이야말로 곤경에 대비하는 가장 확실한 방책이라고 생각했었고, 가능하다면 언젠가 그 최고의 여성에게 내가 받았던 원조를 되돌려줄 수 있는 입장에 놓이도록 나의 여가 활동을 이용하려고 결심했었다.

옮긴이의 글

《고독한 산책자의 몽상》은 장 자크 루소가 1776년부터 집필을
시작하여 1778년 급작스럽게 사망하면서 미완으로 남긴 원고
로, 그의 사후인 1782년 제네바에서《루소 전집》제3권에 수록되
어 처음으로 세상의 빛을 보게 된 작품이다.

이 작품을 집필할 당시 루소는 자신이 노쇠하여 오래 살지 못
하리라는 것을 느끼고 있었고, 당대에든 후대에든 자신의 참모
습을 이해받고자 했던 희망과 노력이 모두 헛된 것이었음을 절감
하고 그 모든 것을 포기한 상태였다.

루소가 동시대인들에 대한 기대를 포기하게 된 이유는,
1762년《사회계약론》과《에밀》이 출판되자 문인, 귀족, 종교인들
이 그를 반사회적인 인물로 배척하는가 하면 공권력까지 개입하
여 그에 대한 탄압을 가해왔고, 그가 이에 저항하여 자신이 옳다

는 것을 이해시키기 위해 쓴《고백록》원고를 1770년부터 상류사회 사람들이 모이는 살롱에서 발표하자 그들은 그를 인간혐오증이 있는 거짓말쟁이로 비난하며 엄청난 공박을 가했기 때문이다. 그러자 루소는 동시대인들보다는 후대인들에게 자신의 모습이 있는 그대로 올바르게 평가받을 수 있기를 기대하는 마음으로《루소, 장 자크를 심판하다 ― 대화》를 집필하는데(1772~1776), 그러한 시도 역시 자신을 동시대인들의 놀림감으로 만들어버리는 결과를 낳을 뿐임을 깨닫게 된다.

그리하여 루소는《고독한 산책자의 몽상》의 첫 번째 산책에서 자신은 이미 생전이든 후대이든 공정한 평가를 받을 수 있으리라는 희망과 그것을 위한 모든 노력을 포기한 채 완전한 평온과 절대적 안정을 얻은 상태이며, 이 기록은 오로지 자기 자신만을 위한 것, 즉 자신의 정신적 함양만을 위한 것이라고 밝히고 있다.

이렇듯 루소의《고독한 산책자의 몽상》은, 그가 마침내 모든 세속적인 집착을 버리고 파리 근교를 산책하며 자기 자신에 대한 성찰과 사색을 하면서 자신의 삶에서 가장 행복했던 순간들과 또한 마음에 상처로 남아 있는 사건들을 회상하여 정리한 기록이다. 즐거웠던 순간들의 회상 속에서는 그 순간들을 다시 사는 기쁨을 맛보는가 하면, 고통스럽고 불행했던 순간들의 회상 속에서는 자기반성과 자신의 의식에 대한 고찰과 더불어 행복, 진실과 거짓말, 선의, 인간에 대한 연민과 사랑, 자유, 고독의 즐거움 등에 관한 철학적 성찰까지 하고 있는 루소 말년의 온전한 내면 기록인 것이다.

첫 번째 산책에서 루소는 모든 사람에게 버림받고 이 세상에서 외톨이가 되어 죽음만을 앞둔 자신의 노쇠하고 고독한 처지를 상기하는데, 아직도 사람들이 공동으로 '음모'를 꾸미며 아무런 죄도 없는 자신을 박해한다는 강박관념에서 완전히 벗어나지 못하는 모습을 보인다. 하지만 루소 자신은 심연의 가장 밑바닥에서 평온하게, 가엾고 불행한 인간이지만 신처럼 초연하게 있다고 말하고 있다. 그리고 최초의 불행이 찾아왔을 때 진즉에 자신이 그런 태도를 취할 수 있었더라면 좋았을 것이라면서, 이제는 더 이상 사람들에게 휘둘리지 않고 자신의 결백함을 향유하며 그들에 대해 아랑곳하지 않은 채 평화롭게 생을 마치는 것을 즐거움으로 삼아 살아가리라고 말한다.

두 번째 산책에서 루소는 혼자 산책하면서 때때로 느끼고는 했던 황홀감, 도취감이야말로 자신의 박해자들 덕분에 얻을 수 있었던 즐거움들이라고, 그들이 아니었더라면 자기 자신 안에 있던 그런 보물들을 결코 발견하지도 알아보지도 못했을 것이라고 말한다. 그런 예로서 덴마크 개로 인해 부상을 당했다가 깨어났을 때 온전히 현재에만 속한 채 자신이 누구인지조차 망각한 몰아(沒我) 상태에서 존재들의 체계 속에 융합되고, 자연 전체와 일체가 되는 이루 형언할 수 없는 황홀감을, 법열을 느꼈던 경험에 대해 이야기한다.

세 번째 산책에서 루소는 노인에게 아직도 해야 할 공부가 남아 있다면 그것은 뜻있게 죽는 것을 배우는 것이라면서, 자신은 죽을 때 모두 놓고 떠나게 되는 것들이 아니라 죽을 때 가지고 갈 수 있는 것을 얻기 위한 노력을 일찍이 마흔 살 되는 시기부터 했었다고 말한다. 그 시기에 자신이 행한 외적인 개혁과 아울러 내적인 개혁에 대해 얘기하고, 바로 그 시기부터 사교계에 대한 온전한 포기와 고독에 대한 강렬한 취향이 시작되었다고 말한다. 또한 바로 그 시기에 자신이 길고도 곰곰이 사색을 한 후 채택했던 원칙들을 행동과 신앙의 불변의 기준으로 삼음으로써, 그 이후 자신의 박해자들로부터 받게 되었던 치욕을 견뎌낼 수 있었다고 고백한다. 그러면서 여생을 인내심, 온화함, 인종(忍從), 순전함, 공정한 정의라는 덕(德)을 키우는 데 바칠 것이라고 다짐한다.

네 번째 산책에서 루소는 자신의 지난날의 행동을 돌이켜보며 거짓말에 대한 강한 혐오를 보인다. 그는 십대 시절에 리본을 훔치고 하녀에게 뒤집어씌웠던 사건을 깊이 후회하면서, 그렇지만 자신의 행동이 고의적인 것은 아니었다고 변명한다. 그러한 자기 반성은 진실과 거짓말에 대한 철학적 성찰로 이어진다. 또한 그는 자신이 지닌 선에 대해서는 대체로 아예 침묵해버렸었다면서, 자신은 항상 진실되려고 노력했다고 스스로를 합리화한다.

다섯 번째 산책은 《고독한 산책자의 몽상》 중에서 가장 유명한 부분으로, 루소는 자기 생애에서 가장 행복했던 생피에르 섬에서의 일상생활을 회상한다. 그곳에서 식물학에 관심을 가지면서 느꼈던 즐거움에 대해, 또한 그곳의 자연 속에서 고독한 몽상에 잠겨 느꼈던 완벽하고 충만한 행복에 대해 말한다.

여섯 번째 산책에서 루소는 파리 근교의 장티이로 식물채집을 하러 가는 도중에 자신이 무의식적으로 했던 행동의 원인을 곰곰이 생각해본다. 그러고는 자신이 누군가에게 베푼 호의가 계속 호의를 베풀어야만 하는 구속으로 변하는 순간, 선행을 행할 때 느끼는 즐거움이 짐처럼 느껴지고 만다고 말한다. 또한 선행을 하는 것이야말로 인간의 마음이 맛볼 수 있는 가장 참된 행복이라는 사실을 알고 있지만, 그런 행복은 이미 오래전에 자신의 능력이 미치지 않는 곳에 놓이게 되었고 지금 자신의 신세와 같은 비참한 처지에서는 단 하나의 정말로 선한 행동이라도 선택에 의해 성과 있게 행한다는 것은 기대할 수도 없는 일이라고 말하면서, 자신이 그렇게밖에 될 수 없었던 사정을 설명한다.

일곱 번째 산책에서 루소는 식물학이 자신에게 준 기쁨을 상기하고 있다. 식물학은 그에게 사람들의 박해, 증오, 경멸, 모욕과 그들의 모든 악행을 잊게 만들고 그를 행복하게 해준다고 말한다.

여덟 번째 산책에서 루소는 다시 한 번 자기 과거의 불행과 현재의 평온한 삶에 대한 성찰을 한다. 오랜 번뇌 후에 마침내 불평 없이 필연성의 멍에를 지는 것을 배움으로써, 또한 자기 자신만을 의지함으로써 절망 대신에 평정, 평온, 평화, 그리고 행복조차 되찾게 되었다고 말한다. 그리고 자신의 생은 한스럽지만 자기를 박해한 사람들도 행복하지는 못하였으며, 그들의 박해에 대항하다가 얻게 된 인내와 체념 때문에 현재 자신은 고독하지만 평온한 마음을 유지할 수 있다고 자위한다.

아홉 번째 산책에서 루소는 자기 자식들을 모두 고아원에 위탁할 수밖에 없었던 일을 상기한다. 그는 자식들을 잘 키울 만한 여건을 갖추고 있지 못했기 때문에 그들을 망칠까 봐 우려했다고 말하면서, 자신이 얼마나 어린이를 사랑하는 마음으로 살아왔는지 예화들을 들고 있다.

열 번째 산책에서 루소는 드 바랑 부인과의 첫 만남 50주년 기념일을 맞이하여 그녀와 함께한 행복했던 시절을 회상하는데, 이 글을 미완성으로 남긴 채 사망하게 된다.

《고독한 산책자의 몽상》은 프랑스 문학이 낳은 불후의 산문시로 일컬어지며, 19세기 프랑스 낭만주의 작가들인 샤토브리앙, 라마르틴, 위고, 르콩트드릴은 물론 실러, 괴테와 같은 독일 작가들에게도 절대적인 영향을 준 작품으로 알려져 있다. 자아탐구를 그 본질로 삼으며 자유와 개성, 기성 규범과 권위로부터의 해방, 이상 추구, 개인 내면의 감정 중시, 자연으로의 회귀 등을 지향하는 낭만주의 정신이 루소의 이 내면 기록에서 그 모든 것들을 발견할 수 있었기 때문인지도 모른다.

하지만 이 작품이 지닌 문학사적인 의의나 평가를 떠나, 옮긴이가 이 작품을 통해 만난 루소는 하나의 상처받은 영혼이었다. 사람들과의 관계에서 수많은 상처를 받고 자연 속으로 도피하여 위안과 안식처를 구한 이 영혼은, 자신의 내면에 깊숙이 침잠하며 철저한 자기반성과 성찰을 한다. 자신이 이 세상에서 철저한 단독자(單獨者)임을 깨달은 그는 신 앞에서, 그리고 인간 앞에서 한 점 부끄러움 없는 자신의 깨끗하고 참된 내면세계를 제시하려고 끊임없이 노력한다. 그리고 때로는 영원한 현재 속에서 자연 전체와 일체가 되어 이루 형언할 수 없는 황홀감을, 희열을 느끼는 동양철학적인 신비한 몰아의 체험도 한다. 그럼에도 불구하고 그들과의 관계의 어려움 때문에 떠나왔던 바로 그 인간들과 함께하는 삶을 그리워하고, 그들로부터 자신의 진실한 모습을 있는 그대로 인정받고 싶은 욕구를 끝내 놓지 못하는 모순과 나약함을 보인다. 그리고 바로 그런 그의 모습이, 시간과 공간을 초월하여 옮긴이의 마음속에 깊은 울림으로 다가왔다.

프랑스의 문학사가이자 비평가 랑송(Lanson)의 말을 빌자면, "섬세하고 감수성이 예민한 영혼, 바람 한 점에도 활짝 피거나 시들어버리는 영혼, 햇살 한 줄기나 그림자 한 자락에도 즉시 모든 조화가 깨어져버리는 영혼"의 소유자 루소를 만나면서, 옮긴이는 뜬금없이 "죽는 날까지 하늘을 우러러/ 한 점 부끄럼 없기를/ 잎새에 이는 바람에도/ 나는 괴로워했다"로 시작되는 윤동주의 〈서시〉가 생각났다. 그리고 자신에게 온갖 핍박을 가한 박해자들을 피해 자연으로 도피하여 위안을 찾았을망정 그들을 결코 미워하지 않고 오히려 연민을 느끼며 자신만의 길을 가고자 했던 루소의 모습에서, "별을 노래하는 마음으로/ 모든 죽어가는 것들을 사랑해야지/ 그리고 나에게 주어진 길을 걸어가야겠다"는 결의를 엿본 듯했다.

역경의 도가니에서 정화된 마음을 가지게 되었다는 루소. 2013년 가을은 그와의 아름다운 만남으로 추억될 것이다.

2014년 11월

조명애

장 자크 루소 연보

1712년 6월 28일 현재 스위스의 제네바 공화국에서 시계 제조상인 이자크 루소(Issac Rousseau)와 개신교 목사의 장녀인 쉬잔 베르나르(Suzanne Bernard) 사이에서 둘째 아들로 태어남. 루소의 어머니는 그를 낳고 7월 7일에 사망함. 어린 시절에 루소는 루이 14세 시대의 소설들을 읽었으며, 아버지와 함께 《플루타르코스 영웅전》도 읽었음.

1720년 또는 1721년 사촌 파지(Fazy) 때문에 손가락을 다침. 친구 플랭스(Pleince)와 싸우다가 머리를 다침.

1722년~1723년 루소의 아버지는 제네바를 떠나 니옹(Nyon)으로 감. 루소는 보세이(Bossey)에 있는 랑베르시에(Lambercier) 목사 댁에 맡겨짐.

1724년 제네바로 돌아옴. 서기 장 루이 마스롱(Jean-Louis Masseron)

의 견습 서기가 됨.

1725년   조각사(彫刻師) 아벨 뒤코묑(Abel Du Commun)의 견습공
이 됨.

1728년~1729년   성격이 난폭한 뒤코묑에게서 도망침. 콩피뇽
(Confignon)에서 드 퐁베르(de Pontverre) 신부를 만남. 그의 추천
으로 안시(Annecy)에 있는 드 바랑(de Warens) 부인에게로 가서
1728년 3월 21일 일요일, 예수 수난성지주일(受難聖枝主日)에 그
녀와 처음 만남. 그녀는 루소를 이탈리아 토리노의 세례 지망자
수도원 부속 무료숙박소(l'hospice des Cathéchumènes)에 보내고,
그곳에서 그는 구교로 개종하여 '장 조제프'라는 세례명을 받음.
당시 그의 개종은 종교적인 이유보다 생계를 유지하기 위한 방편
에 가까웠음. 토리노에서 드 베르첼리스(de Vercellis) 부인 저택의
하인이 됨. 리본을 훔치고서 하녀 마리옹(Marion)에게 그 죄를
뒤집어씌웠던 사건이 있은 후 드 베르첼리스 부인 저택을 떠남.
드 구봉(de Gouvon) 백작 저택의 하인이 됨.

1729년   안시의 드 바랑 부인에게로 돌아감. 신학교에 입학했으나
적성에 안 맞아 몇 달 만에 그만둠. 안시 성당 성가대원 양성소에
들어갔으나, 성가대의 내부 사정으로 노래를 계속할 수 없게 됨.

1730년~1731년   드 바랑 부인이 여행을 떠남. 루소는 스위스의 각
지를 방랑하며 로잔(Lausanne)과 뇌샤텔(Neuchâtel)에서 음악 교
습을 해주며 생활함.

1731년   파리로 갔다가, 사부아(Savoie)의 샹베리(Chambéry)에 있

는 드 바랑 부인을 찾아감.

1731년 10월부터 다음 해 6월까지 샹베리의 지적 조사부에서 일하게 됨.

1732년 음악 교사 일을 시작. 희곡《나르시스, 그 자신의 애인 (*Narcisse ou l'amant de lui-même*)》의 초고를 집필함.

1734년 드 바랑 부인의 집안 관리인이며 연인이었던 클로드 아네 (Claude Anet)가 사망함. 루소는 그를 대신하여 드 바랑 부인과 생활하며 연인 관계로 발전함.

1736년~1739년 드 바랑 부인과 함께 샹베리 근처 '레 샤르메트(les Chatmettes)'라고 불린 집에 거주하면서 다량의 독서와 더불어 다방면에 걸쳐 교양을 쌓음. 특히 1736년 여름에서 1737년 봄에 이르는 기간이 그녀와 보낸 가장 행복한 시간이었다고 함. 프랑스 여러 도시를 자주 여행함.

1740년 드 바랑 부인 곁을 떠나 리옹에서 드 마블리(de Mably) 씨 자녀들의 가정교사로 일함.

1741년~1742년 다시 드 바랑 부인이 있는 '레 샤르메트'로 갔다가, 그녀의 사랑이 이미 많이 식은 것을 느끼고 성공한 후에 떳떳하게 부인을 찾아올 생각으로 파리로 감. 디드로(Diderot)를 알게 됨. 〈음악의 새 기호에 관한 계획(*Projet concernant de nouveau signes pour la musique*)〉이라는 새로운 악보표기법에 관한 논문을 파리 과학 아카데미에 제출함.

1743년 〈현대음악에 관한 논고(*Dissertation sur la musique moderne*)〉

를 발표함. 베네치아 주재 프랑스 대사 드 몽테귀(de Montaigu) 백
작의 비서로 베네치아에 감.

1744년 드 몽테귀 대사와의 불화로 쫓겨나서 파리로 돌아옴.

1744년~1745년 오페라 《우아한 시의 여신(*Les Muses Galantes*)》을 완
성함.

1745년 3월 여관에서 일하던 문맹(文盲)의 여인 마리 테레즈 르
바쇠르(Marie Thérèse Le Vasseur)와의 관계가 시작됨.

1746년 뒤팽(Dupin) 부인의 비서로 일함.

1746년~1747년 테레즈와의 사이에서 첫째와 둘째 아이가 태어남.
모두 고아원에 위탁함.

1749년 《백과사전(*L'Encyclopédie*)》 편찬에 협력하여 음악에 관한
항목을 집필함.

1750년 〈학문 및 예술론(*Discours sur les sciences et les arts*)〉이 디종 아
카데미 논문 현상공모에 당선됨.

1751년 디드로, 달랑베르 등이 《백과사전》을 출간.

1751년~1752년 세 번째 아이가 태어나자 고아원에 위탁함. 충분한
생활력이 없었던 루소는 테레즈와의 사이에서 낳은 다섯 아이를
모두 고아원에 위탁함.

1752년 루소의 오페라 막간극 《마을의 점쟁이(*Le Devin du village*)》
가 퐁텐블로(Fontainebleau)의 국왕 루이 15세 앞에서 공연되어
성공을 거둠. 희극 《나르시스, 그 자신의 애인》을 공연함.

1753년 〈프랑스 음악에 관한 편지(*Lettre sur la musique française*)〉를

발표함.

1754년 테레즈와 함께 제네바로 감. 그곳에서 다시 개신교(칼뱅교)로 개종함.

1755년 《인간불평등 기원론(*Discours sur l'origine et les fondements de l'inégalité parmi les hommes*)》과《정치 경제론(*De l'économie politique*)》을 출판함.

1756년 파리를 떠남. 데피네(d'Épinay) 부인이 몽모랑시(Montmorency)에 있는 자신의 영지 내에 '에르미타주(l'Érmitage)'라는 집을 제공해주어, 테레즈와 테레즈의 모친과 함께 그곳에 머물면서 《신(新)엘로이즈(*Julie ou la Nouvelle Héloïse*)》집필을 시작함.

1757년 두드토(d'Houdetot) 부인과 염문이 나면서, 그림(Friedrich Melchior Grimm)의 획책으로 데피네 부인과 절교함. 이 사건 후 디드로와 그림과도 사이가 틀어짐. '에르미타주'를 떠나 몽모랑시의 몽루이(Mont-Louis)로 거처를 옮겨 1762년 스위스로 피신하기 전까지 거주함.

1758년 〈사부아 보좌신부의 신앙고백(*La profession de foi du vicaire savoyard*)〉을 집필함. 〈연극에 관해 달랑베르에게 보내는 편지(*Lettre à d'Alembert sur les Spectacles*)〉와 《신 엘로이즈》를 탈고함.

1759년 《에밀(*Émile ou De l'éducation*)》을 집필함.

1760년 《사회계약론(*Du Contrat Social ou Principes du droit politique*)》과 《에밀》을 동시에 집필함.

1761년 《신 엘로이즈》를 출판함. 출판하자마자 세기의 베스트셀

러가 되어 1800년까지 72판을 거듭함.《사회계약론》을 탈고함.

1762년 4월에는《사회계약론》, 5월에는《에밀》을 출판함. 프랑스 의회는《에밀》의 발행을 금지하고, 파리 고등법원은 종교적 이유로 소각 판결을 내림. 체포령이 내려지자 루소는 스위스의 이베르동(Yverdon)으로, 그다음에는 뇌샤텔 근처의 모티에(Môtiers)로 피신함.

1763년~1764년《에밀》과《사회계약론》을 방어하는《산에서 쓴 편지(Lettres écrites de la montagne)》를 씀.《고백록(Les Confessions)》집필을 시작함.

1765년 모티에 주민들이 루소가 거주하는 집에 투석함. 비엔(Bienne) 호수의 생피에르 섬(l'île de Saint-Pierre)으로 피신함. 베른(Berne) 정부에게 쫓겨나서 섬을 떠남. 루소는 베를린으로 갔다가 영국으로 갈 생각이었음. 5주 동안 스트라스부르에 머문 후 비밀리에 파리로 감.

1766년 데이비드 흄(David Hume)의 초청으로 영국으로 건너가 우턴(Wooton)에 체류함.

1767년 5월 흄과의 불화로 영국을 떠나 프랑스의 아미앵(Amiens)으로 온 후 여러 곳을 전전함.《음악사전(Dictionnaire de la musique)》을 발간함.

1767년 트리이(Trye)에 있는 드 콩티(de Conti) 공의 저택에 은신함.

1767년~1768년 박해에 대한 피해망상증 재발. 여러 사람들을 만나《고백록》원고에 대해 토론함.

1768년 트리이를 떠나 리옹, 그르노블, 샹베리를 거친 후 부르구앵(Bourgoin)에 정착함.

1769년 부르구앵에서 테레즈와 민법상으로 결혼함.

1770년 리옹을 거쳐 파리로 돌아와서, 플라트리에르(Plâtrière) 거리(현재의 장 자크 루소 거리)에 정착함. 이 무렵《고백록》을 완성한 것으로 보임. 악보 필사로 생활함.

1770년~1771년 《고백록》에 대한 독서회를 가짐. 루소 사후에 1부(1권~6권)는 1782년에, 2부(7권~12권)는 1789년에 출판됨.

1771년 베르나르댕 드 생피에르(Bernardin de Sain-Pierre)와 교우(交友)함.

1772년~1776년 《루소, 장 자크를 심판하다 ─ 대화(*Rousseau juge de Jean-Jacques. Dialogues.*)》를 집필함.

1774년 독일의 작곡가 글루크(Christoph Willibald Ritter von Gluck)와의 교우로《마을의 점쟁이》를 위한 새 음악을 작곡함.

1776년 《루소, 장 자크를 심판하다 ─ 대화》를 탈고함. 루소 사후에 첫 번째 대화를 담은 첫 권은 1780년에 영국에서, 세 번째 대화까지 포함한 완질본은 1782년에 제네바에서 출판됨. 드 콩티공 사망.《고독한 산책자의 몽상(*Les Rêveries du promeneur solitaire*)》집필을 시작함.

1776년 10월 24일 덴마크 개 때문에 넘어져서 다침.

1776년 11월 도르무아(d'Ormoy) 부인이 보낸 소설 서문과 관련해서 화가 난 루소가 그녀의 방문을 사절함.

1776년 12월 20일 〈아비뇽 통신(*Le Courrier d'Avignon*)〉에 루소 사망 소식이 게재됨.

1777년 악보 필사 일을 그만둠. 식물채집 산책을 다시 시작함.

1778년 에르므농빌(Ermenonville)의 드 지라르댕(de Girardin) 후작 저택에 머물게 됨. 2년 전부터 집필 중이던 《고독한 산책자의 몽상》의 〈열 번째 산책〉을 완성시키지 못한 채 7월 2일에 뇌졸중으로 급사함. 7월 4일에 에르므농빌 정원 호수에 있는 포플러 섬(l'île des peupliers)에 매장됨.

1782년 《고독한 산책자의 몽상》이 출판됨.

1794년 루소의 유해가 파리의 팡테옹으로 옮겨져서 안치됨.

은행나무 위대한 생각 07

고독한 산책자의 몽상

1판 1쇄 발행 2014년 11월 3일
1판 6쇄 발행 2024년 5월 3일

지은이 · 장 자크 루소
옮긴이 · 조명애
펴낸이 · 주연선

책임편집 · 이경란
편집 · 이진희 심하은 백다흠 강건모 오가진 윤이든
디자인 · 김현우 김서영
마케팅 · 장병수 김한밀 정재은
관리 · 김두만 구진아 유효정

(주)은행나무
04035 서울특별시 마포구 양화로11길 54
전화 · 02)3143-0651~3 | 팩스 · 02)3143-0654
신고번호 · 제 1997-000168호(1997. 12. 12)
www.ehbook.co.kr
ehbook@ehbook.co.kr

ISBN 978-89-5660-816-7 04800
ISBN 978-89-5660-761-0 (세트)